JN291340

JEAN-PAUL SARTRE [LES MOTS]

言葉

J-P・サルトル

澤田 直 訳・解説

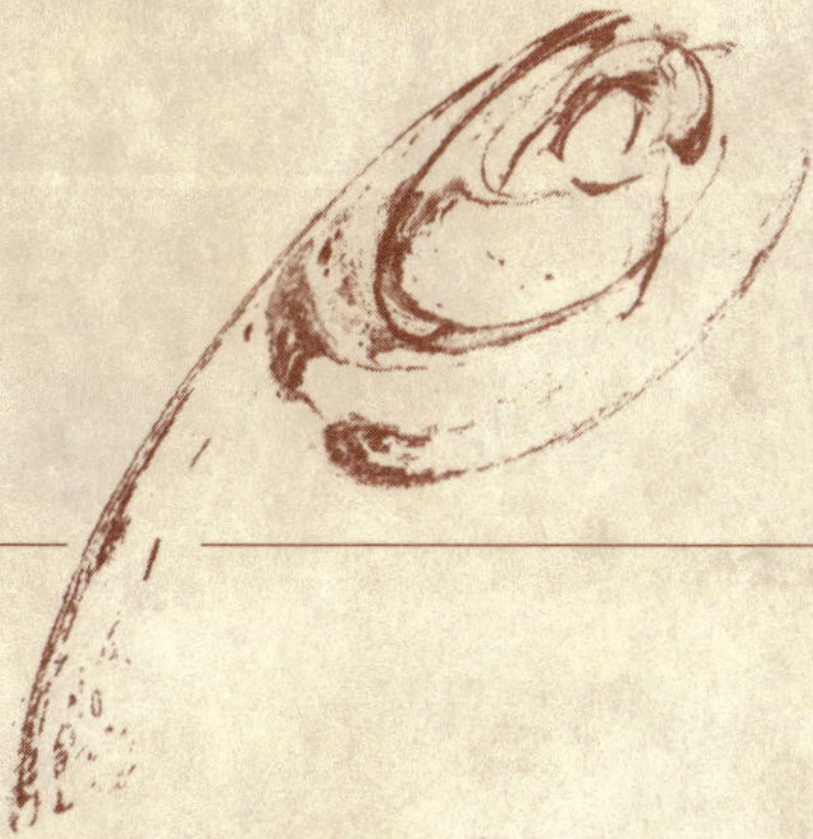

人文書院

Z夫人へ（1）

目次

サルトル手帖
〈CARNET SARTRIEN〉
45
2021
人文書院

未完の魅力

鈴木道彦

サルトルの長大なフローベール論である『家の馬鹿息子』の翻訳も、いよいよ第五巻が刊行されて完結した。最近は話題になることも少なくなったサルトルだが、彼は実に多様な領域で仕事をした人だった。第二次世界大戦前には、今読んでも少しも古びたところのない小説『嘔吐』を書き、戦争中には彼の実存の思想の中核となる大著『存在と無』を刊行したし、戦後は、小説『自由への道』のほかに、数多くの戯曲を発表するとともに、そのさまざまな政治的思想的発言によって二十世紀を代表する知識人と見なされるようになった。その当時、彼の発する言葉は常に世界中から注目を浴びたものである。とくにアルジェリア戦争やハンガリー事件、そして日本では「五月革命」と呼ばれた六八年の「五月危機」などの際には、彼がどんな発言をするかということに、人びとは強い関心を寄せていた。たまたま一九五六年のハンガリー事件のときにフランスにいた私は、ある日、若い友人がサルトルの「スターリンの亡霊」の掲載された新聞を持って訪ねて来て、「サルトルが書いたぞ！」と興奮していたのを思い出す。それほどに、彼の発言は人びとに待たれていたのだった。

そのような彼の多彩な仕事のなかに、伝記文学とも呼ばれ得る一連の作品がある。その最初のものは一九四七年にまとめられた『ボードレール』だろうが、特に重要なのは一九五二年に刊行された『聖ジュネ』と、一九七一年にまず第一巻と第二巻が同時に刊行され、翌一九七二年に第三巻が出版された『家の馬鹿息子』である。

またそのほかに、アルジェリア戦争（一九五四〜一九六二）当時にサルトルのアパルトマンが右翼のプラスチック爆弾で破壊されたさいに焼失したといわれる『マラルメ論』もある。これは全体で二〇〇〇ページにも及ぶ大著になる予定であったらしく、きわめて重要な考察を含んでいることは、たまたま別な場所に保管されていたために焼失を免れた部分の文章からも容易に推察されるが、これについてはもし別な機会があればそのときに検討することにして、今はふれない。

さて、この『家の馬鹿息子』の冒頭におかれた「はじめに」という文章で、サルトルはこう書いている。

『家の馬鹿息子』は『方法の問題』の続篇である。その主題とは、今日、一個の人間について何を知りうるか、ということだ。この問題に対しては、ある具体例の研究によってだけ答えることができるように思われた。たとえば、ギュスターヴ・フローベールについて、われわれは何を知っているだろうか。

このことは、われわれが彼について使える情報を全体化することに帰してしまう。

ここに言う『方法の問題』とは、初め「実存主義とマルクス主義」という題でポーランドのある雑誌に掲載された論文だが、その後に何度も加筆され、一九六〇年の『弁証法的理性批判』の出版にあたっては、その冒頭に、ただし『批判』とは別の作品として掲載されたものだ。これはサルトルの人間理解の方法をきわめて簡潔に語った論文と言ってよいだろう。

さらに、同じ『家の馬鹿息子』の「はじめに」のなかで、サルトルは次のように続ける。

それは一人の人間とは決して一個人ではないからである。人間を独自的普遍と呼ぶ方がよいだろう。

自分の時代によって全体化され、まさにそのことによって、普遍化されて、彼は時代のなかに自己を独自性として再生産することによって時代を再全体化する。人間の歴史の独自的な普遍性によって普遍的であり、自らの投企の普遍化する独自性によって独自的である彼は、両端から同時に研究されることを要求する。

サルトルの『家の馬鹿息子』は、このような考え方に基づいて、『ボヴァリー夫人』の作者ギュスターヴ・フローベールを、一個の独自的普遍として描き出そうとした作品であると言えよう。つまり彼は、十九世紀の一人の作家を例にとって、自分の考える人間理解の方法を例示したことになるだろう。

「今日、一個の人間について何を知りうるか」。これは考えてみると、非常に大胆な問題提起である。それだけに、その回答とも言うべき『家の馬鹿息子』が、これほどの大冊になったのもやむを得ないことだろう。しかし、この作品によって、すんなりと回答が与えられたわけでは決してない。これは結局、回答不能な問題提起でもあって、だからこそ本巻の最後でも、第三部「エルベノンまたは最後の螺旋」の末尾の部分（邦訳第四巻三九五ページ）とまったく同様に、サルトルは改めて『ボヴァリー夫人』を読み直すことに言及しながら、筆を擱かざるを得なかったのだろう。つまり『家の馬鹿息子』は、原書で三〇〇〇ページ近い分厚い三冊の大作でありながら、結局は未完に終わった作品なのである。そこには、失明という著者の肉体的条件もあったけれども、それ以上にサルトルの思想に固有の問題が含まれていると私は考える。

振り返って見ると、彼の作品のなかには、未完に終わったものが少なくない。その典型的な例は、戦中から戦後にかけて書き継がれた大作『自由への道』だろう。これはある意味で、サルトルの抱えた問題の困難さを象徴するような挫折だった。戦前の刺激的な論文「フランソワ・モーリヤック氏と自由」で、作中人物は自由でなければならないと主張し、小説における「神の視点」を排除したサルトルは、その一方で、一九六〇年にあるインタビューに答えて、「もしも文学が全体（tout）でないならば、それは一時間の労苦にも値しない。そのことをわたしは、『アンガージュマン』という言葉によって言い表したいのです」とも言っている。

これは途方もない野心であり、矛盾した試みだろう。しかも到達された全体は、もはや全体ではないはずだから、これは不可能な目標でもあった。つまり、「全体」を目指した彼のアンガージュマン文学は、初めから挫折を予告されてもいたのである。

しかしサルトルの魅力は、珠玉のように完成した作品を読者に提示するところにあるのではない。むしろ、破綻を恐れずに、不可能な目標に向かって荒々しく突き進んで行くその過程、その方法にこそ、彼の本質があるのではないか。それは小説でも伝記的文学でも同様である。

このことは『方法の問題』において、サルトルが次のように述べた個所にも現れている。

われわれは実存主義者のアプローチの方法を、遡行的—漸進的且つ分析的—総合的方法、と定義したい。それは同時に対象（これは段階づけられた意味づけとして時代すべてを包含している）と時代（これはその全体化作用のなかに対象を包含している）との間の豊饒化の力をもった往復運動である。

『家の馬鹿息子』が『方法の問題』の続篇であるということは、この「豊饒化の力をもった往復運動」にこそ示されている。それは飽くまでも運動であって、決して完成され固定された作品ではない。たとえこの作品がさまざまな点で破綻を示しているとしても、同時に随所に汲み取るべき指摘や考察を残しているのはそのためであろう。大胆不敵な問題提起や、破綻を恐れない解決の試み、サルトルの真骨頂は、こうした方法の豊かさにこそ求められるべきであろう。

再録

サルトルとの一時間

海老坂武

　四月にしては風の冷たい日だった。定められた時刻の十二時半きっかりに、モンパルナスのラスパーユ通り二二二番地の建物に入る。エレヴェーターで十階まで。この上には屋根裏部屋しかない。『言葉』の中でも書いているように高い所が好きなようだ。エレヴェーターを降りるとすぐ右手のドアがサルトルの部屋。ベルを押すとすぐに彼が出てきた。

　サルトルにゆっくり会いたいという気持は七二年四月にパリに落ち着いて以来ずっと抱いていた。日本での「知識人論」を大幅に修正せざるをえないであろう六八年以後の彼の政治的選択について、知識人における〈自己否定〉なるものについて、その他これまでほとんど知られていない十代の少年サルトルの文学的形成について、散逸してしまった初期の作品について、尋ねてみたいことはいくらもあった。しかし、とにかく忙しい人である時間を作ってもらえるかどうかもわからない。また七一年に一度倒れて以後、健康状態がすぐれぬということも耳にしていた。そして何よりも当時私は、サルトルがライフワークとしている『フローベール論』二巻（その後三巻目が出た）にはまだほとんど手をつけていなかった。先方がもっとも重要と考えている最新の著作を読みもせず、のこのこ出かけていくのは非礼というものであろう。とにかく『フローベール』を読み終えてから、というのが私の気持で会見の申込みはずっとひかえていた。

　今年（七三年）の二月ごろではなかったかと思う。サルトルやボーヴォワールと個人的に親しくしている朝吹登水子氏から、「健康状態は相変らずすっきりしないようだ。今できるときに会っておいたら」という意の好意ある助言を得た。朝吹氏は当時、サルトルの病状が悪化するのを真剣に憂えていた。また他方では、『フローベール論』読了まで、などと言っていたら私のことだから何年先になるかわからない、と見すかされていたのかもしれない。

実際、それまでの一年間、私は読書の時間の大半をこの大著に費していたのだが、三巻で三千頁のようやく三分の二近くを読み終えたにすぎなかった。予定ではあと半年が必要だった。ただそこまで読んできて、全体の輪郭——この本の方法と構造——はほぼ摑みえたように思えていた。一巻と二巻との読書を通じて出てきた問いをぶつけてみても、それほど見当違いのことにはならないであろう……。というわけで朝吹氏にさっそく連絡を取っていただくことにした。

ランデヴはじめ四月三日に予定されたが、気分がすぐれぬとのことで四月九日に延期された。貴重な時間を愚にもつかぬ質問でつぶしてしまっては、と、その日までの四週間、私は『フローベール論』を何度もめくり直して私なりにこの本を整理してみた。整理をしていく途上で宙に浮いていた疑問のあるものは解消され、あるものはそのまま残った。その残った疑問を今度はフランス語で一連の質問の形に練りあげて、頭の中におさめた。

とにかく聞いておけるだけのことを聞き出しておきたいという気持から、私は発音のまずさは忘れて次から次へと質問を繰りだした。それが適切なものであったか、あるいは的はずれのものであったかは今何とも言えない。ただサルトルは、私のどの質問にたいしてもていねいに、率直に、ときには忍耐強く答えてくれた、と思う。答えの中には分かりきったものもあった。それはそうだがしかし、と言いたいものもあった。それではまったく不十分だな、と思うものもあった。しかし誰を相手にした場合でもそうだが、答えの深度は問いの水準によって決定される。私の作りあげた問いの装置からするなら、彼のしてくれた答えに満足すべきであろう。

『フローベール論』にかんしては三つの発言が特に私の注目を惹いた。第一。彼はこの本が彼自身の個人史とのかかわりの中で読まれることを好まない。あくまでもこれが方法の提示とその実験として、客観的な次元で論じられることを欲している。多くの批評家たちは『フローベール論』の中に一種の自己告白を聞き取ろうとした。しかしサルトルはあるインタヴュの中でこうした読み方を斥けている。だが『フローベール論』を書き始めた時期は『言葉』を書いていた時期とほぼ一致している。彼の描くフローベール像の中に少年ジャン‐ポールを見るのはあたっていないとしても、『言葉』を書くことは、自分の幼年時代を方法論的に振り返る作業は、フローベールを内側から了解するのに大いに役立ったのではないか？

「かもしれない、ありうることだ。しかしそれはね……」と言葉をにごす。要するに『フローベール論』を『言葉』に近づけることを好まないのだ。この点で面白かったのは、方法を実験するモデルとして、彼は当初フローベールとロベスピエールとを考えたということ。これは初耳である。しかし結局は彼はフローベールを選んだのだ。「幼少期の回想がずっと多く残っていた」ので。もし彼がロベスピエールを選んでいたとしても、方法の提示という点では結果は同じだったろうか？　それは何とも微妙なところだ、と私は思う。

　第二。実存主義的精神分析の適用というかぎりでは、彼はすでに一九五〇年に『聖ジュネ』を書いている。『聖ジュネ』と『フローベール論』との方法上の相異は何点かあるが、その一つに、前者には、フローベールの幼少期を解く上で二本の太い軸となっている、〈素質構成〉constitution と〈個性形成〉personnalisation という二つのモメントが区別されていない。より正確に言えば、ジュネがいかにしてジュネとなったかという〈個性形成〉に力点が置かれ、この形成の条件とその条件の中で幼児がおのれを構成する、意識的生命以前の前史 protohistoire が欠落している。その理由は、ジュネの幼少期に関する資料が欠けていたためだけなのか、それともまた、〈素質形成〉という概念《ノシオン》をまだ鍛えあげていなかったためでもあるのか。

この問いにたいしては、その両方である、という答えが返ってきた。でもあるとするなら、その後ジュネがさらにいくつかの作品を書いているということは一応考慮外におくとしても、もしも現在ジュネの幼少期に関して必要な資料があり、『ジュネ論』を書き直すとするなら、つまり〈素質構成〉から出発してジュネの全体像を提出するとするなら、結果は異なるものとなるだろうか？

「まず異なるまい。ただ結果はもっと豊かなものになるだろう。それに、真の綜合ができるだろう」

これは予期した答えである。しかし本質的な点においてはそれほど変わらないとすると……私の問いの意味をすぐ了解してサルトルはすぐにその理由をつけ加えた。「それほど異なるまい、というのは、ジュネというのは、ある種の作家、とりわけ主観的な作家だからだ。したがってその場合、ジュネのうちにある主観的なものという考え方を残す必要があるだろう、私はそうしたのだが……」

ということは、〈素質構成〉と〈個性形成〉とは同じメタルの表裏の関係にありながらも、前者により多くの照明をあてねばならない作家と、後者をむしろ重視すべき作家とがいる、ということを意味するであろう。これまたよく考えねばならない点である。

第三。私の感じでは、『フローベール論』にはいくつかの概念装置（それ自体重要だが）をのぞけば、これまでに知られているサルトル哲学からの大きな飛躍というものはない。これはやはり一つの達成であり、綜合である。ただここには、〈他者性〉の思想の広大な深まりがある。〈他者性〉altérité（われわれでありながらわれわれの手から逃れ、われわれには属さないという人間存在の条件とでも言おうか）はここでは具体的な〈他人たち〉との関係をはるかに越えて、われわれを規定する物質的諸条件から、われわれ幼年期を経て、さらには歴史全体を包みかねない。

そこで私はおそるおそるではあるが、こういう問いを出してみた。なぜおそるおそるかと言えば、この問いは下手をすれば、マルクス主義者であることに固執するサルトルへの全面的な否認とも受け取られかねないからである。「あなたの場合、〈他者性〉という概念notionは結局のところ、歴史的人間の物質性をも包括する、と言うことができるのか?」

この問いにたいしてサルトルは実に慎重に、ゆっくり答えた。

「そう、お望みならね。そういうことだ。それでしかないというわけではないが、たしかにそうだ。つまり、実際、歴史が作られるのは他人たちがいるということのためなのだが、その瞬間から〈他者性〉というものが現われてくる。歴史においては、常に他者なのだ、自己との関係においてさえ」

〈他者性〉の思想を押しすすめていくと、そこからは、人間についてのペシミズムが否応なく出てくるであろう。しかし、フランシス・ジャンソンも言うように、近年のサルトルのうちには、徹底化したペシミズムと徹底化したオプチミズムとが奇妙な同居を続けている……この点についてももう少し突っこみたいところだったが、どういう形で問いを立てたらよいのか、言葉が出てこなかった。

『フローベール論』について聞きたいことをほぼ聞き終ってみると、予定された一時間の時間はもうほとんど残っていなかった。準備した問いの半分は知識人をめぐる彼の最近の発言に関するものであったのだが。そこで私は問題を一点に集中した。日本の大学闘争の中でも、自己否定=自己への異議申し立てということが学生や教師の重要な課題として突き出されたことを手短に説明したあと、ほぼ次の意のことを質した。

「問題は、この自己への異議申し立てをいかに具体化するか、ということにつきるだろう。今度の『シチュアシオンⅧ』の中で、あなたは日本でされた知識人論について若干の留保をつけ、〈実践的知識の技術者〉は今日自分の社会的地位、自分の職業にたいして新たな距離を取らねばならない、という意のことを書き足しておられたが、この距離の具体化をどのような形で考えていられるサルトルが「人民の大義《ラ・コーズ・デュ・プープル》」を中心とする毛《マオ》派を支持するのも、彼らが部分的にであれ、この労学統合を実践しているからなのだろう。

サルトルのアパルトマンは日本流に言うなら二DKというところであろうか。迎え入れらえた書斎の中央には仕事机が一つ、左手の壁ぎわには本棚が仕つらえられ、ここに若干の本が雑然と並べられている。その他には木の椅子が三、四脚あるばかりで、装飾品、家具はおろか、ソファー一つない。「一行たりとて書かざる日なし」という生活にとって余分なものがいっさい切り捨てられた、見事な簡素のあふれる部屋だった。

（一九七三年十月記、「サルトル手帖43号」再録）

のか」

むろんこうした性急な問いに、香具師でないかぎり、明快な答えがあるわけではない。私が知りたかったのは彼の答えの方向である。彼は一つの例として、知的労働にたずさわる者が肉体労働にもたずさわる必要を説いた。観念としか接触を持たぬ存在としての知識人たることの拒否、を私の問いにたいする一つの答えとした。二年前のインタビュ〔『シチュアシオンⅧ』に所収〕の中でも彼は、六十七歳にもなると工場に働きに行くこともできないが……という意のことを自嘲的に語っている。だとすると、三十歳、四十歳の〈知識人〉たちはどういうことになるのか……

「学生たちにたいし、工場に行くべきだ、というふうにあなたはすすめるか」

「そう、すすめるだろう」

「勉学を捨てて？」

「捨ててもよいし、肉体労働との関係の中で勉学を綜合しようとしてもよい……」

◇◇◇◇◇ 資料　サルトルがやってきた ◇◇

1966年（昭和41年）９月、慶應義塾大学と人文書院の招聘で、サルトルとボーヴォワールが初来日を果たした。計３回の講演を行い社会現象ともいえる熱狂をもって迎えられた。半世紀以上たったいま、弊社にのこされた当時の来日スケジュールなどを資料として掲載する。

当時の滞日スケジュール

招へい委員会（慶応大学：人文書院）

９月18日（日）	18時50分東京空港着、空港で記者会見（20〜30分）（ホテルオークラ）
19日（月）	晩餐会（慶応大学）新喜楽（築地）
20日（火）	16時から慶応大学三田校舎で講演（慶応大学） 18時30分から三井クラブでレセプション（慶応大学）
21日（水）	午後、座談会〔世界〕、夜、歌舞伎観劇
22日（木）	13時から日比谷公会堂で講演〈朝日新聞社〉 19時30分からホテルオータニでレセプション〔文芸家協会〕
23日（金）	箱根行（石井好子さんの別荘訪問）
24日（土）	夕刻に箱根から下山して東京着、19時50分から梅若能楽学院で観能の会〈人文書院〉葵上、立食パーティ
25日（日）	
26日（月）	新幹線で京都入り（京都ホテル）
27日（火）	13時から京都会館で講演〈朝日新聞社〉 晩餐会〈人文書院〉祇園十二段家（朝日新聞慰労）
28日（水）	11時から桂離宮見学、嵯峨、西山方面散策の予定 書衾　吉兆（嵯峨）
29日（木）	11時から修学院離宮見学、13時から昼餐会〈人文書院〉 京都博物館見学　南禅寺瓢亭　伊吹、生島、野田先生
30日（金）	奈良行、奈良博物館、東大寺戒壇院、法隆寺、薬師寺 唐招提寺を見学の予定（奈良ホテル）
10月１日（土）	高野山行、高野山から志摩へ向う（志摩観光ホテル）
２日（日）	伊勢神宮等を見学、夜、京都着（俵屋）
３日（月）	大阪でテレビ対談（NHK）
４日（火）	加藤周一、田中澄江氏（神戸、オリエンタルホテル）
５日（水）	神戸港から別府へ向かう、別府泊り
６日（木）	阿蘇を経て熊本泊り
７日（金）	三角、島原、雲仙を経て長崎泊り
８日（土）	福岡泊り
９日（日）	広島泊り（広島グランドホテル）
10日（月）	倉敷泊り（倉敷国際ホテル）
11日（火）	倉敷を汽車で立ち、夜東京着（ホテルオークラ）
12日（水）	
13日（木）	日光行
14日（金）	座談会〔文芸〕〔婦人公論〕
15日（土）	ベ平連の会へ出席
16日（日）	10時　日航機にて離日 離日の直前にホテルで記者会見（20〜30分）

追記〈　〉内は当該行事の運営担当を示す。〔　〕内は該当座談会の主催雑誌名を示す。

◇◇

サルトルとボーヴォワールを囲んでの勉強会
ホテルオークラにて（1966.9）
左より朝吹登水子、二人おいて白井浩司、鈴木道彦、平井啓之、海老坂武

奈良で鹿にエサをあげるサルトル

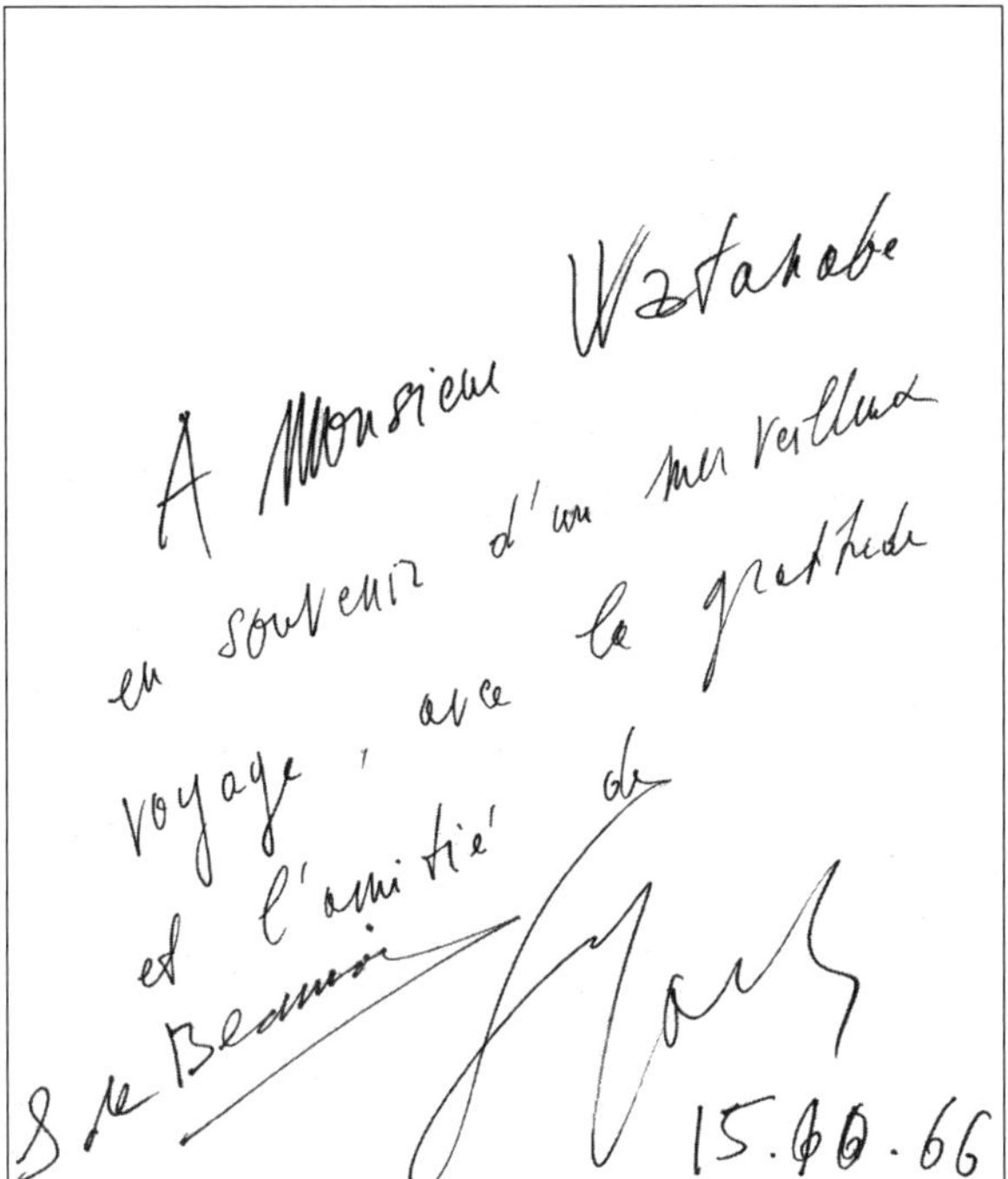
A Monsieur Watanabe
en souvenir d'un merveilleux
voyage, avec la gratitude
et l'amitié de
S de Beauvoir
15.10.66

すばらしい旅行の思い出に
感謝と友情をこめて
1966年10月15日　サルトル　ボーヴォワール

人文書院サルトル著作リスト

1950	自由への道　第Ⅰ部　分別ざかり	佐藤朔／白井浩司（訳）	（全集1）
1950	壁	伊吹武彦／白井浩司（訳）	（全集5）
1951	汚れた手	白井浩司／鈴木力衛（訳）	（全集7）
1951	嘔吐	白井浩司（訳）	（全集6）
1951	自由への道　第Ⅱ部　猶予	佐藤朔／白井浩司（訳）	（全集2）
1952	悪魔と神	生島遼一／山口平四郎（訳）	（全集15）
1952	恭しき娼婦	伊吹武彦／加藤道夫（訳）	（全集8）
1952	自由への道　第Ⅲ部　魂の中の死	佐藤朔／白井浩司（訳）	（全集3）
1952	唯物論と革命	多田道太郎／矢内原伊作（訳）	（全集10へ収録）
1952	文学とは何か	加藤周一／白井健二郎（訳）	（全集9へ収録）
1953	アメリカ論	渡辺一夫（訳）	（全集10へ収録）
1954	歯車	中村真一郎（訳）	（全集21へ収録）
1954	水いらず	伊吹武彦他（訳）	（全集5へ収録）
1955	実存主義とは何か	伊吹武彦（訳）	（全集13）
1955	想像力の問題	平井啓之（訳）	（全集12）
1956	狂気と天才	鈴木力衛（訳）	（全集14）
1956	ボードレール	佐藤朔（訳）	（全集16）
1956	ネクラソフ	淡徳三郎（訳）	（全集17）
1956	存在と無　Ⅰ	松浪信三郎（訳）	（全集18）
1957	スターリンの亡霊	白井浩司（訳）	（全集22へ収録）
1957	賭はなされた	福永武彦／中村真一郎（訳）	（全集21）
1957	哲学論文集	平井啓之／竹内芳郎（訳）	（全集23）
1957	アルトナの幽閉者	永戸多喜雄（訳）	（全集24）
1958	存在と無　Ⅱ	松浪信三郎（訳）	（全集19）

1960	存在と無　III	松浪信三郎（訳）	（全集20）
1962	方法の問題	平井啓之（訳）	（全集25）
1962	弁証法的理性批判　I	竹内芳郎他（訳）	（全集26）
1963	マルクス主義と実存主義	森本和夫（訳）	
1964	言葉	白井浩司（訳）	（全集29）
1964	シチュアシオン　II	加藤周一他（訳）	（全集9）
1964	シチュアシオン　III	小林正他（訳）	（全集10）
1964	シチュアシオン　IV	矢内原伊作他（訳）	（全集30）
1965	弁証法的理性批判　II	竹内芳郎他（訳）	（全集27）
1965	シチュアシオン　I	佐藤朔他（訳）	（全集11）
1965	シチュアシオン　V	鈴木道彦他（訳）	（全集31）
1966	シチュアシオン　VI	白井健三郎他（訳）	（全集22）
1966	シチュアシオン　VII	白井浩司他（訳）	（全集32）
1966	トロイアの女たち	芥川比呂志（訳）	（全集33）
1966	聖ジュネ　I	白井浩司他（訳）	（全集34）
1966	聖ジュネ　II	白井浩司他（訳）	（全集35）
1967	サルトルとの対話	加藤周一他（訳）	
1967	生けるキルケゴール	松浪信三郎他（訳）	

1967	知識人の擁護	佐藤朔他（訳）	
1973	弁証法的理性批判　III	竹内芳郎他（訳）	（全集28）
1974	シチュアシオン　VIII	鈴木道彦他（訳）	（全集36）
1974	シチュアシオン　IX	松浪信三郎他（訳）	（全集37）
1975	反逆は正しい　I	鈴木道彦他（訳）	
1975	反逆は正しい　II	鈴木道彦他（訳）	
1977	シチュアシオン　X	鈴木道彦他（訳）	（全集38）
1977	サルトル　自身を語る	海老坂武（訳）	
1982	家の馬鹿息子Ｉ	平井啓之他（訳）	
1985	奇妙な戦争	海老坂武他（訳）	
1985	女たちへの手紙	朝吹三吉他（訳）	
1987	フロイト　シナリオ	西永良成（訳）	
1988	ボーヴォワールへの手紙	二宮フサ他（訳）	
1989	家の馬鹿息子II	平井啓之他（訳）	
1994	嘔吐（新装改訳版）	白井浩司（訳）	
1996	実存主義とは何か	伊吹武彦他（訳）	
1998	文学とは何か	加藤周一他（訳）	
1999	存在と無　上	松浪信三郎（訳）	

1999　存在と無　下　松浪信三郎（訳）
2000　植民地の問題　鈴木道彦他（訳）
2000　自我の超越・情動論素描　竹内芳郎（訳）
2000　真理と実存　澤田直（訳）
2001　哲学・言語論集　鈴木道彦／海老坂武他（訳）
2006　言葉　澤田直（訳）
2006　家の馬鹿息子Ⅲ　平井啓之他（訳）
2010　嘔吐　新訳　鈴木道彦（訳）
2015　家の馬鹿息子Ⅳ　鈴木道彦／海老坂武他（訳）
2021　家の馬鹿息子Ⅴ　鈴木道彦／海老坂武他（訳）

家の馬鹿息子、日本語訳完結！

サルトル

家の馬鹿息子　Ⅰ〜Ⅴ（5巻揃）

ギュスターヴ・フローベール論

（一八二一年より一八五七年まで）

平井啓之／鈴木道彦／海老坂武／蓮實重彦　訳（Ⅰ〜Ⅲ）

鈴木道彦／海老坂武監訳　黒川学／坂井由加里／澤田直　訳（Ⅳ・Ⅴ）

Ⅰ　13200円　Ⅱ　9900円　Ⅲ　16500円

Ⅳ　16500円　Ⅴ　22000円

嘔吐　［新訳］　2090円

鈴木道彦訳　★Kindle版も発売中

言葉

Jean-Paul Sartre
LES MOTS

© Éditions Gallimard, 1964

This book is published in Japan by arrangement with les Éditions Gallimard, Paris, through le Bureau des Copyrights Français, Tokyo.

I 読む

一八五〇年頃のアルザス地方、子どもの相手にうんざりした小学校教員[2]が、食料品店に鞍替えすることにした。聖職を放棄した彼は、罪滅ぼしをしようと考えた。人びとの精神を養うことを止めたのだから、息子の一人には魂の世話をさせよう。家から牧師を出すのだ。そうだ、長男のシャルルがいい。だが、これを嫌ったシャルルは、サーカス団の女の尻を追いかけて家を飛び出した。壁に掛かっていた肖像画は裏返しにされ、名前を口にすることすら禁じられた。次の候補は誰だ。次男のオーギュストはあわてて父の真似をして商売を始め、そこそこの成功を収めた。残ったのは三男のルイだけだった。末っ子にはこれといった取り柄もなかったので、父親はこのおとなしい少年をまんまと牧師に仕立て上げた。ルイの従順さはこの上もなく、後には自分の息子まで牧師にしたほどだった。それが皆さんもご存知のかのアルベルト・シュヴァイツァー[3]である。一方、シャルルの方は、女曲馬師に追いつくことができなかった。父親の善行がくっきりと残り、生涯にわたって崇高なものを好み、些事を偉大な出来事に変えるのに情熱を傾けた。そして、家業を逃れることなど夢想だにしなかったことは、みなさんがこれからご覧になるとおりだ。けっきょく彼は、牧師よりは少し精神性の低い仕事に就くことにした。女曲馬師を追いかけても咎められないような聖職。それには教職が相応しかった。そこで、シャルルはドイツ語の教授になることにした。ハンス・ザックス[4]に関する論文で博士号を取得、語学の直接教授法を採用してその草分け的存在を自認、シモノ氏の協力を得て『ドイツ語教本』[5]を出版、こうしてとんとん拍子に出世した。ブルゴーニュ地方の小都市マコンを振り出しに、リヨン、ついにはパリで教えることになった。パリでは終業式で行った演説が印刷されるほどになった。「大臣閣下、ご臨席のみなさま、生徒諸君、これからどんな話をするか、たぶんご想像もつかないでしょう。今日は音楽の話をいたします」といった具合だ。即興の詩を作るのも巧みで、親戚が集うおりなど、「いちばん敬虔なのはルイ、いちばんの金持ちはオーギュスト、だが、頭のできは私がいちばんだな」とよく言った。兄弟たちは笑ったが、嫁たちの口元は痙攣《ひきつ》った(6)。マコン勤務のとき、シャルル・シュヴァイツァーは、ルイーズ・ギユマンと結婚した。代訴士の娘でカトリックの信者だった。彼女の新婚旅行の思い出はさんざんなもので、食事もそこそこに連れ去られ、列車に押し込まれたという。七十歳になっても、ルイーズは駅の食堂で出されたネギのサラダの話を持ち出し、「あのひとったら白い部分はみんな自分で食べて、あたしには青いところばかりくれたのよ」とこぼすのだった。ハネムーンにはアルザス地方の親戚のところで二週間過ごしたが、家族で食事ばかりしていて物見遊山などなかった。兄弟たちが方言で下品な話をする間、牧師のルイがキリスト教的愛の精神から彼女の方に向き直って時おり通訳してくれた。彼女は持病を理由に早々と夫婦の交わりを免除してもらうお墨付きをもらい、寝室を別にした。偏頭痛がすると言っては、床についていることが多く、騒々しく情熱的で興奮しやすいシュヴァイツァー家の粗野で芝居がかった品のない暮らし方を嫌った。彼女は活発で茶目っ気もあったが、冷たい性格で、生真面目で不器用に物事を考えがちだった。夫が、器用だがひねくれた考え方をするのに対抗してのことだ。彼が嘘つきで信じやすい質《たち》だったので、彼女のほうはすべてを疑ってかかり、「地球が回っているなんて誰もが言うけれど、ほんとうに分かっているのかしら」などと考えた。彼女の周りにいたのは有徳の役者たちばかりだったので、芝居と徳が嫌いになった(7)。がさつな精神主義者たちのうちに迷い込んだこの繊細な現実主義者は、ヴォルテールを読んだこともなかったのに、対抗心からヴォルテール主義者になった。可愛くてぽっちゃりとしていて、皮肉屋で快活な彼女は、否定性の権化となった。ちょっと眉毛をつりあげたり、わずかに微笑むことで、みんなの大げさな態度を粉々にしたつもりでいた。だが、それは本人がそう思っていただけで、誰ひとり気づきはしなかった。彼女は次第に否定的な傲慢さと拒否のエゴイズムに蝕まれていった。人を避けるようになり、自ら頼んで首席をもらうには自尊心がありすぎ、次席に甘んじるのは虚栄心が許さなかった。こうして誰にも会わなくなった。「人から望まれるようにならなくてはね」というのが口癖だったが、はじめのころこそ大いに望まれたものの、そのうち望まれなくなり、あまり人前に出なかったので、しまいには忘れられた。ソファやベッドからほとんど離れなくなった。シュヴァイツァー家の人たちは自然主義者で清教徒だったので——この二つの徳の取り合わせはさほど稀ではない——、歯に衣着せぬ物言いを好んだ。キリスト教徒らしく肉体を蔑視しながらも、自然主義者として身体の機能を認めていたからだ。ルイーズはといえば、紗に被われた表現のほうを好んだ。彼女はいかがわしい小説を多く読んだが、物語の筋よりは、それを覆う透明なヴェールのほうを味わった。「大胆ね、これ。よく書けているわ。〈軽やかに滑れ、死すべきものよ、踏みしめることなかれ〉(8)」と繊細な調子でよく言ったものだ。雪の女である彼女は、アドルフ・ベロの『火の娘』(9)を読みながら、死ぬほど大笑いをした。彼女は、悲惨な結末に終わる初夜の話を好んでした。粗野で性急な夫が、花嫁の首をベッドの木枠にぶつけてへし折った話とか、婚礼の翌朝に裸で気の狂った花嫁が箪笥から発見された話などだ。ルイーズは薄明のなかで生きていた。シャルルが彼女の部屋に入ってきて鎧戸をあけたり、ランプをつけたりすると、彼女は目に手をあてて「シャルル、眩しいわ」と苦しげな声をあげた。とはいっても、彼女の抵抗は根強いものではなかった。シャルルには恐怖心と苛立ちを感じた。そして時には、触られさえしなければ、友情の気持ちも感じた。彼が大声を張りあげると、彼女はすべてに譲歩した。彼は不意を襲って彼女に四人の子どもをこしらえた。幼くして亡くなった娘がひとり、二人の男の子、そして女の子がもうひとり。無関心からか、妻に対する敬意からかは分からないが、シャルルは子どもたちをカトリック教徒として育てることを許した。ルイーズは神を信じていなかったが、プロテスタントへの嫌悪感から子どもたちを信心者にしたてあげた。二人の息子は母親の肩をもった。彼女はどっしりとした父親から息子たちを少しずつ遠ざけたが、シャルルはそれに気づきもしなかった。長男のジョルジュは理工科学校《ポリテクニク》(10)に入学し、次男のエミールはドイツ語の教師となった。この人物が私の好奇心をかきたてる。生涯独身だった彼は、父親を嫌っていたのに、あらゆる点で父を模倣した。父と子はけっきょく仲違いした。たびたび劇的な和解が行われた末のことだ。エミールは自分の生活を隠していた。母親を愛していた彼はふらりとやってきてこっそりと母だけに会う習慣を死ぬまで失わなかった。たっぷりと抱擁し愛撫したあと、父親の話が始まる。最初は皮肉な調子で、だが次第に激高し、最後には扉をバタンと閉めて帰ってゆくのだ。私が思うに、母親のほうも彼のことを好きだったが、怖がってもいた。エミールもシャルルもどちらも粗野で気むずかしく、相手をするのはくたびれた。彼女はほとんど家にいたことのないジョルジュの方を好んだ。エミールは一九二七年に、孤独のうちで狂死した。枕の下からリボルバーが見つかり、鞄《トランク》には穴のあいた靴下が百足と踵《かかと》のすりへった靴が二十足あった。

末娘のアンヌ＝マリーは、椅子に座って少女時代を過ごした。教えられたのは、退屈すること、きちんと腰掛けること、そしてお裁縫。彼女は才能に恵まれていたが、それを磨かないほうがよかろうと親たちは考えた。天性の輝きは本人には隠された。貧しいが誇り高いこの手のプチ・ブルジョワは、美というものを自分たちの経済力からすると高嶺の花であり、自分たちの境遇からすると下位にあると考える。美とは、侯爵夫人か娼婦のものなのだ。ルイーズにはひどくひからびた傲慢さがあって、騙されたくないという気持ちから、子どもにも夫にも自分自身に対しても、明白な長所でさえ認めようとしなかった。シャルルの方は、他人に美しさを認めることができなかった。美と健康を混同していた彼は、妻が病気になって以来、体格のよい理想主義の女性とつきあうことを慰めとしていた。うっすらと髭が生え、血色がよく、健康そのものの女性たちだ。アンヌ＝マリーは、五十年後になって、家族のアルバムをめくりながら、自分が美しかったことに気づいた。

シャルル・シュヴァイツァーがルイーズ・ギユマンと出会ったのとちょうど同じ頃、ひとりの田舎医者がペリゴール地方の富裕な地主の娘と結婚し、ティヴィエ(11)という田舎町の人通りもまばらな大通りの薬局の向かいに新居を構えた。だが、結婚の翌日、舅が文無しであることが判明し、憤慨したサルトル医師はその後四十年間、妻と口をきかなかった。食卓ではもっぱら身振りで意思表示をしたので、妻からは「うちの下宿人」と呼ばれた。それでもベッドは共にし、ときどき無言で子種を植え付けた。こうして息子がふたり、娘がひとり生まれた。沈黙から生まれた子どもたちの名前はジャン＝バチスト、ジョゼフ、エレーヌ。エレーヌはかなり年齢がいってから騎兵と結婚したが、亭主は後に気が触れた。ジョゼフはアルジェリア歩兵連隊ズアーヴ(12)に入ったが、早々に引退して親元に戻った。その後はこれといった職にもつかず、無口の父親とおしゃべりな母親の板挟みになったためか、どもりになり、一生を言葉と闘って過ごした。ジャン＝バチストは海が見たかったので、海軍兵学校への進学を希望した。一九〇四年、シェルブールで海軍士官として勤務したころ、すでにコーチシナ(13)でかかった熱病に蝕まれていたが、その彼がアンヌ＝マリー・シュヴァイツァーと出会い、このやや疲れた感じの大柄な娘に一目惚れし、結婚し、大急ぎで子どもをこしらえ、その子どもというのが私なのだが、その後すぐ、死のうちに逃亡を試みた。

死ぬことは容易ではない。腸からくる熱がじわじわと上昇し、その間に幾度も小康状態がやってきた。アンヌ＝マリーは献身的に看護したものの、だからといって彼のことを愛してしまうほどはしたなくはなかった。母親のルイーズから結婚生活についてたっぷり否定的なことを吹き込まれていたからである。「血の婚礼のあとにやってくるのは、無限に続く自己犠牲の生活、それにときどき夜のお勤めがある。」自分の母親の例にならって、私の母も快楽よりは義務のほうを選んだ。母は、結婚の先にも後にも、父のことを知る時間がほとんどなかったから、この見知らぬひとがなぜ自分の腕に抱かれて死ぬことになったのだろうと自問したこともあるだろう。病人はティヴィエから数里離れた小作の家へと移され、父親が毎日馬車で往診した。徹夜疲れと不安からアンヌ＝マリーは憔悴し、乳が出なくなったので、ほど遠くない場所に私は里子に出された。私もまた死のうとしていた。腸炎だけではなく、おそらく恨みの気持ちもあったのだろう。二十歳の母は、経験もなく、助言してくれる人もおらず、ほとんど見知らぬといってもよい二人の病人の間で引き裂かれていた。理性的な結婚をしたはずが、その真の姿が病と喪のもとに現れたのだった。私はこんな事態をうまく利用した。当時はかなり大きくなっても授乳を続けるのが普通だった。もし、この二つの瀕死の状態がなく、年がいってから離乳したのだったら私はずいぶん苦しんだことだろう。だが、病気にかかり、九ヶ月でむりやり乳離れし、高熱で朦朧とした状態だったために、母と子の絆を断ちきるこの最後の鋏鉄の一撃を感じずに済んだ。私はたわいもない幻や粗野な偶像でいっぱいの混沌とした世界のなかに落ち込んだ。父が亡くなると、アンヌ＝マリーと私は同じ悪夢から目覚めた。私は快癒した。だが、私たちの間には誤解があった。彼女の方はわずかのあいだ離れていた息子を愛情をもって再び見出したと考えていたが、私の方は、見知らぬ女《ひと》の膝の上で意識を取り戻したのだった。

財産も職業もなかったアンヌ＝マリーは実家に戻って暮らすことになった。しかし、私の父が不調法な仕方で世を去ったので、シュヴァイツァー家の人びとは気分を害した。その死に方は離縁も同然だった。死を予測も予報もしなかったために、母にも責任があるとみんなは思った。迂闊にも役立たずの亭主を選んだのだ。とはいえ、子どもを連れてムードン[14]に戻ったこの大柄なアリアドネ[15]に対する家族の態度は申し分なかった。退職していた祖父は文句ひとつ言わず教職に戻り、祖母のほうはひそかに勝利を味わった。しかし、アンヌ＝マリーは感謝しながらも、非の打ち所のない受け入れの陰に非難を見て取った。もちろん、一家にとって寡婦は未婚の母よりはましだったが、大差はなかった。許してもらうために、彼女は、献身的に両親の家の世話をした。最初はムードンで、後にパリに移ってからも、家政婦、看護婦、家令、付き添い婦、女中の役を一手に引き受けた。それでも母親の無言の苛立ちを和らげることはできなかった。ルイーズは献立を毎朝考えたり、家計簿を毎晩つけたりするのは面倒がったが、誰かに取って代わられるのは耐えられなかった。煩わしい義務を厄介払いしながらも、特権を失うことには腹を立てた。歳をとって皮肉屋になった彼女の思いはただひとつ、自分がなくてはならない存在だと信じることだった。ところが、この幻想を奪われて、自分の娘に嫉妬した。可哀想なアンヌ＝マリー。受け身であれば、厄介者の譏りを免れなかっただろうし、積極的だと、家を乗っ取るつもりかと勘ぐられた。一方を避けるためにはありったけの勇気をかき集める必要があったし、もう一方を避けるためには控え目でなければならなかった。若い寡婦が、傷ものの乙女という未成年状態に戻るのにさほど時間はかからなかった。小遣いを拒まれたことはなかったが、それは忘れられがちだった。洋服をすり切れるまで着ていても、新調する時期が来たことに祖父は気づきさえしなかった。一人で外出することもままならなかった。昔の女友達はたいてい結婚していたが、彼女たちから夕食の招待を受けたときには、かなり前もって外出の許可をとり、十時前には送ってもらうことを約束しなければならなかった。宴もたけなわの頃、招待した一家の主人が中座して、彼女を車で送ってゆくことになるのだった。その間、わが家の寝室では寝間着姿の祖父が時計を片手に部屋を歩き回り、十時の鐘が鳴り終わりでもすれば、雷が落ちた。招待は間遠になり、かくも犠牲の多い楽しみに母は嫌気がさした。

ジャン゠バチストの死は、私にとって人生最大の事件だった。それは私の母を鎖につなぎ、私に自由を与えてくれたのだった。

良き父はいない、これは大原則だ。咎めるべきは個々の父親ではなく、親子という腐った関係だ。子どもを作る。これほどよいことはない。だが、子どもをもつなどというのは、なんという不正だろう。父が生きていたとすれば、彼は私の上に横たわり、私はそれに押しつぶされてしまったことだろう。幸いなことに、父は若くして亡くなった。父アンキセスを背負ったアイネイアス(16)たちの間で、私は向こう岸へとさっさとひとりで渡り、一生のあいだ息子に乗ったままの見えざる親たちを憎んだ。私は自分の後ろに、若き死人を残してきた。彼には私の父になる時間がなく、今では私の息子ほどの年齢なのだ。それが良かったか悪かったかは分からない。しかし、私に超自我(17)がないと指摘した高名な精神分析医は正しいのだろう。

死ぬだけでは十分ではない。良い頃合いに死ぬ必要があるのだ。もっと後のことであれば、私は罪悪感に苛まれたことであろう。物心のついた孤児は親の死を自分のせいだと思うものだ。自分を見ていやになって、両親は天国へ行ってしまったのではないか、などと考える。だが私は嬉々としていた。哀れな境遇のために人びとから尊重され、重要視されたからだ。この喪もまた自分の徳のひとつに数えていた。父は親切にも死ぬにあたって罪をすべてかぶってくれた。祖母は、父が義務から逃げたとよく言っていた。祖父は、シュヴァイツァー家の長命が自慢だったので、三十歳などという年で見罷ることを許さなかった。このような疑わしい死を考えるうちに、祖父は、この婿が存在したという事実すら疑うようになり、しまいには彼のことを忘れてしまった。私は父のことを忘れさえしなかった。こんな風にこっそりいなくなってしまったジャン＝バチストは私と知り合いになることさえ拒んだのであった。いまでも、私は自分が彼のことをほとんど知らないことに驚く。彼だって、人生を愛したし、生きたかっただろうに、死んでしまったのだ。それだけで一人の人間を作り上げるのに十分であろう。だが、家では誰も、私が父に興味をもつようには仕向けなかった。数年の間、私のベッドの上には、純真無垢な目をした、丸顔で髪が薄く、口髭をはやした小柄な海軍士官の肖像が掛けられていた。しかし、母が再婚すると写真ははずされた。後になって、私は父の蔵書を何冊か相続した。科学の未来に関するル・ダンテク[18]の著書や『絶対観念論から実証主義へ』というヴェーベル[19]の本などだった。当時のご多分にもれず父も大した本は持っていなかった。余白には判読できない書き込みがあった。それは小さな光の死んだ記号だったが、私の生まれたころには生き生きと踊っていたのだろう。私はそれらの本を売り払った。それほどこの死者とは縁が薄かったのだ。彼はほとんど噂のような存在で、〈鉄仮面〉とか〈エオンの騎士[20]〉にも似て、彼に関する情報は私とは何の直接の関係もなかった。彼は私を愛したのか。腕に抱いたか。息子の私の方へと、その明るい、だが今ではウジ虫に食われてしまった眼を向けたのか。そういったことを記憶に留めている者は誰ひとりいなかった。それは甲斐のない徒労の愛だった。この父は、影ですら、眼差しですらなかったのだ。彼と私は、ある一時期、同じ地上にいたことがある。ただそれだけのことだった。死者の子どもというよりは、むしろ奇跡の子どもだと、家族は私に思いこませた。おそらく、私の信じがたい軽さはそこに由来するのだろう。私はリーダーではないし、リーダーになりたいと思ったこともない。命令も服従も同じだ。最も独裁的な人間も他人の名の下に、つまり聖なる寄生者—彼の父—の名の下に命令するのであり、自分が受けた抽象的暴力を伝承する。これまで私は、笑いなしでは、あるいは笑わせることなしには命令を与えたことがない。それは私が権力という癌に冒されていないからだ。服従することを教わらなかったのだ。

いったい、誰に従えばよいというのか。みんなは巨人の女を私に見せて、これが母親だよと言うが、私は、むしろ姉だと見なしていた。家のなかで保護下にあるこの処女は、みんなにかしずいていたから、私の世話をするためにいるのだと思っていた。彼女のことは好きだった。だが、誰ひとりとして彼女に敬意を払っていないのに、どうして私だけが敬意を払うことができようか。家には寝室が三つあった。祖父の寝室、祖母の寝室、「子どもたち」の寝室。「子どもたち」というのは、私たち、つまり同じように未成年で、同じように養われている母と私だった。しかし、すべては私のためになされていた。〈私の〉部屋に、娘のベッドがあったのだ。若い娘はひとりで眠り、清らかなまま目覚める。私がまだ眠っているうちに、彼女はすばやく浴室で「入浴」を済ませ、戻ってきた時にはもう服をきちんと着ていた。どんな風にして、彼女から私が生まれてくることなどできただろうか。彼女は自分の不幸を話し、私は同情しながら聞いてあげた。大きくなったら、彼女と結婚し、守ってあげようと考えていて、「あなたを守り、あなたのためにこの若い力を尽くしましょう」と約束した。私が彼女に従うなどとみんなは本気で思っていたのだろうか。私は彼女の願いを親切に聞いてあげるだけの話だ。それに、彼女は私に命令したりはしなかった。未来のことを軽い口調で口にし、私がそれを実現したがると褒めそやした。「坊やはかわいくて、とてもお利口さんだから、おとなしくお鼻に薬を入れさせてくれるわよね。」私はこの心地よい預言の罠にわざと引っかかった。

もちろん、家長が残っていた。祖父は神さまのような風貌をしていて、じっさい本当の神さまと間違われることもあった。ある日のこと、祖父が祭具室から教会に入ると、司祭が熱意のない教徒たちを、天から雷が下されると言って脅しているところだった。「神さまはここにいらして、みなさんを見ているのです」と言ったとき、とつぜん信徒たちは説教壇の下に髭をはやした大柄な老人がいて、彼らを見つめているのに気づき、我先に逃げ出した。また別のときは足下に跪いた者もいた、と祖父は言った。こんなふうにして、出現するのがいわば彼の癖になった。一九一四年の九月のこと、アルカション[21]の映画館で彼は顕現した。母と私は二階席にいた。祖父は明かりをつけさせた。祖父の周りには天使役の立派な紳士方がひかえ「勝利だ、勝利だ」と叫んでいた。神さまは壇上にあがりマルヌ会戦の戦況報告を読んだ[22]。彼の髭がまだ黒かったころ祖父はエホヴァであった。エミール伯父の死は間接的には祖父のせいではないかと私は疑っている……。この旧約聖書の怒りの神は息子たちの血をすすっていた。しかし、彼の長い生涯の終りのほうで私が出現したときには、彼の髭もすでに白くなっており、煙草の脂で少し黄色くなり、父親の役割に飽き飽きしていた。そうはいっても、私の本当の父親であったならば、それまでの勢いで私のことも服従させたことだろう。だが、死者の子どもであったことが私に幸いした。ひとりの死者が数滴の精液を流して、ごくふつうに子どもを作ったのだ。私は太陽の属領であり、祖父は私を所有することなく享受することができた。私は祖父の「驚異」だった。というのも、彼は晩年を驚異に魅了された老人として終えたかったからだ。祖父は私のことを、運命のまたとない好意だと、つまり無料で、いつでも取り上げられる可能性のある贈り物だと見なそうとしていた。そんな祖父が何を私に強要できただろうか。私は存在するというだけのことによって彼を満たしてあげていた。彼は〈父なる神〉の髭と〈子の聖なる心〉をもった新約聖書の愛の神になった。彼は私の頭に手を置いて祝福を与え、私は頭に彼の掌のぬくもりを感じた。彼は優しい声で「わしのぼうや」と私のことを呼び、涙が彼の冷たい眼を曇らせた。「このわんぱく坊主に夢中だよ」と誰もが驚いて叫んだ。祖父が私に心酔していたことは確かだ。だが、心の底から私のことを愛していたのだろうか。こんなにも公然とした情熱のうちに本心とそぶりとを区別することはむずかしい。私以外の孫にそれほど情愛を見せたとは思わないが、他の孫たちにはめったに会わなかったし、彼らは祖父を必要としていなかった。私はあらゆる点で彼に従属していた。彼が愛していたのは、私のうちに見出した自分自身の気前の良さだったのだ。

じっさい、祖父は崇高さを用いすぎる傾向があった。十九世紀の人間であった彼は、他の多くの人と同様、そしておそらくヴィクトル・ユゴーその人と同様に、自分のことをヴィクトル・ユゴーだと思いこんでいた[23]。この大河のような髭をたくわえた美丈夫は酒から酒へと手を伸ばすアル中のように、次から次へと芝居がかったことをした[24]。彼はその頃発見された二つの技術の犠牲者だったのだと思う。つまり、写真術と祖父である術だ。写真うつりが良いのは彼にとって幸運であると同時に不幸でもあった。家には彼の写真がいたるところにあった。その当時はまだ一瞬では撮影できなかったから、ポーズを取り、活人画を演じる癖がついた。彼にとっては、どんな出来事も動作を止め、美しい格好でぴたりと静止し、石化する口実になった。彼は自分自身の彫像となるこの永遠の一瞬が大好きだった。祖父について覚えていることは、―この活人画への好みのせいで―幻灯画の動かない像ばかりだ。たとえば、森のなかで、私は樹の切り株に腰掛けている。私は五歳だ。シャルル・シュヴァイツァーはパナマ帽子をかぶり、黒い縞のはいったフランネルの生成り《きな》のスーツに身を包み、白いピケ織りのチョッキには時計の鎖がのぞき、紐のついた鼻眼鏡も見える。彼は私のほうに身を傾け、金の指輪をはめた指を立てて、話している。あたりは仄暗く、湿っているが、祖父の髭のところだけが太陽のように明るい。顎のあたりに後光が差しているのだ。何を言っているかは分からない。私は聞く姿勢のほうにばかり注意を傾けていて、ほとんど聞いていないのだ。推測するに、帝政下を生きたこの老共和主義者は、私に市民の義務を教え、ブルジョワジーの歴史を語って聞かせているのだろう。むかしは王さまや皇帝というのがいて、それは悪い奴らだった。でもみんなで彼らを追い払い、それからはすべてがうまくいった、といった具合だ。夕方になると母と私は、祖父を街道まで迎えに行くのだが、列車から降りる乗客のなかで、ひときわ背が高く、まるでダンスの教師みたいな歩き方をするので、祖父の姿はすぐ見つかった。遠くにいる私たちを見とめた瞬間から、祖父は目に見えないカメラマンの指示に従うかのように「ポーズをとる」。風に髭をなびかせ、背筋を伸ばし、足を直角にし、胸をはり、腕をいっぱいに拡げる。これを合図に、私は不動になる。前傾姿勢をとり、スタート前のランナーとなり、写真機から飛び出す小鳥となる。私たちはマイセン陶器の人形のように向かい合って一瞬立ち止まる。私は果物や花や、祖父の幸福を携えて、彼に駆け寄り、息が切れたふりをして祖父の膝のところにしがみつく。すると祖父は私を抱え上げ、腕いっぱいに伸ばして空高く差し上げ、「わしの宝物よ」と呟いて胸に抱きしめる。これが通行人たちの目を惹く第二の場面だった。私たちは数多くのヴァリエーションのある寸劇をたっぷりと演じた。いちゃついたり、ちょっとした誤解のあとに仲直りしたり、戯れにからかったり、優しく怒ってみたり、拗ねてみせたり、他愛のない隠し事をしたり、情熱的になったりした。私たちの愛を妨げる幾多の困難を想像し、それに打ち勝つ喜びを味わった。私はときには尊大だったが、気まぐれのために私の繊細な感受性が隠されることはなかった。シャルルは、祖父という立場にふさわしい、崇高で無邪気な虚栄心、つまりユゴーが推奨した盲目さと度し難い甘さを示すのがつねだった。私が罰を受けて乾パンしかもらえなかったとしたら、ジャムをもってきかねなかった。しかし、これに恐れをなした母と祖母は私がわがままにならないように用心を怠らなかった。それに私は言うことをよく聞く子どもだった。自分の役割がぴったりに思えたので、それを踏み外そうとはしなかった。実のところ、父親がさっさといなくなったために、私にはごく不完全なエディプス・コンプレックスしかできなかった。超自我がないのはもちろんだが、攻撃性もなかった。母は私のもので、この安定した所有権を脅かすものは誰もいなかった。暴力も憎悪も知らなかったので、嫉妬というつらい修行も免れた。現実の厳しい壁に突き当たることがなかったので、初めは現実の微笑みに満ちた柔らかさしか知らなかった。いったい誰に対して、何に対して、反抗することができただろうか。誰かの気まぐれが、私のすべきことだなどと言われたことはなかったのだから。

靴を履かせられ、鼻に薬を入れられ、髪にブラシをかけられ、体を洗われ、服を着せられ、脱がされ、世話を焼かれ、ちやほやされたが、そんな時、私はおとなしくされるがままにしておいた。お利口にしているのを演じることほど面白い遊びはなかった。けっして泣かなかったし、ほとんど笑いもせず、騒がなかった。四歳のとき、ジャムに塩を入れているところを捕まったことがある。だが、それは悪さというよりは純粋な学術的好奇心だったと思う。いずれにしろ、それが私の覚えている唯一の悪事だ。日曜日に母と祖母はミサに出かけた。有名なオルガン奏者の名演奏を聴くためだった。二人とも熱心な信者ではなかったが、ミサに行けば音楽が聴けた。トッカータを聴いている間は、神のことを信じていたことだろう。このなんとも高尚な精神的な時間は私にとって甘美なものだった。誰もが眠っているように見えた。いまこそ、自分の能力を発揮する時だ。祈禱台に跪くと、私は彫像に変化した。足の指一本動かしてはならぬ。まっすぐ前を見て、まばたきもせず、頬に涙が流れ落ちるのを待つ。私は足をチクチクとさす蟻と闘う巨人のように痺れをこらえている。だが、勝利を確信していたし、自分の力を意識してもいたから、わざと犯罪的な誘惑を掻き立てては、それを払いのける快楽を味わうのだ。ここで「どかぁん」と叫んで立ち上がってやれとか、洗礼盤によじ登っておしっこをしたらとか想像した。この想像上の誘惑によって、ミサのあとで母に誉めてもらうときの価値は何倍にもなった。だが、私は自分に嘘をついていた。危険なふりは栄光を増すためにすぎない。一瞬たりとも目の眩むような誘惑が訪れたことはなかった。私はスキャンダルを恐れすぎていた。私がみんなを驚かせるとしたら、それは美徳によってだ。この容易な勝利によって、私は自分が良い性向をもっていることを自覚した。自然にまかせていれば、みんなの賞賛を受けられるのだ。悪い欲望や悪い考えがやってくるとしたら、それは外からだった。私の中に入るやいなや、悪は先細りし、衰弱してしまう。私は悪には向かない土壌なのだ。私の美徳はいわばお芝居であり、けっして努力や強制の賜ではなかった。つまり、私は即興を演じていたのだ。私は観客を虜にし、役柄の細部にまで気を配る看板役者のような自由をもっていた。みんなが崇めるのだから、私は崇められるべき存在なのだ。これほど単純なことがあるだろうか。世界は善いものとして作られている。私は美しいと言われ、それを信じていた。少し前から右目に斑点が出ていて、後には完全に冒され、斜視になってしまったが、この頃はまだ何でもなかった。写真をたくさん撮ってもらい、母が色鉛筆で彩色してくれた。今も残っている一枚を見ると、私はふくよかな薔薇色の頬と金髪の巻き毛をして、その眼は既成の秩序に素直に従っているように見える。口は偽の傲慢さにふくらんでいる。私は自分の価値を知っていたのだ。

　私の性向がよいというだけでは十分ではない。預言者である必要もあった。真実は子どもの口から発せられる。子どもはまだ自然に近く、風や海の従弟だ。たどたどしいおしゃべりは、聞く耳をもつ者には、広大で曖昧な教えを与える。祖父はアンリ・ベルクソン[25]と一緒にジュネーヴ湖を渡ったことがあった。「わしはほんとうに興奮していてね」と祖父はよく言って聞かせたものだ。「光り輝く山の頂や湖面がきらきらするのをいくら眺めても飽きなかったほどさ。ところがベルクソンときたらトランクに腰かけて足下ばかり見ていたよ。」この旅行の一件から、哲学よりは詩的瞑想のほうが好ましいという結論を引き出した祖父は、私について瞑想した。庭で寝椅子に座って、手に麦酒《ビール》のコップをもち、私が跳んだり駆けたりするのを眺め、私のはっきりしない言葉のうちに知恵の言葉を探し、そしてそれをじっさいそこに見出した。私は後になってこのような狂気の沙汰を笑ったものだが、いまではそれを後悔している。それは死のなせる仕業だった。シャルルは恍惚によって不安と闘っていたのだ。彼は私のうちに地上のすばらしい作品を嘆賞し、そのことで、「すべては善だ、我々の慎ましい終焉でさえ善なのだ」と思いこもうとしていたのだ。山の頂や波頭や星々の間や私の若い命の泉のうちに祖父が自然を探し求めたのは、いま彼のことを自らの懐に取り戻そうとしている自然をそっくり抱きとめ、自分のために掘られている墓穴も含め、一切を受け入れるためだった。私の口を通して彼に語りかけているのは〈真実〉ではなく、彼の死だったのだ。だとすれば、私の幼年時代の無味乾燥な幸福が時に死の味をもっていたのも驚くにはあたらない。私が自由だったのは、父がちょうどよい潮時に死んでくれたおかげであり、私が重要だったのはやがて訪れる祖父の死のおかげだった。だからどうだというのだ。巫女が死者であることは周知の事実だ。子どもたちもまた死の鏡なのだ。

それに祖父は息子たちに嫌がらせをするのが好きだった。この恐ろしい父は息子たちを押しつぶすことに生涯を費やした。息をひそめて部屋に入ってくる彼らが、孫を膝に抱いた祖父に出くわしでもしようものなら、心が締めつけられたにちがいない。世代間の争いでは、子どもと老人はしばしば共通の利害を見出す。子どもが託宣を発し、老人がそれを解読するからだ。〈自然〉が語り、経験がそれを翻訳する。大人たちは口を噤むしかない。子どもがいない場合には、プードル犬が使われる。去年、犬の墓地に行ったとき、祖父のお気に入りのものとそっくりの言葉が聞こえてきた。「犬たちは愛することを知っているものだ。彼らは人間よりも優しく、忠実だ。犬たちは如才がなく、間違いのない本能があって、善が分かるし、いい人と悪い人を見分けることができる。」悲しみにくれた婦人が「ポロニウスちゃん、おまえは私よりいい子ね。おまえだったら私の後を追って死んだでしょうに。それなのに、私ったらお前が死んだのに、おめおめと生き延びているんだから」と言っていた。一緒にいた友人のアメリカ人はこれを聞いて憤慨し、セメント製の犬の置物を足蹴にして、その耳を折った。(26) 彼が怒るのももっともだ。子どもや動物を愛しすぎると、その愛は人間に対抗するものになるからだ。

つまり、私は見どころのあるプードル犬だったのだ。私は預言の言葉をのたまった。それは子どもの言葉だったが、大人たちはそれを覚え、私に繰り返して言った。私は他の言葉も学んだ。大人の言葉をすまして使い、「おませな」ことを語ることができ、それが詩になった。作り方はいたって簡単だ。悪魔や偶然や空虚に身を任せ、大人たちからそっくりそのまま言い回しを借り、それをくっつけ、訳も分からず口にするだけで良かった。要するに、託宣をたれると、みんながてんで勝手にそれを解釈するのだった。善は私の心の奥底に生まれ、真実は私の悟性の若き暗闇から生じる。私は自信たっぷりな自分にうっとりした。私の一言一挙動が高尚な意味をもち、私には分からないが、大人たちにはそれが一目瞭然らしいのだ。分からなくてもかまわなかった。私は自分には拒まれている精妙な快楽を彼らに与えてあげるのだ。私の道化ぶりは、気前の良さという外観をおびた。子どものいない可哀想な人たちが悲しんでいた。それにほだされた私が愛他精神によって、子どもの姿を借りて虚無から飛び出し、息子をもつという幻想を彼らに与えてあげたのだ。母と祖母は、私がこの世に生まれたというとてつもない善行を再現する機会をよく見つけた。彼女たちはシャルル・シュヴァイツァーの芝居っ気への性癖に媚びるかのように、不意をつく場面を準備した。家具の後ろに私を隠し、息を殺した私を残し、部屋から出ていったり、私のことを忘れた振りをしたりする。私は無と化している。そこへ祖父がやってくる。くたびれて、暗い顔をしている。もし私というものがいなかったとすれば、彼はいつだってこんなふうだろう。突然、私が隠れ場所から飛び出し、誕生という恩寵を与える。祖父は私に気づき、この遊びに加わる。顔つきを変え、腕を天にふりあげる。私の存在で彼を満たしてあげる。一言でいえば、私は自分自身を与えるのだ。私はつねに、いたるところで、自分を捧げ、すべてを与える。扉をちょっと押すだけで、私自身もまた出現した気になる。積み木を重ね、砂遊びをし、大声で叫ぶ。誰かがやってきて悦びの声をあげる。またもや誰かを幸せにしてやったのだ。食事、睡眠、体調不良への注意といったことが、典礼でいっぱいの生活の主要な祝祭であり、主要な義務なのだ。私は国王のように人前で食事をとる。「よく」食べると、みんなが祝福する。祖母でさえ「お腹を空かせているなんて、なんてこの子は良い子なんでしょう」と叫ぶのだ。

私はたえず自分を創造しつづける。私は与える者であると同時に、与えられる物そのものでもある。もし、父が生きていたら、私は自分の権利と義務を知ることになっただろうが、父が死んだために、私はそれらを知ることがなかった。愛によって満たされていたから、権利などなかったし、愛によって与えていたのだから、義務もなかった。ただひとつの務めは、気に入られることだった。すべては人の目を惹くためだった。我が家では、気前の良さがなんと濫費されていたことか。祖父は私を養い、私は彼の幸福を作った。母はみんなのために身を粉にした。いま考えると、母の献身だけが本物だったように思われるが、当時は誰もそれについては触れずにいた。人生とは一連の儀式であり、私たちは年がら年中挨拶をして過ごしている。私のことを偶像視さえしてくれれば、私は大人を尊敬した。私は率直で開けっぴろげで、女の子のようにおとなしかった。私はよく考え、人びとを信用した。だれもが満足していたから、だれもが良い人たちだった。社会というものは功績と権力の明瞭な位階から成り立っているものだと、私は思っていた。頂点にいる者たちは、下にいる者に自分の持っているものすべてを与える。とはいえ、私は一番上になるつもりはなかった。それが真面目で秩序をあらしめるべく気を砕いている人たちの場所であることをよく知っていたからだ。私は彼らの脇のそう遠くない止まり木にちょこんと止まる。私の放つ光は梯子の上から下まで照らしていた。要するに、私は世俗的権力から距離をとるように努めていた。下でも上でもなく、よその場所にいるようにする。聖職者の孫だったので、子どもの時から聖職者だった。高位聖職者の柔らかな物腰と快活さを備えていた。目下の者でも同等に扱った。それは敬虔な嘘であったが、それによって彼らは幸福になり、そんな風に騙されるのが、彼らにとってもある程度までは好都合だったのだ。女中や郵便配達夫や犬に対して、私は穏やかで寛容な声で話しかけた。この秩序だった世界には貧しい人びともいるし、五本足の羊や、シャム双生児の姉妹や、鉄道事故などもあるが、そういった不祥事は誰のせいでもない。善良な哀れな人たちは、彼らの務めが私たちの気前の良さを発揮させることにあることは知らない。恥を知った貧しく哀れな人びとは、道の端を小さくなって歩く。私は勢いよく飛び出し、彼らの手に二スー銅貨[27]を押しつけたり、対等の顔をしてプレゼントをしたりする。彼らは間抜けな様子をしていると思うし、彼らに触るのはいやなのだが、我慢する。これは試練なのだ。それに、彼らから愛される必要もある。私への愛が彼らの人生を美しくすることだろう。彼らが必需品に事欠いていることを知りながら、私には彼らの余剰品であることが気に入っていた。それに、彼らの悲惨さがどれほどのものであれ、けっして祖父ほど苦しんだわけでもなかろう。

幼かったころ、祖父は夜明け前に起床し、暗闇で服を着た。冬場は顔を洗うのに、水桶の氷を割らねばならなかった。幸いなことに、いまでは事態はよくなっている。祖父は〈進歩〉を信じていたし、私もそうだった。進歩、この長く険しい道が私までずっと延びているのだ。

それは天国だった。毎朝、悦びにうっとりと目覚め、世界一美しい国の、いちばん仲睦まじい家庭に生まれたという幸せを満喫した。不満をかこつ者がいると、憤慨したものだ。いったい何が気に入らないというのだ。そんな奴は反逆者だ。とくに祖母に対していちばん不安を覚えた。祖母からあまり賞賛されないことも感じていて、それが苦痛だった。じっさい、ルイーズは私の正体を見抜いていた。自分の夫の芝居気を非難する勇気はなかったので、そのぶん私の芝居気をあからさまに譴責することがあった。お道化者のポリシネル、道化従僕パスキーノ、気取り屋さんなどと呼ばれ、「茶番」を止めなさい、と言われた。私は、祖父のことも揶揄しているのだろうと勘ぐったので、よけい彼女に対して腹がたった。彼女は、「すべてを否定する、天の邪鬼」だった。私が口答えすると、謝りなさいと祖母は厳しい口調で言った。他の人から支持されるのを確信していた私は拒んだ。祖父は私への偏愛を見せる絶好の機会を逃さず、私の肩をもったので、祖母はたいそう怒って席を立ち、自分の部屋に閉じこもってしまった。祖母が根にもつのを恐れた母は、小さな声でぼそぼそと祖父が悪いと言ったが、祖父は肩をすくめ書斎に戻っていった。ついに、母は私に謝りに行くように頼みこんだ。私は自分の力を味わった。私は聖ミカエルで、悪い鬼を退治したのだ。しまいには、私はおざなりに許しを乞いに行った。そんな時を別とすれば、もちろん私は祖母が大好きだった。だって、私のおばあさんなのだから。私は祖母をマミーと呼ぶように言われていた。家長である祖父のことは、アルザス風のファーストネームで、カールと呼ぶようにと言われていた。カールとマミー、それはロミオとジュリエットや、ピレモンとバウキス[28]よりも語呂がよかった。母は毎日なんの気なしに何度も繰り返して言ったものだ。「カーレマミー［カールとマミー］が待ってるわ、カーレマミーが喜ぶでしょうね、カーレマミーが…。」この四音節の結びつきで二人の完全な調和をほのめかすかのようだった。私は半信半疑だったが、心底から信じているように振る舞った。まずは自分自身の目にそう映るようにしたのである。当時の私にとって、言葉はその影を物の上に投げかけていた。カーレマミーという言葉を通して、私は家族のひび割れのない統一性を維持することができ、ルイーズのうちに、シャルルの長所の多くを注ぐことができたのである。うさんくさく、罪を犯しやすい祖母は、いつも過ちを犯す寸前で、天使の腕によって、つまり言葉の力によってつなぎ止められていたのだ。

　真の悪者は別にいた。私たちからアルザス＝ロレーヌ地方を奪ったプロシア人だ。彼らは、家の時計もことごとく略奪した。残ったのは祖父の暖炉を飾る黒大理石の振り子時計だけで、それは祖父の教え子のドイツ人たちによって贈られたものだった。それだって、どこから盗んできたものかわかったものではない。私はハンシ[29]の本を買ってもらい、挿し絵を見せてもらった。私はアルザスに住む叔父たちによく似たバラ色の砂糖菓子のような太った人物たちに嫌悪は感じなかった。祖父は、一八七一年[30]にフランスを祖国として選んだが、ドイツ領となったギュンスバッハ村やプファッフェンホーフェン村にときどき出かけ、その地に残った人びとを訪れた。私も連れて行かれた。列車のなかでドイツ人の車掌が切符の検札に来るときや、カフェでボーイがなかなか注文を取りに来なかったときなど、シャルル・シュヴァイツァーは愛国心から真っ赤になって怒ることがあった。母と祖母が腕をとって、「シャルル、よく考えて。そんなことをしたら追い出されるわよ。元も子もないでしょ」と言うと、祖父は声を荒げて

「できるもんなら追い出してもらおうじゃないか。ここはわしの国なんだぞ」と言った。母たちが私を祖父の膝のほうに押し出すので、私が頼み込むような顔つきで祖父の顔を見ると、祖父はおとなしくなり、「ぼうずに免じて許してやるか」と乾いた指で私の頭をなでながら、呟くのだった。そんなとき祖父に対してこそ悪感情を抱くことはあれ、占領者に対しては憤りを覚えなかった。それにシャルルは、ギュンスバッハ村では義妹に対しても怒りをぶちまけていた。週に何度となく、彼はナプキンをテーブルに叩きつけては、扉をばたんと閉めて食堂を出ていった。彼女はドイツ人ではなかったのに。食後、私たちは祖父の足下で泣いて頼んだが、鉄面皮は崩れなかった。こうなると祖母の言う通りだと認めぬわけにはいかなかった。「アルザスはあのひとにとって一文の得にもならないのよ。あんなに頻繁に帰るべきじゃないわ。」私自身も、軽く扱われるので、アルザス人たちが好きではなかったし、アルザスが奪われたことをさほど残念とも思っていなかった。プファッフェンホーフェン村では、私が頻繁に食料品屋のブルーメンフェルドさんのところに行くので迷惑している、と口さがない噂がたつ。カロリーヌ叔母さんが母に「文句を言い」、それが私にも伝えられる。この時ばかりは、ルイーズと私は味方になった。祖母は自分の連れ合いの家族が大嫌いだった。アルザスの中心都市ストラスブールのホテルで、私たちみんなが一緒の部屋に居たときのことだ。かすかな、現実離れした音が聞こえたので、私は窓辺に駆け寄った。軍隊だ。私はプロシア軍がこんな子どもじみた音楽にのって行進するのを見て嬉しくなり、手を叩いた。祖父は椅子に座ったまま、ぶつぶつ言った。母が私のところに来て、窓から離れなきゃ駄目よと耳打ちした。私は少しむくれながらも従った。もちろん私だってドイツ人は大嫌いだったが、確信があったわけではない。それにシャルルにしたところで、盲目的な愛国者を任ずるには弱みがあった。一九一一年にムードンを去ってパリのル・ゴフ通り一番地に居を移した時、彼は定年退職したところで、私たちを養うために「外国語学院」を設立した。短期滞在の外国人にフランス語を教える学校だ。直接教授法によっていたが、生徒の大半はドイツから来ていた。彼らは金払いがよかった。祖父は勘定などせずに、上着のポケットにルイ金貨を何枚も入れていた。不眠症に悩む祖母は、夜になると玄関に行って、「こっそりと」彼女が娘に言うところの「十分の一税」を天引きした。いわば、私たちは敵に養われていたわけだ。独仏戦争でも起こった日には、アルザスは戻ったとしても商売あがったりだっただろう。じっさい、シャルルは平和維持派だった。それに、家に食事にくる善良なドイツ人たちもいた。赤ら顔で毛深い女流小説家。少しやきもちを妬いたルイーズが「シャルルのドルシネア姫[31]」と呼んでいた女性だ。また、私の母を扉に押しつけて無理矢理キスしようとする禿の医者もいた。母がおずおずとこの医者に対する不満をもらすと、祖父は怒りを爆発させ、「おまえたちのせいで、わしはみんなと仲違いしてしまうじゃないか」と言った。祖父は肩をすくめて、こう結論した。「きっとおまえが幻覚を見たんだよ」。こうして、母は自分が悪かったのだと思わざるをえなかった。これらのお客たちは私の素晴らしさに魅了されねばならぬことを十分承知していて、大人しく私をあやした。したがって、彼らとてその出自にもかかわらず、善とは何なのかをおぼろげには分かっていたわけだ。学校の創立記念日には、百人以上の招待客が訪れ、安物のシャンパンが振る舞われた。母とムテ嬢がバッハを連弾で演奏した。青いムスリンのドレスを着て、髪の毛には星を、背中には翼をつけた私は、お客たちの間を飛び回り、籠のミカンを配ってまわった。人々は「ほんものの天使だね」と驚嘆した。そうか、この人たちもまんざら悪人じゃないんだと思いながらも、私は受難のアルザスの仇を打つことを忘れたわけではなかった。内輪の時には小声で、ギュンスバッハやプファッフェンホーフェンの従兄弟たちがし[32]ているのと同じように、ドイツっぽどもを笑いのめした。独文仏訳で「シャルロッテはヴェルテルの墓の上で半身不随になりました」と書いた女生徒のことを何遍も飽きることなく笑ったり、夕食に出されたメロンをうさんくさそうに眺め、ついに意を決して皮も種もすっかり食べてしまった若い教師のことを笑ったりした。こんなへまのために、私は彼らに対して寛容になった。ドイツ人は劣った連中だ。ぼくらの隣人であるのは彼らにとってなんという幸運だろう。ぼくらが啓蒙してやるのだ、などと思っていた。

「髭のない口づけなんて、塩のかかってない卵のようなもの」という言い回しがその当時あった。私ならそれに付け加えて言うだろう。それは悪のない善のようなもの、一九〇五年から一九一四年までの私の人生のようなものだ、と。定義というものが対立によってなされるのだとすれば、当時の私こそまさに定義されざるものだった。愛と憎しみが同じメダルの裏表だとすれば、私は何も、そして誰も愛していなかったのだ。うまくしたものだ。憎むことと気に入られることは同時にできない。気に入られることと愛することも同時にはできないのだ。

つまり、私はナルシスだったのだろうか。そうでさえない。誘惑することばかりに気をとられ、自分自身のことは忘れていた。けっきょくのところ、砂遊びをしたり、お絵かきをしたり、排泄したりすることがそれほどおもしろかったわけではない。それらが意味をもつためには、大人が私の行為に魅了される必要があった。幸い、拍手喝采には事欠かなかった。私の片言でも「フーガの技法」でも、どちらを聞いていようと、大人たちは同じようないたずらっぽい訳知り顔の微笑を浮かべた。そのことが、私が本当は何者なのかを示していた。つまり、私は文化財だったのだ。私には文化が染みこんでおり、私の発する光が文化を家族へ送り返していた。あたかも、夕暮れ時の池が昼の暑さを送り返すように。

人生が始まったとき、私のまわりには本があった。おそらく終わるときも同じだろう。祖父の仕事部屋には本がいたるところにあった。ふだんは埃を払うことは禁じられていて、年に一度、新学年の始まる十月の前にだけ掃除された。私はまだ文字を読むことができなかったが、すでに本というものを、この聳える石たちを崇めていた。屹立したり、傾いだり、書架の棚に煉瓦のようにぎっしりと並んだり、メンヒル(33)の立つ小道のようにゆったりと置かれていたこれらの本に我が家の名声がかかっていることを私は感じていた。それらの本はどれも似通っていた。私が飛び跳ねて遊んだ小さな聖域の周りには、ずんぐりした古代のモニュメントが並んでおり、それらは私の誕生に立ち会ったし、死にも立ち会うことになるだろう。その永遠性が過去と同じくらい平穏な将来を私に保証していた。その埃で自分の手に栄誉を与えようと、こっそりと触れてみたりしたが、本が何のためにあるのかはよくわからなかった。毎日、儀式に立ち会っていたものの、その意味は見当もつかなかった。祖父は——ふだんはとても不器用で、手袋のボタンを母に留めてもらうほどだったが——これらの文化財を祭司らしい巧みさで操作した。彼が心ここにあらずという態で立ち上がり、机の向こうに回って、大股で部屋を横切り、迷うことも選ぶこともなく、手に本を一冊取ると、ひじ掛け椅子に戻りながら頁をめくり、人差し指と親指を同時に動かして、座るやいなや靴底を鳴らすような音を立てて、一挙に「正しい頁」を開く。そんな光景を私は何百回となく見た。時には、私はそれらに近づいて、まるで牡蛎のようにぎざぎざのあるこれらの箱をよく観察し、その剥きだしの内臓を発見した。青白く黴の生えた紙葉がむくんで、黒い細脈に覆われ、インクを吸い込み、キノコの匂いがした。

祖母の部屋では本は横たわっていた。貸本屋から借りてこられ、一度に二冊以上見かけたことはなかった。その安っぽい紙細工は新年の砂糖菓子を思わせた。ペラペラした光沢のあるその紙片が、包装紙を切り取ったように見えたからだ。装幀のない真っ白で真新しい本は、ちょっとした秘密の口実に使われていた。金曜日になると祖母は外出用におめかしをして、「これを返してくるわね」と言った。そして帰ってきて、黒い帽子とベールを脱ぐと、マフの中からそれを取り出すのだ。私はわけが分からず、「あれは同じ本なのだろうか」と自問したものだった。祖母は本にていねいに「カバーをかけ」、そのうちの一冊を選んで、窓辺に陣取り、小さな枕のついたロッキングチェアーに座り、円い眼鏡をかけ、幸せそうにほっと溜め息をつくと、愉楽にみちた上品な笑顔をたたえて瞼を伏せた。その笑みは、後になって見たモナリザの口元の微笑に似ていた。母は口をつぐみ、私にも黙っているようにと命じた。私はミサや死や眠りのことを考え、聖なる沈黙で一杯になった。ときどき祖母《ルイーズ》は小さな笑い声をたてると、娘に声をかけて、指でそのくだりを示し、二人は共犯の眼差しを交わした。だが、私は品のない仮綴じ本があまり好きではなかった。彼らは闖入者であり、祖父はそれが女性たちだけが崇拝する価値の低い信仰の対象なのだとあからさまに言うこともあった。日曜になると、暇をもて余した祖父が祖母の部屋にやってきて、彼女の前に座りこむことがあった。だが、これといって話すこともない。みんなが祖父を見つめると、祖父は窓をコツコツと叩いたりするが、不意に思い立ってルイーズのほうに向き直り、読んでいる小説を手から取り上げる。「シャルル、頁が分からなくなってしまうじゃない」と祖母は怒って叫ぶ。祖父はすでに眉毛をつり上げ読み始めていた。突然、人差し指で仮綴じ本を叩きながら「分からんな」と言う祖父に、「どうして分かるはずがありますか、途中から読んで」と祖母が答える。祖父はしまいには本をテーブルに投げ捨てて、肩をすくめて出ていくのだった。

祖父のほうが専門家なのだから、ぜったい正しいにちがいなかった。私は知っていた。祖父が見せてくれたことがあったのだ。書架から茶色のクロース装の厚い本を数冊を取り出し、「ぼうや、これはな、おじいちゃんが作ったんだぞ」と言った。なんと誇らしいことだろう。私は聖なる品物《オブジェ》を製造する専門職人の孫なのだ。それはオルガン職人とか、聖職者の服をつくる仕立屋と同じくらい尊敬に値する職ではないか。私は仕事中の祖父を見たことがある。毎年、『ドイツ語教本』は再版されていた。ヴァカンスの間、家族みんなで校正刷りを今か今かと待ったものだ。シャルルはなにもしないではいられない性分で、することがないと暇つぶしに腹を立てる始末だった。ついに、郵便屋が大きな柔らかな小包を持ってくる。祖父は鋏で紐を切り、折り畳まれていた校正刷りを開くと、食堂のテーブルの上に広げて、赤い線を厳しく刻んでゆく。誤植が見つかる度にもごもごと呪詛を浴びせかけるが、女中が食卓の準備をさせてくださいと言うまでは大声で叫ぶことはなかった。みんなが満足していた。私は椅子の上に乗り、赤い血が滴る黒い線に見とれたものだった。シャルル・シュヴァイツァーは、自分には仇敵があり、それは出版社だと教えてくれた。祖父は計算高くなかった。無頓着から惜しみなく濫費し、これ見よがしに気前がよかったが、後には、老いの病である吝嗇に陥ってしまった。それは身体が不自由になったことと死の恐怖から来ていたのだろう。当時はまだ、祖父の吝嗇は奇妙な猜疑心にしか現れていなかった。印税を為替で受け取ると、彼はきまって腕を天に振り上げ、「喉を掻き切られた」と叫んだり、祖母の部屋に入って暗い顔つきで、「出版社の奴にすっからかんにされてしまうよ」と言ったりした。人間同士のあいだに搾取があることを発見して、私は驚愕した。このような不正（幸いなことにごく稀だったが）さえなければ、世界の出来映えは悪くないように思われた。ふつう雇用主は能力に応じて労働者に報酬を与えていたからだ。なぜ、出版社という吸血鬼は私の可哀想な祖父の血を吸って、このよく仕上がった世界を台無しにするのだろうか。報われることなく献身をつづけるこの聖人を、私はいっそう尊敬するようになった。こうして私には、教職を聖職と見なし、文学を受難＝情熱《パッション》と見なす準備が小さな時からできていた。

　私はまだ文字を読むことができなかったが、「自分の」本を要求する程度には俗物《スノッブ》だった。祖父は出版社の奴のところへ赴き、詩人モーリス・ブショール(34)の『短編集』をもらってきた。それは民話からとってきた物語で、祖父によれば、子どもの目を失わなかった大人が子どもの趣味にあわせて書いたものだった。私は直ちに本を自分のものにする儀式にとりかかった。二冊の小さな本を手に取り、その匂いを嗅ぎ、手で触り、パシンと音を立てて「正しい頁」を無造作に開けてみせた。だが、なにも起こらなかった。そんなことをしてもいっこうに本が自分のものになった気はしなかった。本を人形のように扱い、揺すったり、キスしたり、叩いたりしてみたけれど、何の効果もなかった。泣き出しそうになった私は、母の膝のうえに本を置いた。針仕事をしていた母は目をあげ、「ぼうや、何を読んでほしいの、妖精のお話」と尋ねた。信じられない気持ちで私は「妖精がこのなかにいるの」と尋ねた。妖精の話は私にはお馴染みのものだった。母がお風呂でよく聞かせてくれたからだ。オーデコロンでマッサージしたり、浴槽の下に落ちた石鹸を拾うためにときおり中断されたお話を、私はよく知っていて、聞くともなしに、聞いていた。私の目に入るのは母アンヌ＝マリーだけだった。彼女は私の毎朝出会う若い娘だった。私の耳に入ってくるのは召使いのような頼りない声だけだった。私は、中途半端に終わる文章や、おくれがちな言葉が好きだった。しっかりしたかとおもうと、またすぐそれが崩れて逃げだし、ついには断片的なメロディの中に消えてしまい、またもや沈黙が訪れるといった話し方が大好きだった。物語は、そのうえのおまけだった。つまり、独り言を繋ぎ止める絆だった。母が話しているあいだ、私たちは人目を避けて隠れているかのようにふたりっきりで、他の人びとからも神々からも司祭たちからも遠く離れ、森のなかの二匹の鹿のように、妖精という他の鹿たちと一緒にいた。石鹸やオーデコロンの香りのする私たちの俗な生活のエピソードを描きこむために、まるまる一冊の本が作られたということが私には俄には信じられなかった。

アンヌ＝マリーは自分の前の小さな椅子に私を座らせると、前かがみになって、瞼を伏せ、眠り始めた。すると、その彫像のような顔から石膏の声が飛び出した。私はわけがわからず混乱した。誰がしゃべっているんだ。何を。誰に。母はいなくなった。笑顔も、親しげな仕草もなく、私は見知らぬ場所に置き去りにされてしまった。彼女の話し方にも聞き覚えがなかった。こんなしっかりした調子をどこから借りてきたのだろうか。やがて私は了解した。そうか、本が話しているんだ。文章がそこから出てきて、私を怖がらせた。それは本物の百足《むかで》で、シラブルや文字がうじゃうじゃしていて、二重母音が背を伸ばし、二重子音が声を震わしていた。歌うような、鼻声で、休止と溜め息でとぎれ、よく知らぬ言葉がたくさんあり、自己陶酔の様子で、私に頓着することもなく蛇行を楽しんでいた。時にそれは私が理解する前に消え去った。またある時は、私が先にわかることもあったが、それでも読点《コンマ》ひとつおろそかにすることなく最後まで堂々たる蛇行を続けた。もちろん、このお話は私のためにされたのではなかった。そして物語の方もよそ行きの格好をしていた。木こりの夫婦と娘たち、それに妖精、こういった慎ましい人々、つまり私たちの同類であるものが、荘厳な様子をしていた。彼らのぼろ服が麗々しく描写され、言葉に影響されて、物事も変わった。行動は儀式に、出来事は式典になった。とつぜん、質問をする者がいた。というのも、祖父の出版社は教育書を専門としていたので、若い読者の知性を鍛錬する機会を逃そうとはしなかったからだ。質問は子どもに対してされているように思われた。きみが木こりの立場だったら、どうしたと思いますか。姉妹のどちらが好きですか。それはなぜですか。バベットの罰を認めますか。しかし、質問されているのがほんとうに私なのか確信がもてなかったので、答えるのが怖かった。それでも、私は答えた。弱々しい声が宙でまごつき、なんだか自分が他人になったような気がした。アンヌ＝マリーもまるで別人のようだった。霊感をもった盲人のような様子をしていた。自分が世の中にいるすべての母親たちの子どもになり、アンヌ＝マリーがすべての子どもの母親になったような気がした。母が読むのを止めると、私はその手から勢いよく本を取り返し、礼も言わずに本を小脇に抱えて出ていった。

だがやがて、自分自身でなくなることができるこの仕掛けが楽しくなってきた。モーリス・ブショールは、百貨店《デパート》の売場主任の接客ぶりにも似た細やかな気遣いで子どもに向かって身をかがめるので、自尊心をくすぐられた。即興的な物語よりも、あらかじめできあがっているお話のほうを好むようになった。言葉の厳密なつらなりを味わうようになった。読んでもらうたびに同じ言葉が同じ順序で現れる。私はそれらの言葉を待つようになった。アンヌ＝マリーのお話では、主人公たちは、彼女自身と同じように行き当たりばったりに暮らしていたが、その彼らが運命を獲得したのだ。私はミサに行っている気分になった。名前や出来事の永劫回帰に列席していたのだ。

そんなわけで、母に嫉妬した私は、その役割を奪うことにした。『シナ人の苦悶』(35)という題の本を手に取ると、物置になっている部屋に持ち込んだ。簡易ベッドによじ登って、それを読むふりを始めた。私は一行も飛ばすことなく黒い線を目で追い、一語一語はっきりと発音して、大きな声で物語を語った。そんなところをみんなに見つかってしまった。というより、見つかるようにわざとしむけたのだ。驚いた大人たちは、アルファベットを教える時が来たと話し合った。私は洗礼志願者のように熱心に学び、自習までした。エクトール・マロ(36)の『家なき子』を手にベッドによじ登った。この本はほとんど暗記していたので、半分は暗唱で、半分は文字を解読しながら一頁ずつ進み、ついには読破した。こうして、最後の頁をめくった時、私は文字を学び終えていた。

私は悦びで気も狂わんばかりだった。草花標本の中にあるあの乾いた声が私のものになった。視線で命を吹き込む祖父には聞こえても、私には聞こえなかった声が私のものになったのだ。私にも声が聞こえるようになるだろう。その声を聞いてみよう。儀式張った演説を頭に詰め込もう。私はすべてを知ることになるだろう。書斎に自由に出入りすることが許されたので、私は人類の英知に襲撃をしかけた。こうして私は形成された。後になって、ユダヤ人は自然の教えや沈黙を知らないと反ユダヤ主義者たちが非難するのを聞いた時、私は答えたものだ。「だとすると、私のほうが彼らよりもさらにユダヤ人らしい」と。田舎の子どもとはちがって、草や木の生い茂った記憶や、無邪気なやんちゃぶりを自分の中に探しても無駄なのだ。土をほじくり返したり、鳥の巣を探したりしたことは一度もないし、草花を集めたり、鳥に石を投げたこともない。本が私の鳥であり、巣であり、家畜であり、家畜小屋であり、田園であった。書斎は鏡の中に捉えられた世界だ。そこには世界の無限の厚みと多様性と予測不可能性があった。私は途轍もない冒険に身を投じた。雪崩で生き埋めになる危険を冒して、椅子や机をよじ登った。書架の上段の本は長いこと私の手には届かないものだった。他には、発見と同時に取り上げられてしまう本もあったし、隠されてしまった本もある。それらを手に取って読み始め、元の場所に戻したはずなのに、もう一度見つけるのに一週間かかることもあった。恐ろしい出会いも体験した。ある大型本を開くと、カラー頁で、目の前にはぞっとするような虫たちが蠢《うごめ》いていた。絨毯に腹這いになって、私はフォントネル(37)、アリストパネス(38)、ラブレー(39)を横断する乾燥地帯の旅行を企てた。文章は事物と同じように抵抗した。じっくり観察し、ぐるっとその周りを一周したり、離れる振りをして、安心させたところを不意を打って捕まえなければならなかった。多くの場合、秘密は暴かれないままだった。私は大航海家のラペルーズ伯爵(40)、マゼラン(41)、ヴァスコ・ダ・ガマ(42)となり、奇妙な原住民たちを発見するのだった。十二脚韻で翻訳されたテレンティウス(43)の『自虐者』とか、比較文学の本に出てくる「個人的特異性《イディオサンクラジー》」といった連中だ。語尾音消失とか交叉配列法とか雛形といった、わけのわからぬ幾多のカフラリア人(44)どもが頁の端から不意に現れるだけで文章全体が脱臼したようになった。これらの固くて黒い言葉の意味を私が知ったのは、それから十年も十五年も経ってからだったが、今でもその不透明感は残っている。それらは私の記憶の堆肥のようなものだ。

書斎には、フランスとドイツの古典作品ぐらいしかなかった。文法書、有名な小説、『モーパッサン選集』、画集（ルーベンス、ファン・ダイク、デューラー、レンブラントが一冊ずつ）もあった。この画集は祖父が生徒たちから新年のお祝いに贈られたものだった。貧相な世界だ。だが、『ラルース大百科事典(45)』がすべての代わりの役を果たした。私は机の後ろの本棚の二段目から無造作に一冊を抜き出したものだ。A-Bello、Belloc-Ch とか Ci-D、Mele-Po とか Pr-Z（このような文字の組合せは一種の固有名詞となり、知の宇宙〔普遍的知識〕の部分《セクター》を意味していた。つまり、Ci-D とか Pr-Z といった地方があり、それぞれに固有の動植物、都市、偉人、戦争がひそんでいた）。やっとのことで祖父のデスクに事典をのせてそれを開き、そこから本物の鳥たちを取り出したり、本物の花にとまった蝶を追いかけたりした。人びとも動物も、「生身で」そこにいた。版画が彼らの身体であり、文章が彼らの魂、つまり固有な本質《エッセンス》だった。外で出会うのは、完璧さからほど遠い曖昧な素描で、原型と似ているものもあればそうでないものもあった。ブーロニュの動物園の猿は猿らしくなく、リュクサンブール公園の人間は人間らしくない。プラトン主義者であった私は、知識から出発して事物へと向かったのだ。事物よりもその観念のほうに実在があると思った。なぜならば、概念こそがまず最初に与えられ、しかもそれは物として与えられたからである。私が宇宙を見出したのは、書物のうちにおいてであった。それは訓化され、分類され、名札をつけられ、思考されてはいたが、それでも恐ろしいものだった。それに、私は自分のブッキシュな経験の無秩序と現実の出来事の偶然的な流れを混同していた。私の観念主義の原因はそこに由来するのだろう。そこから抜け出すのには三十年という歳月が必要だったのだ。

日常生活は平穏だった。私たちは物言をはっきりと言う人たちと交際しており、彼らの確信は、健全な原則と世間の常識に基づいていた。彼らが一般人たちと自分たちとを区別するのは、私自身もそれに慣れていたある種の精神の気取り《マニエリスム》によってのみであった。彼らの意見は明晰判明だったから、すぐさま私は納得したし、自分の行動を正当化するときは何とも退屈な理由を挙げるので、疑う気にもならなかった。自慢げに開陳される良心の問題に困惑を感じることはなく、かえって教化された。それはあらかじめ結末のわかっている見せかけの争いで、つねに同じだった。過ちを認めるときは、けっして重大なものではなかった。思いこみだとか、正当ではあるが度を超した苛立ちのせいで判断を誤ったが、幸い手遅れにならないうちに気がついた、というわけだ。その場にいない者の過ちの場合はもう少し重大だったが、それとて許されざるものではなかった。我が家では人の悪口は言われたことはない。ただ、性格の欠点がいかにも残念そうに指摘されるだけだった。私は耳を傾け、理解し、承認し、そういった言葉に安堵した。彼らが安心させようとさせているのだから、私は間違っていなかった。手のほどこしようのないものはないし、結局のところなにも変わらないのだ。表面上の騒乱は、私たちの定めである死のような静けさを隠すものではなかった。

お客たちが帰って、ひとり残されると、私はこの平凡な墓場を抜けだし、人生を求めて、つまり狂気を求めて本のなかに舞い戻った。非人道的で不安に満ちた思想を再び見いだすには、本を一冊開くだけで十分だった。そこに現れる虚飾や暗さは、私の理解力を越えていた。話は次から次へと飛躍し、あまりに素早いので、私は一頁の間に何度もあきらめてぼうっとなり、置いてきぼりをくらい、勝手に進ませておいた。私の遭遇した多くの出来事は、祖父なら荒唐無稽だと決めつけただろうが、それでも書物のもつ紛れもない真実の力をそなえていた。登場人物たちは何の前触れもなく忽然と姿を現し、愛し合い、仲違いし、殺し合った。生き残った方は、悲しみで憔悴し、自分が殺した友人や優しい愛人と墓のなかで一緒になるのだった。私はどうするべきだったのだろうか。大人のように、非難したり賞賛したり、罪を許したりすべきだったのだろうか。しかし、この風変わりな連中は、我々と同じ原則や動機によって行動しているとはとうてい思われなかった。彼らが自分の原則や動機を表明するときでも、私にはまるで理解できなかった。ブルートゥス[46]は息子を殺し、マテオ・ファルコーネ[47]もそうした。したがって、これはよくある習慣らしい。しかし、私の周りでは、誰もそんなことはしない。ムードンに住んでいたころ、祖父とエミール伯父さんはよく喧嘩したし、庭で大声を張り上げることもあったが、祖父が伯父さんを撃ち殺そうと考えているとは思えなかった。子どもを殺す親のことを祖父はどう考えたことだろう。私自身は、意見を保留していた。というのも、孤児だったからそんな危険がなかったからだ。この派手な殺人はちょっとは面白かったが、その物語には殺人[48]に対する賞賛を感じて当惑した。兜をかぶり、抜き身の剣を片手に、妹のカミーユを追いまわすオラースを描いた版画に、私は唾を吐きかけたくなるのをぐっと我慢した。祖父はときおりこんな鼻歌を歌った。

兄妹よりも

この言葉を聞いて私は不安になった。妹が生まれたりしたら、彼女は私にとってアンヌ＝マリーよりも、カーレマミーよりも親しい存在になるのだろうか。だとすれば、それは私の恋人ということになるだろう。当時の私にとって、恋人とはコルネイユの悲劇によく出てくる意味のはっきりしない言葉でしかなかった。恋人たちはキスをし、床を共にすることを約束しあう（なんという奇妙な風習だろう。どうして、母と私のようにツインベッドでは駄目なのだろう）。それ以上のことは知らなかったが、その観念の明るい表面の下に、何か毛むくじゃらの塊のようなものを感じた。いずれにしろ、妹がいたら近親相姦の関係になっていたかもしれない。そんな夢想をしたものだ。転移行動だろうか。禁じられた感情のカモフラージュだろうか。ありえることだ。私には姉がいたが、それは母だった。妹だったらよいのにと私は思っていた。今日——一九六三年——でも兄妹という関係だけが私の心を揺さぶる。[*]このいなかった妹を女性のうちに求めるという間違いを私はしばしば犯した。求めは却下され、訴訟費を支払わねばならなかった。それでも、いまこれを書きながら、私のうちにカミーユを殺したオラースに対する怒りが再燃してくる。この怒りはあまりに新鮮で生き生きとしているので、私の反軍国主義の一部は、この殺人に由来するのではないかと思ってしまうほどだ。軍人とは妹を殺すものなのだ。ぼくだったら、この粗野な兵隊に目にものみせてやったのに。奴を処刑場に引きずり出し、十二発の弾丸を撃ち込んでやる。だが、次の頁をめくると、活字に思い違いを諭されるのだ。妹殺しを無罪放免にしなければいけなかったのだ。少しの間、私は荒々しい息づかいで、囮《おとり》に騙された闘牛のように、地団駄を踏んだ。それから、大急ぎで怒りに灰をかけてもみ消した。世の中とはこういったものだ。我慢だ、我慢だ。私はまだ若すぎる。すべてを誤解していたのだ。この無罪放免が正当である理由は、難解すぎて我慢できずに飛ばしてしまった多くの十二音節詩句《アレクサンドラン》のうちで明らかに示されていたにちがいない。この不確実さ、物語が逃れてしまう感覚が私は好きだった。別世界にいる気分がしたからだ。『ボヴァリー夫人』の最後を二十回は読み、しまいには一段落をすっかり暗記してしまったが、妻を亡くした哀れな夫の振る舞いはいっこうに明らかにならなかった。彼は手紙を見つけたというが、それが髭を剃らない理由になるだろうか。彼はロドルフに暗い眼差しを投げかけたという。だとすれば恨みがあったのか。でも、いったい何の恨みだ。どうして彼は「恨んでいませんよ」などと言ったのか。ロドルフはなぜ、彼を「滑稽でちょっと卑しい」と思ったのか。そして、シャルル・ボヴァリーはその後に死ぬのだが、心痛からか、病気なのか。そして、すべてが終わったにもかかわらず、なぜ医者は彼を解剖したのか。最後まで達することのできない、このしぶとい抵抗が私は好きだった。欺かれ、疲れ果て、分からないようで分かるという曖昧な逸楽を私は味わった。それが世界の厚みだった。内輪の時に、祖父が人間心理について話すことがあったが、私には人間の心は本の外では味気なく空虚なように思えた。私の気分を左右するのは眩暈を起こす名前であり、それが私を理由の分からない恐怖や憂愁のうちに沈みこませた。「シャルボヴァリ」と口に出して言うと、ぼろをまとった髭面の大柄の男がどこからともなく現れ、塀に囲まれた地所を散歩しているのが見えた。それは耐え難かった。この不安な悦楽の源泉にあったのは二つの相反する恐れだった。ひとつは、この虚構の世界に頭から真っ逆様に落ちてゆき、オラースやシャルボヴァリと一緒になり、ル・ゴフ通りやカーレマミーや母に二度と会えなくなるのではないかという恐れ。その一方で、目の前にある文章の流れが、大人たちには私の理解を超えた意味を示していることも薄々感じていた。目を通って頭のなかに有毒な言葉が入り、それは私の知る以上に無限に豊かな意味をもっているのだ。私とは無関係な狂人の物語が語られると、奇妙な力が私のなかで恐ろしい痛みや人生の疲弊を再構成する。私は毒に冒され、死んでしまうのではなかろうかと恐れた。〈言葉〉を吸いこむ一方で、イメージに吸いこまれていた私が救われたのは、二つの危険が同時には成立しなかったからだ。日暮れ時、言葉のジャングルをさ迷い、ほんのちょっとした物音にもびくつき、床がきしむ音を聞いても誰かに呼び止められたのではないかと思うほどだったとき、私は人間のいない野性の状態にある言語を発見した気がした。母が入ってきて明かりをつけ、「ぼうや、目がつぶれてしまいますよ」と言われると、なんという臆病な安堵と、なんという落胆とともに、親しい家庭の日常生活を再び見いだしたことだろうか。取り乱した私はすっくと立ち上がって、叫び、駆け回り、おどけてみせた。しかし、こうして子どもらしさを取り戻しても、気もちは晴れなかった。本は何のことを語っているのだろう。いったい誰が書いたのだろう。なんのためだろうと私は考えた。こんな不安を打ち明けると、祖父はしばし思案したのち、私の目を開くときが訪れたと判断した。祖父のやり方はなんとも見事だったので、大きな刻印を私に残した。

＊原註　十歳頃、私は『大西洋航路の乗客たち』(50)を読んで陶然とした。アメリカ人の少年とその姉が、とても純真無垢な様子で描かれていた。私は、その少年に同一化し、彼を通して、少女ビディーを愛した。私にとって、身寄りがなく、ほのかに近親相姦的な関係にある姉弟についての物語を書くことは、長いこと夢であった。私の作品のなかにこのようなファンタスムの痕跡を見出すことができよう。『蠅』のオレストとエレクトル、『自由への道』のボリスとイヴィッチ、『アルトナの幽閉者』のフランツとレニなどだ。この最後の兄妹だけがじっさいに関係することになる。このような近親関係において私を惹きつけるのは、愛の誘惑よりは、

むしろ愛の交わりの禁忌である。炎と氷、快楽と欲求不満がない交ぜになった近親相姦はプラトニックであるかぎりにおいて、私の気に入っていた。

それまで長いこと、祖父は片脚を延ばして私を乗せると、「ビデのおん馬にまたがって、走りだしたら、おならがぷー」などと歌って聞かせた。それを聞いて私は恥知らずな笑い声をあげたものだった。だが、そんな歌はもはや止め、私を膝にのせると、祖父は私の眼をじっと見て、よそゆきの声で「私は人間だ。人間であるからには、人間に関するもので私に無縁なものはなにひとつない[51]」と言った。だが、これは少々誇張だった。プラトンが理想の国家から詩人を追放したように、カールは彼の共和国から技師や商人、それにおそらく士官なども追放していたからだ[52]。彼にとって工場とは風景を台無しにするものだった。純粋科学はその純粋さだけを味わった。七月の後半をゲリニー[53]で過ごしたとき、ジョルジュ伯父さんが鋳造工場に私たちを連れていってくれたことがある。とても暑かった。ひどい格好をした荒々しい男たちが私たちにぶつかったりした。耳を聾する騒音のなかで、私は恐ろしさと退屈とで死にそうだった。鋳造を見ながら祖父は、儀礼的に感心して見せてはいたものの、視線はうつろだった。八月、オーヴェルニュ[54]に行ったときは対照的で、村を探索し、古い煉瓦積みの前に陣どると、ステッキで煉瓦を叩きながら、「ぼうや、おまえが見ているのは、ガロ＝ロマン時代[55]の城壁だよ」などと活き活きと説明した。宗教建築も高く評価していて、教皇主義者のことを毛嫌いしていたにもかかわらず、ゴチック建築の教会を見かけると必ず中に入った。ロマネスク様式の場合は、その時の気分次第だった。かつてはコンサートにも行ったらしいが、当時はもうあまり行かなくなっていた。ベートーヴェンを好み、その壮麗さとオーケストラ作品を好んだ。バッハも嫌ってはいなかったが、さほどの情熱はなかった。時にピアノに近寄って、立ったまま不器用な指で和音を弾いたりした。祖母は軽く微笑みながら、「シャルルが作曲してるわ」と言った。息子たちは—特にジョルジュは—演奏が上手だったが、ベートーヴェンを嫌い、何よりも室内楽を好んだ。この趣味の違いを祖父はなんとも思わなかった。「シュヴァイツァー家の人間は生まれながらの音楽家なんだよ」と機嫌良さそうに言った。生まれて一週間の私がスプーンの音を聞いて喜んだのを見て、祖父は私の耳がよいと宣言したそうだ。

教会のステンドグラス、飛び梁、彫刻のほどこされた大扉、賛美歌、木や石でできた磔刑像、韻文の瞑想や、詩的階調、このような人間性は我々を一直線に「神的なもの」へと導く。自然の美もそうだ。神の御業と人間の偉大な所業は同じ息吹によって作られているのだ。滝の水泡のなかに輝くのと同じ虹が、フローベールの文章にも煌めき、レンブラントの明暗法のうちにもうっすらと光る。それが聖霊である。聖霊は人間のことを神に語り、人間に対しては神の存在を証す。美のうちに、祖父は血肉と化した真理と最も高貴な高揚の源泉を見ていた。山に雷鳴が炸裂するときや、ヴィクトル・ユゴーが霊感を受けるときなど、ある種の例外的な境遇において、我々は、真・善・美が渾然一体となった崇高な点に到達するのだ。

こうして私は自分の宗教を見つけた。一冊の本よりも大切なものがあるとは私には思われなかった。書斎を神殿と見なした。司祭の孫であった私は、世界の屋根の上で、七階の部屋で、〈中心樹《セントラル・ツリー》〉の最も高い梢にとまって暮らしていた。この木の幹は、エレベーターの通っている穴だった。私はバルコニーを歩き回っては、通行人を見下ろし、隣りに住むリュセット・モローに鉄柵越しに挨拶をした。彼女は私と同じ年頃で、私と同じ金髪の巻き毛をしていて、私と同じくらい女の子らしかった。神像安置所《セラ》や神殿前柱廊《プロナオス》に戻ることはあったが、「生身の」私が下界に降りていくことはなかった。母にリュクサンブール公園に連れて行かれるとき—それはほぼ毎日だった—私は自分の木偶人形を地上の国へと貸し与えたが、本物の栄光の身体のほうは止まり木を離れることはなかった。おそらく、それは今でもそこに留まっていることだろう。どんな人間にもその生来の場所というものがある。誇りも価値も高さを決めることはできない。それは幼少の時に決まるのだ。私の場所はパリの屋根が見える七階にある。長い間、私は盆地では息が詰まり、平野では重しを乗せられたように感じたものだった。まるで火星の上を歩いているようで、重力に圧しつぶされるのだ。喜びを取り戻すには、土竜塚ほどの小さな丘に登るだけで十分だった。私の象徴的な七階に辿り着くと、私は文芸の希薄な空気を再び吸い込む。宇宙は私の足下に広がり、あらゆる事物が名前をつけてくれるようにと私に頼みこむ。事物に名を与えること、それは事物を創造し、かつ、我が物にすることだ、と私は思っていた。この根元的な幻想に囚われていなかったなら、私はけっして物書きにならなかっただろう。

今日、一九六三年四月二十二日、私は新しいマンションの十一階でこの校正をしている。[56]開かれた窓からは、墓地[57]、パリ、さらにはサン＝クルー[58]の青い丘も見える。この光景が高みに対する執着心を表わしている。とはいえ、あれ以来すべては変わったのだ。子どもの私がこの高みに価したいと望んだのだとしたら、高所を好む事実のうちに、野心と虚栄心の結果なり、背の低さに対する代償行為なりを見ることもできただろう。だが、子どものときは、そんなことを望まなかった。聖なる樹木によじ登ることなど問題ではなかった。私はすでにそこにいたのであり、ただ、下に降りることを拒んでいただけだ。人びとを見下ろす場所にいることが問題だったのではない。様々な〈事物〉の空中の幻像《シミュラークル》の間で、エーテルのただ中で生きたかったのだ。後になると、気球にしがみつくどころか、何とか水中深く沈んでゆこうとした。それには鉛《なまり》底の靴を履かねばならなかった。運がよいときには、むきだしの砂に辿り着き、海中生物に触れることができ、それらに名前をつけた。うまくいかない時もあり、どうしようもない軽さのせいで表面に引き戻された。ついには高度計が壊れてしまい、私は浮き上がり人形になったり、潜水夫になったりした。たいていの場合、ゲームにふさわしく、同時にその両方だった。私は習慣によって空中に住み、たいした希望もなく下界を探索したのだった。

とはいうものの、作者のことを吹き込まれたにちがいない。祖父は巧妙に、さりげなく事を行った。文芸の偉人たちの名前を教えこんだ。ヘシオドス[59]からユゴーまで、私はまちがえることなくリストを暗唱した。彼らは聖人であり預言者であった。シャルル・シュヴァイツァーは、彼らに宗教的な崇拝を捧げていると言っていたが、彼らに悩まされてもいた。というのも、作者という厄介な存在のせいで、人間の作品を聖霊に直結させることができなかったからだ。作者不詳の作品や、大聖堂《カテドラル》の前で身を隠す謙虚さをもちあわせていた石工たちや、民謡の無名作者たちのほうをひそかに好んでいたのはそのためだ。シェークスピアを嫌わなかったのもその身元がはっきりしなかったためだろうし、同じ理由でホメロスも気に入っていた。実在が疑わしい他の著者たちも同様だった。自分の生涯の足跡を消そうとしなかったり、消す術を知らなかった者でも、死んでさえいれば許容していた。いっぽう、現存の作家はひとまとめに断罪した。例外は、アナトール・フランス[60]とクルトゥリーヌ[61]で、彼らを読むときはご機嫌だった。シャルル・シュヴァイツァーは自分の年齢、教養、美しさ、美徳に対して払われる敬意を得意げに享受した。このルター主義者は、聖書さながらに、我が家が永遠なるものによって祝福されていると信じて疑わなかった。時に食卓で、自分の生涯を回顧しながら「ねぇ、おまえたち、自分を咎めることが何一つないというのは、素晴らしいことだね」などと言った。高揚、荘厳、自恃、崇高なものを好んでいたおかげで、宗教や時代や大学という環境に由来する気弱さは覆い隠されていた。そのために自分の書斎にいる聖なる怪物たち、つまり大悪党どもに対してひそかに嫌悪感を抱いていた。心の底では、彼らの本を突拍子もないものだと思っていたのだ。この点に関して私は勘違いをしていた。うわべの情熱の下に現れた留保を、裁判官の峻厳さだと思っていたのだ。聖職者であるために、祖父のことを彼らより上だと思っていたのだ。いずれにせよ、この祭司は私に耳打ちして、天才とは貸付けにすぎないと教えた。たくさん苦しみ、謙虚かつ勇敢に試練を受け、堪え忍ぶことで、それに値するようになる。そしてついには声が聞こえ、それを聞き取って作品を書くのだ、と。第一次ロシア革命と第一次世界大戦の間、マラルメ(62)が死んではや十五年が過ぎ、ダニエル・ド・フォンタナン(63)がジィド(64)の『地の糧』を発見していた時代に、十九世紀の人間だった祖父によって私はルイ゠フィリップ(65)時代の観念を植えつけられたのだった。これは農民が因襲的であるのと同じ原理だ。親たちは子どもを祖父母に預けて、野良仕事に出かける。かくして、私はスタート時点で八〇年ものハンディキャップを負っていた。それを嘆くべきだろうか。どうだろう。現代社会は変化が激しく、時に遅れがリードになることもある。いずれにせよ、私は与えられた餌を向こうが透けて見えるまで噛みしめた。祖父は腹の中では私が作家たちを、つまり仲介者たちを嫌うようになることを望んでいたのだが、結果はその反対になった。私は才能と功績とを混同した。この実直な連中は私と似ていた。言うことをよくきいて、健気に痛みを我慢すれば、栄誉と報償に与《あずか》ることができる、と信じていた。子どもとはそういうものだ。カール・シュヴァイツァーは私に他の子どもたちを見せてくれたのだ。私と同じように見張られ、試練に晒され、褒美をもらい、一生同じ年齢のままでいることができた子どもたちを。兄弟も姉妹も学友もいなかった私にとって、彼らが最初の友だちとなった。彼らは自分たちの小説の主人公と同じように、愛し、苦しみ、そして幸せな結末を迎えた。私は少し陽気な同情心を感じながら彼らの苦悩に思いを馳せた。あいつらは自分を不幸だと感じていた時、満足していたにちがいない。こんなふうにつぶやいたことだろう。「ついているぞ。これで美しい詩句が生まれる。」

私にとっては彼らはすっかり死んだわけではなく、本の形に姿を変えていただけだった。コルネイユは赤ら顔で太っていて、背中はごつごつした皮で覆われ、糊の匂いがした。この厄介で厳格な人物ときたら、話し方は難解だし、持ち運ぼうとすると尖った角《かど》で私の腿を傷つけた。しかし、本を開けば、まるで打ち明け話でもするかのように、暗くて甘い版画を見せてくれた。フローベールは小さなクロース装で、匂いはなく、そばかすがあった。ヴィクトル・ユゴーは増殖し、本棚のいたるところに陣どっていた。彼らの肉体がこんな具合だったのに対し、魂の方は作品のうちに現れた。どの頁も窓で、向こう側からガラスにぴったりと張り付いてこちらを覗いている者がいた。私は気づかないふりをして、読書を続けた。故シャトーブリアン[66]にじっと見つめられながら、私は文字を追った。だが、不安は長くは続かず、たいていの時は私は自分の遊び仲間たちが大好きだった。私は彼らを最上位に置いていた。皇帝カール五世がティツィアーノの筆を拾った話を聞いても驚かなかった[67]。当然だろう、王侯君主はそのためにいるのだから、と思ったりした。しかし、作家たちを尊敬していたわけではない。どうして彼らの偉大さを讃えねばならぬのか。義務を果たしているだけではないか。私は他の連中が卑小であることの方を譴責した。要するに、何から何まで誤解し、例外を原則だと思いこんでいた。人類は少数の人間からなる委員会になってしまい、その周りをよく手なずけられた動物たちが取り囲んでいた。それに、祖父が作家たちをぞんざいに扱ったので、私も彼らのことを真に受けはしなかった。祖父はヴィクトル・ユゴーが死んでからは、新しい本を読まなくなっていた。手持ちぶさたのときは、昔の本を読み返した。しかし、彼の何よりのお勧めは翻訳だった。『ドイツ語教本』の著者の心のうちでは、世界文学は素材にすぎなかった。口先では作家を業績によって分類していたものの、表向きの階層の裏に功利的な好みが透けて見えた。モーパッサンはドイツ人生徒に最良の訳読の素材を提供したし、ゴットフリート・ケラー[68]よりわずかに優るゲーテは、仏作文の例として比類がなかった。人文主義者《ユマニスト》としての祖父は小説をさほど評価していなかったが、教師としては語彙の点から高く評価していた。祖父はしまいには撰文集以外は読まなくなった。数年後の話になるが、祖父がミロノー編の読本に収められていた『ボヴァリー夫人』に読みふけっているところを見たことがある。ところが、ご本尊のフローベール全集の方はもう二十年ものあいだ本棚で埋もれ、読まれずにいた。私は祖父が死者たちを食いものにしていると感じた。そのせいで、私と作家たちの関係は少し複雑になった。彼らを信奉するという口実で、祖父は彼らを数珠繋ぎにし、翻訳して持ち運ぶのに便利なようにした。こうして、彼らの偉大さと悲惨さとを同時に目のあたりにした。メリメの不幸は中級向きだったことだ。そのために彼は二重生活を余儀なくされていた。書架の上段にあるコロンバは、その名のとおりみずみずしい百の翼をもった鳩《コロンバ》[69]で、寒さに凍えながら手に取られる機会を待っていたが、無視されつづけ、彼女の処女を視線で奪う者はいなかった。ところが、この同じ乙女が書架の下段では、茶色のいやな匂いのする小汚い古本のなかに幽閉されていた。同じ物語が同じ言語で書かれていたが、ドイツ語の註と用語解説がついていた。さらに私はアルザス＝ロレーヌの陵辱以来のスキャンダルも発見した。この本はベルリンで出版されたのだ。祖父はこちらの本を週に二回ほど鞄に入れて出かけた。そこら中にインクの染みがあり、赤線がひかれ、焦げ痕のあるこの本が私は大嫌いだった。それは、辱めを受けたメリメだった。開くだけで、退屈で死にそうになった。私の視線に晒されると、音節の一つ一つが祖父が学院で読むときのように切り離されて発音された。ドイツで印刷され、ドイツ人に読まれるためのこれらの記号は、既知のものでありながらすっかり変わり果てて、偽造されたフランス語以外のなにものでもなかった。これまた奴らのスパイ行為だ。そのガリア風の装いをちょっとはがすだけで、下に潜むゲルマン語が飛び出したことだろう。私はついには二人のコロンバがいるのではないかと思ったほどだ。一方は野性で本物の、もう一方は偽物で教育用のコロンバ、そう二人のイゾルデがいるようにだ。(70)

私が仲間たちを自分と同等だと思いこんだのは、彼らも同じように苦しんでいたためだった。私には才能も業績もなく、執筆に目覚めてもいなかったが、祭司の孫という家柄によって彼らに勝っていた。私の定めはまちがいなく決まっていたが、それはスキャンダルまみれの彼らの殉教とは異なり、神聖なるものに定められていた。私はシャルル・シュヴァイツァーのように、文化の歩哨となるだろう。それに、私の方は生きており、活発だったので、彼ら死者たちを輪切りにこそしなかったものの、自分の気まぐれを押しつけた。彼らを腕にかかえて、持ち運び、床の上に置いては、開いたり閉じたりして、彼らを虚無から引き出したかと思うと、再び虚無の底に沈めたりした。それは私のお人形、木偶人形で、不死の名声と呼ばれる彼らの動くこともできない悲惨な後生を私は哀れんだ。祖父は、私が彼らと親しげにすることを奨励していた。子どもは誰でも霊感に恵まれている。子どものままでいるにすぎない詩人たちを羨むことはない、というのが持論だった。当時の私はクルトゥリーヌに夢中で、料理女を台所まで追い回し、『テオドールはマッチを探す』を大声で朗読してきかせた。私の熱中ぶりを大人たちは面白がり、それを丹念にかきたて、公然たる情熱にしたてあげた。「クルトゥリーヌはきっといい奴にちがいないよ。おまえは彼が大好きなんだから、手紙を書いてみたらどうだい」と祖父が言うので、私は手紙を書いた。シャルル・シュヴァイツァーは手紙の手ほどきはしたものの、綴りのまちがいをわざと残しておいた。今から数年前に、ある新聞がこの手紙を見つけだして掲載したとき、私は読みながら苛立たずにはいられなかった。手紙は「あなたの未来の友」という言葉で締め括られていた。これは当時の私にはごく自然なことに思われた。ヴォルテールやコルネイユを親しい友と見なしていたこの私に、どうして現存の作家が友情を拒むことなどできようか。だが、クルトゥリーヌは拒み、それは正しかった。孫に返答するつもりが、祖父に遭遇してしまうことになっただろうからである。当時、私たちはこの沈黙を厳しく断罪した。「もちろん仕事で忙しいのだろうが、たとえ悪魔がいても子どもには返事をするものだ」と祖父は言った。

じつは今でも私にはこの馴れ馴れしさという悪癖が残っている。高名な故人たちをクラスメート扱いするのだ。ボードレールやフローベールについて歯に衣着せずに意見を述べると、しばしば非難の声があがるが、私としてはこんな風に答えてやりたい気持ちだ。「内輪の問題に口出ししないでほしい。諸君の天才たちは、かつて私のものだったのだ。彼らを崇めるどころか、私は両手でつかみ、夢中で愛したのだ。いまさら他人行儀な態度などとれるか」と。しかし、どんな人間も人類を体現していると分かった時、私は祖父《カール》が信奉していた高位聖職者の人間主義《ヒューマニズム》を捨て去った。病が治癒するというのは、なんと悲しいことだろう。言葉の魔力は消え失せた。ペンの英雄たち、かつての私の朋輩たちは特権を奪われて、一市民となった。私は二度も彼らの喪に服すことになったのだ。

ここまで書いてきたことは嘘だ。いや、真実だ。いや、嘘でも真実でもない。狂人や人間について言われるあらゆることと同様に嘘でも真実でもないのだ。私は記憶が許す限りの正確さで事実を報告した。しかし、私自身、この妄想をどの程度信じていたのだろうか。それこそが根本的問題なのだが、私には決めかねるのだ。後になって学んだことは、人は心の動きについてはすべてを知ることができるが、その強度、つまり誠実さについては知りえないということだった。上べの仕草ではないことが証明されな(71)

いかぎり、行為とて基準とはなりえない。事はそう簡単ではないのである。むしろ、ここに読みとっていただきたいのは、大人たちにひとり混じった私がミニチュアの大人であり、大人の読書をしていたということだ。それからしてすでにまゆつばのように思われるかもしれない。じっさい、私はやはり子どもだったからだ。自分が間違っていたと言いたいのではない。ただ、こんなふうだった。それだけのことだ。それでも、私の探検と追跡は家庭の喜劇《コメディー》の一部をなしていて、みんながそれにうっとりとなり、私自身もそれを自覚していた。私は知っていた。毎日、神童が祖父の久しく読まなくなっていた難解な書物を眠りから覚ましていたのだ。私は知っていた。分不相応な生活をする人がいるように、私は歳不相応な生活を送っていた。熱心に、疲労しながら、代償を払いながらも、ただ見せかけのためにそうしていたのだ。書斎の扉を押し開くやいなや、私はくたびれた老人の腹の中にいた。大きな机、デスクマット、赤や黒のインクの染み、薔薇色の吸取紙、定規、糊の瓶、煙草の澱んだ匂い、そして冬はサラマンドラー・ストーブのちろちろ燃える赤い炎、雲母の軋む音、それは物と化したカールその人であった。このうえのない幸福感にひたるにはそれだけで十分であり、私は本のところへと駆け寄った。本当にそうだったのだろうか。本当とはどういう意味だろうか。本物の情熱とその物真似を分かつ、捉えがたく揺れ動く境界線をどのように、——ことにこれほどの歳月が過ぎた今——定めることができるだろうか。私は腹ばいになって、窓を前にして目の前に本を拡げ、右側には赤ワインを少したらした水のコップを、左側にはジャムを塗ったパンを載せた皿を置いた。独りで居るときでも、私は芝居をしていた。母《アンヌ＝マリー》や祖父母《カーレマミー》も、私が生まれるずっと前にこれらの頁をめくったことがあった。私の目の前に繰り広げられるのは、彼らが知っていることだ。晩になると、私は質問を受けた。「何を読んだの。よくわかったかい。」私は知っていた。私は分娩中で、子どもの言葉を産もうとしていたのだ。読書に逃げ込んで、大人たちを避けることは、彼らと交流する最良のやりかただった。そこにいなくても、彼らの未来の眼差しは後頭部から私のうちに入り込み、瞳から出ていった。私にとっては初めてだが、すでに何度も読まれた文章を地面すれすれの所で射止めた。人から見られることで、私は自分自身を見ていた。自分の声に酔いながら話す人がいるように、私は自分が読んでいる姿に陶酔していた。文字を知らずに『シナ人の苦悶』を解読していた頃からなにか変わっただろうか。いや、ゲームは続いていたのだ。後ろで扉が開き、「私が何をやらかしているのか」を誰かが見に来る。私はズルをする。ぱっと立ちあがり、ミュッセ(72)を元の場所に戻すと、背伸びをして、重たいコルネイユを取ろうと手を一杯に伸ばす。努力の度合いに応じて情熱は測られるのだ。背後でこの光景に驚嘆の声があがる。「あの子はなんてコルネイユが好きなんでしょう。」私はコルネイユが好きではなかった。十二音節詩句《アレクサンドラン》にはうんざりした。幸いにも、出版社が全編収録したのは有名な悲劇作品だけで、その他はタイトルと梗概だけが載っていた。そして、こちらが私の興味の中心だった。「ロンバルド王ペルタリートの妻ロドランドは、夫が異国の王グリモアルドに破れると、ユニュルフによってグリモアルド王との結婚を強要され、云々。」私はル・シッドやシンナを知る前に、ロドギューヌやテオドールやアジェジラスを知った。私は名前の響きで口を満たし、崇高な気持ちで心を満たし、親族関係が混乱しないように注意した。「この子ったら、ほんとうに好奇心旺盛に学ぶね。ラルース大百科事典を貪るように読んでるよ」と言われたりもした。言わせるままにしておいたが、興味があったわけではない。じつは私は百科事典に劇や小説の筋が書いてあることを発見して、それを楽しみに読んでいたのだった。

私はみんなに気に入られたかったし、教養の海にひたりたかった。毎日、聖なるものを補給した。時には気乗りのしないこともあったが、そんな時でも、腹這いになって頁をめくるだけでよかった。後は、仲間たちの作品が祈禱機械のように勝手に回ってくれた。同時に、私はほんとうの恐怖と悦びも味わった。自分の役割を忘れ、世界という狂気の鯨に曳きずられ、猛スピードで疾走した。結果は想像できよう。いずれにしろ私の視線は言葉のうえで働いていた。言葉を試し、その意味を決定しなければならなかった。教養を演じる喜劇《コメディー》がついには教養をもたらしたのだ。

とはいえ、私はほんとうの読書もしていた。聖域の外、寝室や食卓の下で行われていたこの読書について、私は誰にも言わなかったし、母以外の誰もそのことに触れなかった。母《アンヌ＝マリー》は私の似非読書熱を本気にして、祖母に心配をうち明けた。祖母は信頼のおける同盟者だった。「シャルルはまともじゃないわ。あの人が坊やに無理強いしているのよ。私は見たことがあるんですから。あの子がひからびないうちに、先回りしましょう」と祖母は言った。二人は過労や髄膜炎まで持ち出した。とはいえ、祖父に正面攻撃をしかけるのは危険で無駄だったから、側面作戦をとることにした。散歩の途中、アンヌ＝マリーは偶然をよそおって、サン＝ミシェル大通りとスフロ通りの角に今でもあるキオスクの前で立ち止まった。私は素晴らしい絵を見た。そのどぎつい色に夢中になり、買ってほしいとせがみ、手に入れた。作戦は成功したのだ。コミック誌『クリクリ』『エパタン』『ヴァカンス』(73)、木曜日に分冊の出るジャン・ド・ラ・イール(74)の『三人のボーイスカウト』やアルヌール・ガロパンの『飛行機で世界一周』などを、私は毎週ほしがった。次の木曜日が来るまで私は、アンデスの鷲や鉄拳ボクサー・マルセル・デュノや飛行士クリスチャンのほうを、友人であるラブレーやヴィニーのことよりもずっと多く想った。私を子どもに引き戻す作品を母は探した。まずはお伽話を集めた月刊(75)の「ばら色文庫」、それから『グラント船長の子どもたち』『最後のモヒカン』『ニコラス・ニクルビー』『ラヴァレードの五スー貨(76)』へと進んだ。私は、常識的なジュール・ヴェルヌよりは荒唐無稽なポール・ディヴォワ(77)のほうが好きだった。

だが、作者が誰であれ、エッツェル叢書[78]とみれば目がなかった。その表紙は小さな劇場そのもので、金の房飾りのついた赤いカバーが幕で、小口にあしらわれた金粉がフットライトになっていた。〈美〉と私が最初に出会ったのは—シャトーブリアンの均整のとれた文章ではなく—これらの魔法の小箱によってであった。それを開くと、私はすべてを忘れた。それは読むという行為だったのだろうか。いや、むしろ、恍惚感にひたって死ぬことだった。私が消えると、たちまち投げ槍をもった原住民や、深い藪や、白いヘルメットをかぶった探検家が現れた。私自身が幻灯となり、アウダの美しく暗い頬やフィレアス・フォッグの髭を光で産み出した[79]。解放された神童は純粋な驚嘆を味わった。床から五〇センチの高さに、主人も首輪もない完璧な幸福が生まれたのだ。はじめのうち、新世界は旧世界よりも不安に満ちているように思われた。襲撃があり、殺人があり、多量の血が流される。インディアン、ヒンズー教徒、モヒカン、ホッテントットが若い娘をさらい、年老いた父親を縛り、凄惨な拷問でとどめを刺そうとする。それは正真正銘の悪だった。しかし、こういった悪が現れるのは、後になって善の前に身をひれ伏すためでしかなかった。次の章で、すべてが回復することになる。勇敢な白人は野蛮人たちを殺戮し、父親のいましめを解き、解放された父と娘は抱き合って喜ぶ。悪者だけが死ぬのだ。善人もむろん何人かは死ぬが、それは副次的な人物で、死んだとしても物語の大筋に支障はなかった。それに、死そのものも毒気が抜かれていた。腕を拡げてばたんと倒れる。左胸には小さな穴があいている。銃の発明以前の話の場合、悪人は「剣で串刺しにされた」。私はこの美しい言い回しが好きだった。すらりと白く光る刃を私は想像した。それはまるで身体がバターでできているかのように易々と突き刺さり、背中から出てきた。一滴の血すら流さず悪党は倒れた。死の場面は時に滑稽ですらあった。たとえば、『ロランの名づけ子』のサラセン人の死だったと思うが、十字軍の兵士の馬に自分の馬をぶつけたこの男の頭を騎士《パラダン》は剣のひとふりで切り落とし、相手の体をまっぷたつに断ち切った。ギュスターヴ・ドレ(80)の挿し絵がこの山場を描いていたが、なんと面白かったことだろう。半分になった体が鐙のまわりで円を描いて落ちていった。びっくりした馬は後ろ足立ちになっている。長いこと、私は涙が出るほど笑わずにはこの版画を見ることができなかった。要するに、私は自分に必要な教訓をそこから引き出したのだった。敵はたしかに憎むべきものだが、とるに足らない連中で、彼らの企図は必ず失敗するし、努力や悪魔的な悪巧みにもかかわらず、結局は善のために奉仕することになる。じっさい、すべてが元に戻るときには、そこに進歩があることもわかった。英雄は報償を与えられ、名誉、賞賛、金銭を受け取った。彼らの勇敢さのおかげで、新たな土地が征服され、土民の手から取り上げられた美術品がわれわれの美術館に収蔵され、探検家に助けられた娘は彼のことが好きになり、最後には結婚することになる。これらの雑誌や本から私は最も親密な幻影、つまり楽観主義を引き出した。

こういった読書は長いこと秘密にされていた。母《アンヌ＝マリー》に注意されるまでもなく、それが低俗であることを私は承知しており、祖父には一言たりとも漏らさなかった。下賤の者とつきあい、好き勝手をして、女郎屋で休暇を過ごしてはいたが、私は自分の真実が神殿のうちにあることを忘れなかった。一時の迷いを打ち明けて、祭司を憤慨させる必要があるだろうか。しかし、しまいにはカールに見つかってしまった。祖父は女たちに怒りをぶちまけたが、一段落したところを見計らって、女性軍は、罪をすべて私に押しつけて反撃した。私がひとりで雑誌や冒険小説を見つけて、それをほしがり要求したというのだ。彼女たちには拒否などできなかった。この巧妙な嘘で祖父は追いつめられた。あの子が、誰に唆されたのでもなくコロンバを裏切り、厚化粧の売笑婦たちとつきあったというのか。あの子が、預言者にも似た子が、若き巫女、文芸のエリアサン(81)が、下劣な傾向をもっているというのか。祖父は選択を迫られた。私は預言者の資質をまるで備えていないか、理由は不問にして私の好みを尊重すべきであるか、二つに一つだった。父親の立場にあったなら、シャルル・シュヴァイツァーは本や雑誌をことごとく燃やしてしまったことだろう。だが、祖父の立場にあったので、遺憾ながらも寛大さを選んだ。私にとっては願ってもないことで、こうして平穏に二重生活を続けることができた。それはその後も止むことはなく、今でも私はヴィトゲンシュタイン(82)よりは、「セリー・ノワール」叢書(83)のほうをずっと喜んで読むのだ。

空に浮かぶ自分の島では一番で並ぶ者なき存在だった私だが、一般の規則が適用されると最低のランクまで墜落した。

祖父は私をモンテーニュ校(84)に登録させることにした。ある朝、彼は私を校長の所に連れて行き、長所を自慢して、「欠点といえば、歳の割に進み過ぎていることだけです」と言った。校長はすっかり信用して、私を第八学級［小学校四年に相当］に入れた。これで同じ年齢の子どもたちとつきあえる、と私は思った。ところが、最初の書き取りが終わると、すぐに祖父が呼び出された。怒って帰宅した祖父は、インクの染みとなぐり書きでいっぱいの剣呑な紙片を鞄から取り出して、テーブルの上に投げ出した。それは私の書いた答案だった。綴りの間違いが指摘してあり――「やさいのうちぎはライムをにのむ」（やせいのうさぎはタイムをこのむ）――第十学級準備科［小学校二年に相当］が相応しいと言われたようだ。「やさいのうちぎ」に母は涙が出るほど大笑いしたが、祖父に恐ろしい目で睨みつけられて、笑うのを止めた。祖父は私がわざとやったと決めつけ、生まれてはじめて叱られた。こんな性悪だとは思わなかったとも言われた。翌日、祖父は私を退学させ、校長と仲違いした。

事情がまるで飲み込めなかった私は、失敗に傷つくこともなかった。綴りを知らない天才児、それだけの話だ。こうして退屈することもなく、自分の孤独に戻った。私は自分の病いが好きだった。まともになる機会を逸したが、それに気づきさえしなかった。パリっ子で小学校教諭のリエヴァン先生が個人教授のために毎日のようにやってくることになった。祖父は私用に、白木の見台と椅子からなる勉強机を買ってくれた。私は机に向い、リエヴァン先生は歩きながら書き取りをした。ヴァンサン・オリオル大統領(85)に似ていた彼のことを、祖父はフリーメースンだと睨んでいた。「握手するとき、わしの手のひらに親指でフリーメースンの三角形の印を書くんだ」とまるで男色家に言い寄られたように嫌がった。私をちやほやしてくれないので、私は彼のことが嫌いだった。今にして思えば、私のことをただの落ちこぼれだと考えていたのだろう。それも故なきことではない。そのうち来なくなったが、その理由はわからない。私に対する忌憚のない意見を述べたにちがいない。

アルカションでは、公立学校に通った。祖父の民主主義的原則による選択だ。しかし、同時に私を卑俗な子どもたちから引き離しておきたいとも考えた祖父は、「ご同僚、私の最も大切な宝をあなたに託しますぞ」と言って私を教員に委ねた。バロー先生は顎髭をはやし、鼻眼鏡をかけていた。わが家に白ワインを飲みに来ると、教授に信頼していただきほんとうに光栄です、と言った。授業中、私は教壇の隣の特別机に座らされ、休み時間は先生と一緒に過ごした。このような待遇を私は当然だと考えていた。私と同等である「庶民の子ども」たちがどう考えたかは知らない。気にもかけなかったのではなかろうか。彼らの喧噪は私を疲れさせたし、彼らが外で鬼ごっこをしている時にバロー先生の隣で退屈している方が上品だと私は思っていた。

私が先生を尊敬していたのには二つの理由《わけ》があった。私に好意をもってくれたこと、そして、口臭がとても強かったことだ。大人とは醜く、皺があり、汚いものだ。腕に抱かれると、少し吐き気がする。それを我慢するのが、私は嫌いではなかった。それは美徳が容易でないことの証しだった。むろん、単純でありふれた喜びというのもある。駆けたり、飛び跳ねたり、お菓子を食べたり、柔らかくて良い匂いのする母の頬にキスしたり……。だが、私は大人の男と一緒にいるときに感じる勤勉で複雑な快楽の方を重視していた。彼らが引き起こす嫌悪感が威光の一部であった。私は嫌悪感とクソ真面目な精神とを混同していた。私は俗物《スノッブ》だったのだ。バロー先生が私のほうに身をかがめると、吐息がえもいわれぬ臭いで私を苦しめた。私は美徳のおぞましい香りを夢中になって吸い込んだ。ある日、私は学校の塀に書かれたばかりの落書きを見つけた。近づいて読むと、「バローとっつぁんの間抜け《コン》」(86)と書いてあった。心臓が激しく打ち始め、茫然とその場に釘づけになり、怖くなった。「間抜け《コン》」、これはボキャブラリーの最底辺にうごめき、良い子は出会ってはならない「下品な言葉」のひとつにまちがいない。短くて粗暴な言葉は下等生物の恐ろしい単純さを備えていた。読むだけでもう重大事だ。私はたとえ小さな声であれ、発音することを自分に禁じた。壁に張りついたこのゴキブリが私の口に飛び込んで、喉の中で黒い雄叫びに変わるのはイヤだった。私がそれに気づかなかったふりをすれば、壁の穴の中に戻るのではないだろうか。しかし、目をそらすと、そこには下劣な呼び名「バローとっつぁん」があって、私をさらに脅えさせた。「間抜け《コン》」という言葉の意味はおぼろげにしか分からなかったが、「だれそれのとっつぁん」と呼ばれるのがどんな人なのかは知っていた。庭師、郵便配達夫、女中の父親など、貧しい老人たちだ。教員という、祖父と同じ職業のバロー先生をこんな風に見る人間がいるのだ。どこかの誰かの頭のなかでは、このような病的で犯罪的な考えが徘徊しているのだ。いったい誰の頭のなかだろう。

ひょっとすると私の頭かもしれない。このような冒瀆的な文字を読んだだけで、瀆聖の共犯者になるのに十分ではなかろうか。私が毎朝、帽子を脱いで「先生おはようございます」と言うときの礼儀正しさと、敬意と熱意と喜びを、残酷な狂人が揶揄しているような気がした。それと同時に、その狂人が私自身で、野卑な言葉や野卑な考えが心のなかに蠢《うごめ》いている気もした。たとえば、「あのうすぎたねぇ老いぼれは、豚みたいにくせぇな」と大声で叫ばせないようにさせているのは何だろう。私は「バローとっつぁんはくせぇ」と呟いた。すると、すべてが回転しはじめた。私は泣きながら逃げ出した。次の日、バロー先生と、そのセルロイド製のカラーや蝶ネクタイに対する敬意は取り戻したものの、彼がノートを見ようと身をかがめたときには、息を止めて顔をそむけた。

秋が来てパリに戻ると、母は私をプーポン学院に通わせることにした。木の階段を登って二階にある教室に行かねばならなかった。子どもたちは半円型に集まり静かに座った。教室の奥では、母親たちが壁を背に背筋を伸ばして腰掛け、教師を監視していた。私たちを教える哀れな若い女教師たちの努めは、なによりも学院の俊英たちにまんべんなく賞賛とご褒美とを振り分けることであった。もし、ちょっとでも苛立った様子をしたり、ある子の答えに過剰な満足の様子を示したりしようものなら、プーポン学院は生徒を失い、先生は職を失った。私たち生徒は三〇人ほどだったが、お互いに話をする時間はほとんどなかった。授業が終わると母親たちは自分の子どもを荒々しく引っ立て、挨拶もそこそこに連れ去った。半年通ったあと、母は私を止めさせた。あまり勉強が進まなかったし、私が誉められる番に、他の母親たちから投げかけられる視線を我慢するのにうんざりしたからだった。金髪で鼻眼鏡をした若いマリー＝ルイーズ先生は、僅かな給料で一日八時間働いていたので、学校には内緒で私の家に来て個人教授をすることになった。彼女は書き取りの途中で、大きな溜め息をついては、心痛を鎮めた。何もかもに死ぬほどうんざりしており、恐ろしいほどの孤独のうちに暮らしているから、どんな夫でもよいから結婚さえできるなら何でもする、とよく私に言ったものだ。彼女もまたいつのまにか消え去った。教え方が下手だというのが表向きの理由だったが、思うに、陰気くさいので祖父に嫌われたのだろう。祖父は正義の人で、悲惨な人を助けるのに吝かではなかったが、自分の家に彼らを招き入れるのは嫌った。遅きに失したぐらいだ。マリー＝ルイーズ先生は私に悪影響を与えた。報酬は働きに比例するものだと私は信じていたし、みんなは彼女のことをよい先生だと言っていた。それなのに、なぜ彼女の給金はあんなにも安かったのか。仕事に従事すれば、人からは尊敬されもするし、自ら誇りをもち、幸せになると聞かされていたのに、彼女は一日八時間も働く幸運に恵まれながら、どうして自分の人生を不治の病いのように言っていたのだろうか。彼女の不満を私が伝えると、祖父は笑い出して言った。「男が惚れるには、醜すぎるからな。」私は笑わなかった。生まれながら不幸と定められている人がいるというのか。だとすると、みんなは嘘をついていたことになる。世界の秩序は、許し難い無秩序を隠していたのだ。だが、彼女がいなくなると、私の不安も消え失せた。シャルル・シュヴァイツァーはもっと品位のある教師たちを見つけてきた。品位がありすぎて、誰一人として記憶に残っていない。十歳になるまで、私は一人の老人と二人の女性とに挟まれて、ひとりぼっちで暮らした。

私の真実、性格、名前は、大人たちの手中にあった。私は彼らの目を通して自分を見ることを学んだ。私はひとりの子ども、つまり、彼らが悔恨によって作り上げた怪物だった。大人がいない時でも、彼らの視線は光と混じってそこに残っていた。模範的な孫という本性を私に与え、玩具と世界を私に提供し続けるこの視線を通じて、私は駆けたり飛び跳ねたりした。私の美しい水槽の中、私の魂のなかでは、思想がぐるぐる回り、誰もがこの回転木馬の後ろを追いかけることができた。そこには一片の影もなかった。しかし、この無垢な透明性のうちに、言葉にならず、形式も内実もない明晰な確信が溶け込んでいて、すべてを台無しにしていた。それは、自分がペテン師だという確信だ。演じていることを知らずして、どのように演じることができようか。私という人物を形成している陽のあたる明るい外面そのものが私を告発していた。存在が欠如しているというのだ。私は、この欠如を完全に理解することはできなかったが、感じずにはおれなかった。私は大人のほうを振り向き、長所を保証してくれるように促したが、それはペテンの深みにはまることを意味した。気にいられようとして、優雅さを気取ったが、その優雅さはすぐに萎れた。愛想のよさや、悠々とした重要さを引きずって行き、新たなチャンスを待ち伏せし、好機到来と思うと、ある態度のうちに入り込み、逃げ出したいと思っていたはずの空虚さにまたもや陥ってしまうのだ。祖父が毛布にくるまってうたた寝している。もじゃもじゃの髭の下に、唇の剝き出しのピンク色が見える。それはなんとも醜悪だ。だが幸い眼鏡がすべり落ちるので、私は急いで拾いに行く。祖父は目を覚まし、私を抱き上げ、私たちは一大ラブシーンを演じる。私はもうそんなことはしたくなかった。だが、私のしたかったこととは何だったのだろうか。そんなことはすっかり忘れ、私は髭の藪のなかに自分の住処を見出していた。台所に行くと、サラダの水切りを手伝うと言っては、大騒ぎと大笑いを引き起こした。「だめよ、ぼうや。そんな風じゃないってば。もっとお手々をしっかり握って。そう。マリー、手伝ってあげなさい。あら、お上手ね」などと言われた私は偽の子どもで、偽のサラダ籠をもっていた。私は自分の行為がたんなるお芝居の仕草に変わるのを感じた。〈お芝居〉のせいで、世界と人間は見えなくなった。見えたのは役割と小道具だけだった。道化芝居によって大人たちの企図に仕えていた私が、どうしたら彼らの不安を本気にすることができただろう。私は大人たちのすることに芸術的なまめまめしさで手を貸したが、彼らの目的を共有することはできなかった。人類の抱える不足や希望や快楽とは無縁だった。人類を誘惑しようとして自分を浪費したのだ。人類が私の観客だった。フットライトが私たちを隔てていたから、私は高慢な亡命に入り込んだ。だがその高慢はすぐさま懊悩へと変わった。

さらに悪いことに、私は大人たちも大根芝居を演じているのではないかと疑っていた。私に対しては砂糖菓子のような甘い言葉を囁きながら、自分たちだけで話す時にはまるで調子がちがうのだ。しかも、私との神聖な約束を破ることさえあった。私が自信満々で愛らしい完璧なふくれっつらをしているのに、「向こうで遊んでいなさい、ぼうや。大切なお話をしているんだから」などとまじめな声で言ったりする。また別の時は、利用されているような気がした。母が私を連れてリュクサンブール公園に行く。すると、みんなと仲違いしているエミール伯父さんが突然現れて、陰気な様子で母を見ながら「おまえじゃなくて、チビに会いに来たのさ」とそっけなく言う。伯父は、家族のなかで純真なのは私だけだし、彼を攻撃せず、偏見をもたないのも私だけだと説明する。私は微笑み、自分がこの暗い人物の心のうちに灯した愛情と、多大な影響力を感じて少し戸惑う。しかし、すでに二人は私のことはそっちのけで、自分たちの問題を話し始め、お互いの仕打ちを数え上げる。エミールはシャルルに対して怒り、アンヌ＝マリーは少し譲歩しながら、祖父をかばう。それから話はルイーズへと移る。私は二脚の鉄の椅子の間で忘れ去られている。もし、そのころそんなことを理解できる年頃になっていたら、私はある左翼の老政治家が行動で私に教えてくれた右翼的な箴言のすべてを容認することができただろう。つまり、「真実と寓話は同じものだ」とか、「情熱を感じるためにはそれを演じなければならない」とか「人間とは儀式の存在だ」といったことだ。人間がお互いにお芝居《コメディー》を演じるものであることを、私は理解した。私はお芝居をすることは受け入れたが、主役であることを要求した。ところが、私を木っ端微塵にしたあの雷以来、私は自分が「見せかけの主役」にすぎないことに気づいた。台詞もあるし、出番も多いが、「私の」見せ場というのはなかった。つまり、大人たちに合いの手を入れるだけの役だった。シャルルが私を誉めていたのは自分の死を手なずけるためだったし、ルイーズにとってはむくれるための正当な理由だった。アンヌ＝マリーにとっては自分の恭順の理由だった。そうはいっても、たとえ私がいなくても祖父母は自分の娘の面倒を見たことだろうし、優しい母は祖母に素直に従ったことだろう。ルイーズはむくれたことだろうし、シャルルもマッターホルンや流星やよその子どもにうっとりと見とれたことだろう。私は彼らの不和や和解の偶発的な原因でしかなかった。より深い原因は別のところにあった。マコンやギュンスバッハやティヴィエに、垢のたまった老いた心に、私の誕生のずっと前にあった。私は家族の統一と、かつての諍いとを彼らに反射する鏡なのだ。彼らは自分自身になるために、私の神聖な幼年時代を利用したのだ。私は居心地が悪かった。「世界」に理由なく存在するものなどなく、最も大きなものから最も小さなものまで、すべてのものに自分の場所があると大人たちの儀式によって教えられていたのに、この私の存在理由は見つからず、自分が味噌っかすであることが分かって、秩序あるこの世界に場違いに存在していることを恥ずかしく思った。

父親がいたなら、ひっきりなしに重石をつけられたことだろう。自分の気分を原則として、無知を知として、恨みを高慢として、性癖を法として私におしつけたことだろう。こうして、私のうちに住みつき、この尊敬すべき間借り人が私に自分自身への敬意を与えてくれたことだろう。その敬意の上に私は生きる権利を打ち立てることができただろう。産みの親が私の将来を決めたことだろう。生まれながらの理工科学生として、私の生涯は安泰だったにちがいない。ところが父ジャン＝バティストは私の行く末を知っていたかもしれないが、その秘密を持ち去ってしまった。母が思い出すことといえば、「息子は海軍に入れるな」という言葉だけだった。それ以上の詳しい情報が欠けていたので、私はもちろんのこと、誰ひとりとして、私がこの地上に何をしにやって来たのかを知らなかった。財産でも残してくれたら、私の幼年時代は違うものになっていたにちがいない。別人となり、作家にはならなかっただろう。田畑や家は若き相続人に自分自身の安定したイメージを与えてくれる。彼は自分の玉砂利や自分のベランダの自分の菱形窓に触れ、その不動性が彼の魂の不死の素材となる。数日前レストランで、主人《オーナー》の七歳になる息子がレジ係に向かって「父さんがいないときは、ぼくが主人だ」と叫んでいるのを聞いたが、これこそ男というものだ。彼の年ごろ、私は誰の主人でもなかったし、私の物は何一つ無かった。ごく稀に好き勝手をしたりすると、「気をつけなさい。ル・ゴフ通りでも、その後、母が再婚した時もそうだった。私たちは自分の家にいたためしはなかった。自分の家じゃないんだからね」と母に囁かれた。私だが、すべてが貸与されていたから、必要なものに事欠くことはなかった。しかし私は抽象的な存在にとどまった。財産を持つ者に対しては、この世の財産は自分が何者であるかを映し出す。私の場合には、財産は自分が何者でないかを教えてくれた。私には内実がなく、恒常性もなかった。親の仕事を継ぐわけではなかった。私は鉄鋼生産に必要な存在ではなかった。つまり、私には魂がなかったのである。

それでも、自分の肉体とうまく折り合いをつけていたら、万事うまくいったかもしれない。だが、私と肉体とはしっくりといかなかった。悲惨な境遇にある子どもは疑問をもたない。欲求や病気といった身体的な試練を受け、いわれのない悪条件が彼の存在を正当化してくれる。飢えや死の危険に常に瀕していることで、彼の生存権は成立する。つまり、死なないために生きるのだ。私の場合は、運命に定められていると信じるほど金持ちではなかったし、自分の欲望を必要と感じるほど貧しくもなかった。私は食事の義務を果たし、神はごくまれに食欲を、つまり嫌悪感なしに食べるという恩寵を送ってよこした。呼吸も消化も排泄も、無頓着に行った。ただ生き始めてしまったから、生き続けていた。意志とは無関係に食べ物を詰め込まれる私の伴侶、つまり私の身体に関しては、まだその暴力的側面も野蛮な要求も知らなかった。彼は一連のちょっとした不調だけによって、その存在を知らせたが、この不調は大人たちに大いに人気があった。その当時、まともな家庭ならひよわな子どもが一人はいたものだ。私は生まれてすぐ死にかけたほどだから、ちょうどお誂え向きだった。様子をうかがい、脈を調べ、体温を測り、舌を出させられた。「この子はちょっと顔色が悪くはないかい」「照明のせいですよ」「どうみたって痩せたようだ」「でもお父さん、昨日体重を量ったばかりよ」。そんな審問の眼差しに晒され、私は小物か植木にでもなった気分だった。しまいにはベッドに寝かされ、暑さで息がつまり、布団の中で暑がった。私は自分の身体と体調不良とを混同していた。どちらが望ましくないのかがよくわからなくなってしまった。

祖父の協力者だったシモノさんは毎週木曜日、私たちと一緒に昼食をとった。髭にポマードを塗り、前髪を染め、少女のような頬をしたこの五十がらみの男を私は羨望した。会話が途切れぬようにとアンヌ＝マリーが「バッハはお好きですの」「海や山はいかがお思いですか」「故郷のよい思い出はございまして」などと尋ねると、彼はじっくりと考え、自分の好みという巨大な花崗岩でできた魂の内部へと視線を向ける。必要な情報が得られると、彼はそれを客観的な声で頷きながら母に伝える。なんと幸せな男だろう。毎朝、喜びのうちで目覚め、崇高な地点から自分の山並みや山頂や谷間を見渡し、「これが私だ、私はそっくりシモノ氏なのだ」と言いながら、心地よさそうに伸びをするのだろう。もちろん、私だって、何が好きかと尋ねられたら、きちんと答え、確信をもって断言することはできた。しかし、ひとりの時には、私の好みは逃げ去ってしまった。確かめるどころか、それをつかまえ、おさえつけ、息を吹き込まねばならなかった。私は仔牛のローストよりも牛肉のフィレのほうが好きかどうかすら怪しかった。自分のうちに屹立する断崖のようなこだわりや、起伏の多い風景を据え付けるためなら、どんな代償だって払ったことだろう。ピカール夫人が当時はやりの表現を巧みに用いて、「シャルルは妙《たえ》なる存在ね」とか、「わからない存在ってあるものね」などと祖父に言うことがあった。そんな時、私はもう逃れようもなく、断罪されたような気がしたものだ。リュクサンブール公園の小石、シモノ氏、マロニエの樹、カーレマミー、これらは存在だった。だが、私はちがった。私にはその不動さも、深さも不可侵性もなかった。私は何ものでもない。消しがたい透明性だった。ある日シモノさんが、この彫像が、この一枚岩が、世界に不可欠な存在だということを知った時、私の嫉妬は止めどもないものになった。

その日、現代語学院でお祝いがあった。ガス灯のゆらめく炎に照らされ、拍手が鳴り響いた。母はショパンを弾き、祖父の号令一下、誰もがフランス語で話していた。緩慢で、喉音が多く、オラトリオの状態と、色褪せた優雅さをもったフランス語だ。私は床に足をつけることなく、手から手へと飛び回っていた。ドイツ人の女性作家の胸にぎゅっと抱きしめられていたとき、栄光の高みにいた祖父が私の心を打ちのめす宣言を行った。「ここにいるべき人がいないよ。シモノ君だ。」私は女性作家の腕から逃れて部屋の片隅に逃げ込んだ。招待客たちは消え失せた。騒然とした人溜まりの中に一本の円柱が見えた。それは血肉をそっくりそのまま兼ね備えない不在のシモノ氏自身だった。この驚くべき不在が彼の相貌を変えた。学院関係者全員がみんな揃っていたわけではない。病気の生徒もいたし、用事で来られない者もいた。しかし、それは偶発的で取るに足らないことでしかなかった。ただシモノ氏だけが、いなかったのだ。彼の名前を発するだけで十分だった。人で一杯のこの部屋にナイフをいれたような空虚が差し込まれた。自分の場所を持っている人間がいることに私は魅了された。彼の場所、みんなの期待で穿たれた虚無、そこから突然新たに生まれてくるような見えない子宮。とはいえ、もし彼が熱烈な歓迎のうちでとつぜん床から現れ、彼の手に口づけしようと女性たちが駆け寄ったとしたら、私は一挙に酔いから醒めたことだろう。肉体的にそこにいることは、どんな場合でも余計なことにすぎない。彼は否定的な本質の純粋性へと還元され、処女のように、ダイアモンドがもつ極度に凝縮された透明性を保っていた。私はといえば、いつどんなときでも、他人の家にいて、地上のどこかで、余計なものだと感じる運命にあった。私はあらゆる場所で、あらゆる人にとって、水のように、パンのように、空気のように、なくてはならない存在でありたかった。

　この願いは毎日のように私の唇に戻ってきた。シャルル・シュヴァイツァーは困窮を巧妙に隠し、いたるところに必然性を配備していたので、彼の存命中は私は生活に困ったことはなかった。事情の察しがついたのはつい近頃のことにすぎない。彼の同僚たちは誰もが天を支える巨人《アトラス》だとされた。文法学者、文献学者、言語学者からなるこれらの巨人《アトラス》のうちに、リヨン＝カーン氏と「教育学誌」の編集主幹シュレールもいて、祖父は彼らのことを、その重要性がわかるようにもったいぶって話した。「リヨン＝カーン[87]はほんとにできる人物だ。彼は学士院に相応しかった」とか「シュレールも老けたね。彼を退職させるなんて馬鹿な真似を大学がしなければよいのだが……。いなくなったとき、それがどれほどの損失だったか、ほぞをかむことだろうね」。余人をもって代え難く、死ねばヨーロッパ全体が喪に服すばかりか、野蛮の状態に陥りかねないこれらの老人に囲まれていたので、私は心のうちでこんな宣言を下す伝説的な声を聞くためなら、どんなことでもする気になっていた。「このサルトルという若造はできる奴だ。彼がいなくなったら、フランスにとってどれほどの損失であろうか……」と。ブルジョアの子どもは瞬間という永遠のうちに生きている。つまり、無為のうちに生きている。私はすぐさま、永遠にそして最初からずっと、巨人《アトラス》でありたかった。そうなるために努力するなどとは思いもよらなかった。最高裁や、私の権利を確定する法令が私には必要だった。しかし、判事たちはどこにいるのか。私のまわりにいた裁判官たちは、その大根役者ぶりで信用を失っていた。彼らを罷免したものの、替わりは見あたらなかった。

茫然自失した寄生虫さながら、信仰もなく、法もなく、理由も目的もない私は家庭喜劇の中へと逃亡し、欺瞞から欺瞞へところげ回り、駆けめぐり、飛び回った。私はこの正当化できない身体と、その下卑た打ち明け話から逃げた。独楽が障害物にあたって止まるように、血迷った小さな喜劇役者は動物的な茫然自失状態に陥った。私が悲しそうだとか、夢見心地のところを見かけたなどと友人から言われた母は、笑いながら私を抱きしめて言った。「いつもあんなに陽気で、いつも歌っているおまえが、いったいどうしたの。何が不満なの、欲しいものは何でもあるじゃない。」母の言うとおりだった。甘やかされた子どもが哀しいはずがない。ただ王様のように退屈しているだけだ。あるいは、犬のように退屈しているだけなのだ。

ぼくは犬だ。あくびをし、涙が流れ落ちる。その涙が流れ落ちるのを感じる。ぼくは樹だ。風が枝に絡まり、少し揺らす。ぼくは蠅だ。ガラス窓をよじ登り、転げ落ちてはまたよじ登る。時間が通り過ぎ、身体を撫でていくのを感じるときもある。ふつうは――たいていの時は――時間が過ぎない気がする。打ち震える時間が衰弱し、ぼくを飲み込み、たえず不安をかきたてる。うずくまってはいるが、まだ生きているそれらの時間を追い払い、他の時間がとって替わる。前よりは新鮮だが同じくらい虚しい時間だ。この不快感が幸福と呼ばれるものだ。「おまえは世界でいちばん幸福な男の子なのよ」と繰り返し母は言った。それは本当なのだから、どうしてそれを信じないわけにいこうか。打ち捨てられた自分の状態については決して考えたことがない。それを表す言葉がなく、気づいてもいなかった。周りにはいつも人がいた。それは私の人生の横糸で、快楽の布で、思考の肉体だった。

私は死を見た。五歳の時、死が私をつけ狙っていた。夜になると、バルコニーのあたりをうろつき、窓ガラスに鼻先をくっつけたりしていた。姿は見たが、言葉をかけることはできなかった。一度はヴォルテール河岸[88]で偶然出会った。それは背の高い気の狂った黒装束の老婦人で、すれ違いざまに「この子を、私のポケットに入れてしまおう」と呟いた。穴倉の姿で現れることもあった。アルカションにいた時のことだ。祖父母と母は、デュポン夫人とその息子の作曲家ガブリエルを訪ねた。私は邸宅の庭で遊んでいたが、ガブリエルが病気でもうすぐ死にそうだと聞いていたので怖かった。あまり気乗りもせずに、お馬さんごっこをして、家のまわりをぐるぐる跳ね回っていた。突然、私は暗い穴に気づいた。それは誰かが扉を開けっぱなしにしておいた地下室の入り口だった。物と化した孤独と恐怖とでも言うべきものによって目が眩んだ私は、回れ右をして声をかぎりに歌いながら逃げ出した。あのころの私は毎晩、ベッドの中で死と待ち合わせをしていた。いわばひとつの儀式だった。寝る時は左脇を下にして顔を壁に向けなければならなかった。震えながら待っていると、お定まりともいえる骸骨の姿をした死が手に鎌をもって現れた。これを合図に、私は右側を下にすることを許される。そのあと死は立ち去り、私は心静かに眠りにつくのだった。日中は、死はさまざまな姿で現れた。母がフランス語で「魔王[89]」を歌うと、私は耳をふさいだ。ラ・フォンテーヌ(90)の寓話「酔っぱらいとその妻」を読んだ時は、半年ものあいだ『寓話集』を開くことができなかった。死の奴はそれぐらいではめげなかった。メリメの短編「イールのヴィーナス」のなかに隠れていたこともあって、喉笛に飛びかかろうと私が本を読むのを待ちかまえていた。一方、葬式や墓地では不安にならなかった。そのころサルトル家の祖母が病気で亡くなった。電報で呼び出された母と私がティヴィエに着いたときは、まだ息があった。この長い不幸な人生を送った人が崩れ落ちてゆく姿を子どもに見せるべきではないと大人たちは判断した。家族の友人が家に預かり私の世話をした。その場にふさわしい、おとなしい遊びをしたが、それらは悲しくなるほど退屈だった。私は遊び、本を読み、熱心に模範的な黙想をして見せたが、じつは何も感じなかった。墓地まで棺を送っていった時にも何も感じなかった。〈死〉はそこにいない時こそ輝いている。逝去すること、それは死ぬことではない。この老婦人がお墓の石に変身してしまうことは不快なことではなかった。それはミサの時にパンがキリストの体へと変化する実体変化のごときもので、存在へと上昇することだ。それはあたかも私がシモノ氏に壮麗にも変化したようなものだ。だからこそ私は、昔も今もイタリアの墓地が好きなのだ。そこでは墓石は苦悩に身をよじっている。それはバロック風のよじれた人であり、メダルが刻まれてあり、故人の面影を偲ばせる写真が枠に入れられていたりする。私が七歳のときに会ったのは、本物の死、鎌をもった骸骨《カマルド》だ。いたるところで出遭ったが、けっして墓地にはいなかった。あれはいったい何だったのだろう。一人の人物、ひとつの脅威だった。その人は頭がおかしかった。脅威のほうはといえば、こんな風だ。真昼のギラギラする太陽のもとで、暗黒の口がそこら中に開き、私をぱくりと捉える。事物にはおそろしい裏面があり、理性を失うとそれが見えてくる。死ぬこととは、狂気を極限にまで押し進め、それに飲み込まれることだ。私は恐怖のなかで生きていた。それは正真正銘の神経症《ネヴローズ》だった。その理由を探るとすれば、以下のように要約できよう。私は甘やかされた子どもで、神の贈り物だと言われたが、全くの無用の長物であったことは明らかだった。それは家での儀礼が常にわざとらしく必然性を装っていたことでより明白に思われた。私は自分を余計な存在だと感じ、消滅せねばならなかった。私はいつ消されるかもわからない、色褪せた花だった。言い換えると、私の処刑は決まっていて、いつなんどき刑が執行されるかわからなかった。もちろん私は一生懸命に処刑を拒んでいたが、それは自分の命が大事だったからではない。その逆で、人生などどうでもよかったのだ。人生が不条理であればあるほど、死は耐え難いものになった。

神さまならば、私を救ってくれたことだろう。私は署名入りの傑作となったことだろう。宇宙という合奏曲の一部であれば、私は安心し、神が運命と必然性を啓示するのを辛抱強く待ったことだろう。私は宗教を予感していたし、望んでもいた。それは病を治す薬だった。わざと与えられないようにされていたら、自分で発明したことだろう。ところが宗教は斥けられてはいなかった。私はカトリック信仰のうちで育てられ、全能の神が彼の栄光のために私を作り上げたことを知っていた。それは私の願いを遙かに越えていた。しかし、のちに教わった上流社会の神は、私の魂が待ち望んでいたものを与えてくれなかった。私には創造者が必要だったのに、偉大な庇護者《パトロン》が与えられたのだった。この二つはじつは同じものなのだが、当時の私にはそれがわからなかった。私は熱意もなくパリサイ人の偶像に仕え、公式の教えのせいで、自分だけの信仰を探す気がなくなった。なんと幸運だったことか。信頼と困惑によって私の魂は、天が種を蒔く絶好の土壌となっていたので、こうした勘違いがなければ、修道士になっていたかもしれない。しかし、私の家族は、キリスト教からゆっくりと離れつつある傾向にあった。こうした動きは、ヴォルテール主義を奉じた上流ブルジョワから始まり、一世紀間かかって社会の全階層に拡がった。信仰に対するこの一般的な弱体化がなければ、地方のカトリック家庭の令嬢であったルイーズ・ギユマンが、ルター派のシャルルと結婚するにはもっと障害があったにちがいない。もちろん、我が家では誰もが神を信じていたがそれは控え目なものだった。コンブ内閣による政教分離政策[91]からすでに七、八年経っていたが、信仰を持たないことをあからさまに表明することはあいかわらず暴力的で下品な情熱と見なされていた。無神論者とは変わり者なのだ。食事中にとつぜん「神を罵りだす」かもしれないから、夕食に招待しないほうがよい偏屈者。教会でひざまずいて、娘を結婚させ、甘美な涙を流す権利を自らに禁じるタブーで凝り固まった狂信者。自分の行動の純粋さによって理論の正しさを証明しようと努め、自分自身と自分の幸福を犠牲にし、癒されて死ぬ可能性を自ら放棄している。神の不在をあらゆるところに見出し、神の名を発することなしには口を開くことのできない、いわば神に関する偏執狂なのだ。要するに、無神論者とは、宗教的確信をもった人なのであった。それに対して、信者たちのほうはまるで宗教的確信をもっていなかった。二千年以来、キリスト教の確実さを証明する時間は十分あった。その確実さはみんなに属していたし、司祭の眼差しのうちに、教会の薄暗がりのうちに輝き、魂を照らすように信者たちは要請されていた。だが、誰ひとりとしてそれを自分のこととして実行する必要性は感じていなかった。それは共同の財産だったのだ。良家の人間が神を信じていたのは、それを忘れるためだった。宗教はなんと寛大な様子をしていたことか。なんとつごうのよい代物だったことか。信者たちはミサにはあまり行かなかったが、子どもたちを教会で結婚させ、サン=シュルピス界隈[92]の「宗教小物」は馬鹿にしながらも、『ローエングリン結婚行進曲』を聴いては涙を流した。模範的な生を送る義務も、絶望のうちで死ぬ義務も、ましてや荼毘に付される義務もなかった。我が家でも、私が出会う人の間でも、信仰とはフランス的な甘美な自由を示すよそゆきの名前にすぎなかった。私もみんなと同じように洗礼を受けさせられたが、それは私の独立を考えてのことだった。洗礼を受けさせないことで、私の魂に害を与えはしまいかと考えたのだ。カトリック教徒として登録された私は、自由であり、普通であった。「大きくなったら、自分で好きなように選ぶさ」と家族は考えたのだった。当時の考えからすれば、信仰とは、失うよりも勝ち得ることのほうがずっと困難なものだった。

シャルル・シュヴァイツァーは極めつけの役者だったから、もちろん〈大いなる観客〉［神］を必要としていたが、いざという時でなければ神のことを考えなかった。死の時に彼に出会えると確信していたから、生きている間は距離をとろうとした。私生活では、フランスが失ったアルザス＝ロレーヌ地方と、反教皇主義者である兄弟たちの粗野な陽気さに対して忠実でありつづけたので、祖父はカトリックをこけにする機会を逃がすことはなかった。食卓での会話はルターを髣髴とさせた。ルルド[93]の話になるともうキリがなかった。マリア様を見た聖女ベルナデット[94]のことは、「下着を着替えているどっかのおばさん」でも見たんだな、と言った。麻痺患者は水の中にぶち込まれ、引き出してみると「両眼とも見えるようになっていた」とか言ったりした。虱まみれの聖ラーブル[95]の生涯の話や、自らの舌で病人の排泄物をぬぐった聖女マリー・アラコック[96]の話もした。こういったでたらめ話は私にとって有利に働いた。この地上に何ひとつ所有していなかった私は、現世の事物を超越しようとする傾向があり、自分の無一文状態のうちに自分の天職を見出しかねなかったからだ。神秘主義というものは、場違いな所にいる者や、定員外の子どもに向いている。神秘主義を別の仕方で私に見せていれば、私は喜んで飛び込んでいったことだろう。私は聖性の餌食になっていたかもしれない。しかし、祖父が聖性に対する嫌悪感を決定的に植えつけてくれた。私は祖父の目で聖性を見た。この残忍な狂気は、その恍惚の味気なさで私をうんざりさせ、身体に対するサディックな軽蔑によって私を恐れさせた。聖者たちの常軌を逸した振る舞いは、タキシードを着たまま海に飛び込む英国紳士と同じくらい馬鹿げていた。祖父の話しぶりを聞いて、祖母は憤慨したふりをして、「不信心者」とか「プロテスタント野郎」呼ばわりし、指先をたたいたりした。だが、寛大な笑みを浮かべていたので、私は騙されなかった。祖母は何も信じていなかったが、懐疑主義のために無神論にもなれずにいた。母はそういったやりとりからは身を引いていた。ひそかに彼女を慰める「自分だけの神さま」がいたからである。祖父母の議論は頭の中で、弱まりながらも続いていた。もう一人の私、いわば私の黒い兄弟が、信仰箇条に対して力なく物憂げに異議を申し立てた。私はカトリックであると同時にプロテスタントだったし、従順の精神と批判精神とを結びつけていた。しかし結局のところ全てはとても退屈だった。無信仰になったのは、理論同士の衝突のためではなく、祖父母の無関心のためだった。そうはいっても、私は信仰していた。寝間着姿で寝台の足下にひざまずき、手を合わせて毎日お祈りをした。だが、神さまのことはしだいに考えなくなった。毎週木曜日には、母に連れられてディビルドス神父の塾に行き、知らない子どもたちに混じって宗教教育を受けた。祖父の薫陶のお陰で、私は司祭を奇妙な連中だと思いこんでいた。彼らが私の告解師であったにもかかわらず、その長い法衣と独身生活によって、私にとってはプロテスタントの牧師よりも遠い存在だった。シャルル・シュヴァイツァーはディビルドス神父には敬意を払っていて、「あれは誠実な男だ」と言っていた。個人的にもよく知っていたのだが、祖父の反教皇主義はあまりにも露骨だったので、その大きな門をくぐるとき、私は敵地に侵入する心もちであった。私は、神父たちが嫌いではなかった。精神性によって強ばっている顔が、私に話しかけるときには優しくなり、善意に満ちた様子で、深い眼差しをしている。深い眼差しは、私がピカール夫人や母の友人たちの年取った音楽家の女性たちにおいても高く評価したものだった。したがって、神父たちを嫌っていたのは私ではなく、私を通して祖父が嫌っていたのだ。友人である神父に私を預けることを自分で思いついておきながら、木曜日の授業のせいで私がカトリック教徒になるのではないかと事態を不安げに見守っていた。私の目に教皇主義の進展を窮い、機会があると私をからかった。しかし、この不自然な状況は半年と続かなかった。ある日、私はキリストの受難をテーマにした作文を提出した。これは我が家では好評を博し、母が手ずから清書してくれたものだった。ところが銀賞しかもらえなかった。この失望のために私はさらに不信心になった。病気で休んだり、ヴァカンスで行かなくなった後、新学期には、もう止めると突っぱねた。そのあとも数年間は人前では全能の神との関係は続いたが、個人的《プライベート》な関係は切れた。ただ一度、私は彼が存在するのを感じたことがある。私がマッチで遊んでいて足ふきマットを焦がしてしまったときのことだ。この過ちを隠そうと画策していると、とつぜん神に見られた。彼の視線を私の頭のうちに、私の手に感じた。あまりにあけすけに生きた標的となった私は風呂場の中をぐるぐるまわった。憤慨が私を救った。私はこの下品な覗き見に対して怒りはじめ、神を呪詛して、「まったく、なんてこった、こん畜生」と祖父のように呟いた。それ以降、神は私を見るのをやめた。

これがし損じた天職の話だ。私には神が必要だった。神を与えられたのに、自分が神を探していることを理解せずに受け取ったのだ。神は私の心に根を生やさなかったので、少し生き延びたあと、死んでしまった。今日、神が話題になると、私は昔知っていた美女に会った老人のように悔いのない楽しい調子で言う。「五〇年前に起きたあの誤解と取り違え、私たちを引き離した事件さえなければ、私たちの間には関係があったかもしれないね。」

しかし、何も起こらなかった。その間に、事態はどんどん悪くなっていった。私の長い髪に苛立った祖父は、母によく言った。「この子は男の子なんだよ。女の子にするつもりじゃなかろうね。孫を弱虫にするなんて許さんぞ。」母《アンヌ＝マリー》は攻撃に耐えた。今にして思えば、女の子だったらよかったのに、と考えていたのだろう。そうだったら、寂しかった自分の少女時代の生まれ変わりとしていくらでも良い思いをさせてやれるのに。天が願いを叶えてくれなかったので、母は自分でなんとか辻褄をあわせることにした。私の性別が天使と同じだと考えたのだ。つまり、男でも女でもなかったが、女により近いのだ。優しい母から優しさを教わり、それ以外のことは孤独だったためにおのずとできあがり、友だちがいなかったから荒々しい遊びにも親しまなかった。ある日—私が七歳だった時のことだ—ついに祖父の堪忍袋の緒が切れた。祖父は私の手をとり、散歩にでかけようと言った。しかし、家を出て路を曲がるとすぐに床屋に押し込まれ、「お母さんをびっくりさせてやろう」と言われた。私はびっくりさせるのが大好きだった。我が家ではよくやることだった。遊びや真面目な隠し事、思いがけないプレゼント、芝居のような打ち明け話をしたのちに抱き合うといったことだ。それが我が家での生活の調子だった。私が盲腸になったとき、母は祖父には一言も言わなかった。心配をかけてはいけないという配慮からだったが、祖父は心配などしなかっただろう。オーギュスト大叔父さんが内緒で費用を貸してくれた。アルカションから帰ってくると、私たちはクールブヴォワ[97]の病院に身を隠した。手術の翌々日、オーギュストは祖父を訪ねて行き「良い報せをもってきましたよ」と言った。カールは弟の声の荘重な様子に誤解して「おまえ、再婚するのか」と答えた。大叔父は笑いながら「ちがいますよ、でも、すべては順調にいきました」と答えた。「すべてって、何のことだ」といったちぐはぐなやりとりが交わされた。要するに、あっと驚く大芝居は私にとって日常茶飯事だったから、私は首に巻かれた白い布地を伝って巻き毛が床に落ち、つやを失ったのを悠然と眺めていたし、丸坊主になって、誇らしげに帰宅した。

たしかに、叫び声はあがったが、キスはしてもらえず、母は部屋に閉じこもって泣きくれた。彼女の女の子が男の子と取り替えられてしまったのだ。さらに悪いことがあった。私の巻き毛が耳のあたりで渦を巻いていたときには、あからさまな醜さに目を留めずに済んでいた。しかし、すでに私の右目は薄明のうちに沈みつつあった。こうなっては母も真実を認めざるをえなかった。祖父自身も茫然としていた。素晴らしい宝物を託されたのに、ひき蛙にして返したからだ。この事件は彼にとっても輝かしい将来を土台から突き崩すものだった。祖母はおもしろそうに祖父を見て、「カールったら、なんてヘマをしたんでしょ。しょぼくれているわ」とぽつりと言った。

母は悲しみの理由を私には隠してくれた。私がそれをあからさまに突然知らされたのは十二歳になってからのことにすぎない。しかし、私は自分の存在に違和感を覚えていた。家族の友人たちが私のことをときに心配そうに、ときに困惑した様子で眺めているのに遭遇することがあった。観客たちは日増しに気むずかしくなっていて、私は大いに努力をせねばならなかった。ウケを狙って大袈裟な演技をしてヘマをすることもあった。年をとりはじめた女優の苦悩がよくわかった。私だけが観客から好かれているのではないことを理解したのだ。思い出を二つ紹介しよう。もう少し後の話だが、どちらも手厳しい思い出だ。

九歳の時のことで、外は雨だった。ノワレターブル[98]のホテルにいた私たち子どもはみんなで十人で、さながら一つの袋に入れられた十匹の猫だった。私たちの面倒を見るために、祖父が十人の登場人物からなる愛国的な芝居を書いてくれ、上演することになった。一番年長のベルナールが、根は善良だが気むずかし屋のストリュットホフ爺さんを演じた。私はアルザスの青年で、フランスを祖国に選んだ父の後を追って国境をひそかに越えるという役まわり。聞かせどころの台詞もあった。腕を伸ばし、頭をかしげ、肩のくぼみに細面を隠し、「さらば。さらば、麗しのアルザスよ」と呟くのだった。稽古のときに何度も可愛いねぇと言われたが、当然だと思っていた。上演は庭で行われた。ホテルの壁を背に舞台が作られ、庭の二本の大きな檀《まゆみ》の樹が舞台の袖の部分になった。親達は籐の椅子に並んで座った。子どもたちは凄まじい勢いではしゃいだが、私だけは別だった。芝居の成功が自分の双肩にかかっていると思いこんでいた私は、みんなのためにも気に入られようとやっきになった。観客のすべての眼差しを一心に集めていると思っていた私はやりすぎた。軍配はベルナールのほうにあがった。彼はあまりくどくやらなかったのだ。私はそれを理解したのだろうか。上演が終わり、募金が始まったとき、ベナールの後ろに忍び寄って髭をひっぱると、取れてしまった。それはスターがやるおふざけだった。冗談だった。私はうっとりとして、戦利品を掲げてスキップしたが、誰も笑わなかった。母は私の手を引っ張って、離れたところに連れていき、悲しげに尋ねた。「いったい、どうしたの。立派なお髭だったのに。みんな唖然として叫び声をあげたわよ。」すぐに祖母がやってきて、私が嫉妬心からやったとベルナールの母親が言っているという最新情報をもたらした。「目立とうとすると、どうなるかわかったでしょ」と祖母に言われた私は逃げだし、走って部屋に戻り、たんすの鏡に向かって長いこと百面相をした。

ピカール夫人は、子どもに読ませて悪い本はないというのが持論だった。「きちんと書かれた本が、毒になることはありませんもの。」彼女がいる場で、私は『ボヴァリー夫人』を読む許可を求めた。「でも、今からこんな本を読んだら、大きくなったら読む本がなくなるわよ」と母は甲高い声で私に言った。「大丈夫。今度は物語のように生きるから」と私は答えた。この答は、その後も語り草となり、我が家にやってくるたびに、ピカール夫人はそのことを仄めかした。母は怒った振りをしながらも、本心は気を良くして叫んだ。「ブランシュさん。そんなこと言うのはおよしになってよ、この子がつけあがって困るわ。」私の最良の観客であるこの青白く太った老婦人のことが私は好きだったが、同時に馬鹿にしてもいた。彼女の来訪が告げられると、自分が天才になった気がした。私は彼女のスカートが落ちて、お尻が丸見えになる場面を夢想した。それは私なりの彼女の精神性への讃辞だった。一九一五年十一月、彼女から、赤革で装幀され小口が金の小冊子をプレゼントされた。祖父は外出していて、私たちは書斎に陣どっていた。女たちの会話は弾んでいたが、戦争中だったから、前の年に比べると低めの声だった。窓には黄色い汚い霧がべったりと張りつき、冷えきった煙草の匂いがした。手帖を開いた私はちょっとがっかりした。小説かお話だと思っていたのに、色ちがいの頁には同じような質問が何度も記されていた。「あなたの答えを書きなさい。そしてお友だちにも書いてもらいなさい。とても良い思い出になるわよ」とピカール夫人は言った。私はみんなをあっと言わせるチャンスを提供されたことがわかった。すぐさまそれに応えようと、祖父のデスクに座ってデスクマットの吸いとり紙のうえに手帖を置き、プラスチックの柄のペンを赤いインク壺に浸し、大人たちが興味津々で目配せを交わすなかで、書きはじめた。私は「年よりもませた答」を探して、ひとっ飛びに自分の魂よりもずっと上に登った。しかし、質問はあまり助けにはならなかった。私の好き嫌いが尋ねられている。好きな色は何ですか、好きな香りは何ですか。気乗りもせずに好みをでっちあげていたとき、輝くような機会が訪れた。もっとも大切な願いは何ですか。私はためらうことなく「兵隊になって、死者たちの弔い合戦をすること」と答えを書いた。興奮しすぎた私は、後を続けることはできず、椅子から飛び降りて、大人たちに作品を見せに行った。みんなの目が輝いた。ピカール夫人は眼鏡をずりあげ、母は私の肩越しに覗き込んだ。二人ともからかい気味に唇をとんがらせた。二人が顔をあげたとき、母の顔は朱に染まっていた。ピカール夫人は私に手帖を返しながら言った。「ねぇ、ぼく、ほんとうの気持ちを書かなければ、だめなのよ」と。私は死ぬかと思った。過ちは火を見るより明らかだった。神童を求められていたのに、私は崇高な子どもを演じてしまったのだ。私にとって不幸だったことは、この二人の女性には前線に出征している身よりがいなかったことだ。彼女らの通常の魂にとって、軍事的な崇高さはまるで効果がなかった。私は部屋を出て行き、鏡の前で百面相をした。いま思うに、この百面相は自己防御だった。恥のすさまじい噴出に対して、筋肉をブロックすることで、私は自分を守ろうとした。そして、この百面相によって悲運を極限までもってゆき、解放されようとした。屈辱を逃れるために、自己卑下へと飛び込んだのだ。以前には好かれる仕方を知っていたが、それを悪用したことを忘れるために、自らそれを捨てた。鏡は私にとって大きな助けとなった。鏡を使えば自分が怪物だと思い込めると考えた。このトリックがうまく行くときは、悔恨の苦い思いは憐憫の情へと変化した。しかし、特にこの失敗によって自分の奴隷根性を発見したので、みずから醜悪な存在になって、この奴隷根性を不可能にし、人々を否定し、人々から否定されるようになりたいと思った。善の喜劇に対して、悪の喜劇が演じられたのである。エリアサンがカジモド(99)の役をするようになったのだ。顔を歪めたり、皺をよせたりして、私は自分の顔をぐちゃぐちゃにした。かつての笑顔に硫酸をかけたのだ。

　薬は、病よりさらにたちが悪かった。栄光と不名誉に対抗して、私は自分だけの孤独な真理のうちに避難しようと試みた。だが、私には真理がなかった。驚くべき無味乾燥しか自分のうちには見いだせなかった。私の眼の前で、一匹の海月《くらげ》が水槽のガラスにぶつかり、そのぐにゃりとした傘に皺をよせながら、闇の中へと消えていった。夜になって、インクのような雲が鏡のなかで希釈されると、私の最後の変身した姿も覆い隠された。アリバイがなくなり、私は自分自身のうちにへたりこんだ。漆黒の中には、不定型な躊躇《ちゅうちょ》、軽いタッチ、心臓の鼓動、つまり一匹の生きた獣がいるのを感じた。このもっとも恐ろしい獣だけが私のおそれずにすむ唯一のものだった。私は自分自身から逃れ、光のなかに戻って、少し臺《とう》のたった天使童子《シェリュバン》の役を取り戻そうとしたが、うまくいかなかった。鏡は私がもうずいぶん前から知っていたことをはっきりと教えてくれた。私はなんとも平凡な存在だったのだ。私は二度と昔の状態に戻ることはできなかった。

万人からは崇拝されながらも、各人からは打ち棄てられた私は、売れ残りの品物に似ていた。七歳の私には、自分以外に頼るものがなかったが、その自分なるものがまだ存在していなかった。私は始まったばかりの二十世紀という世紀がその倦怠をきらめかせる無人のガラスの宮殿にすぎなかったのである。私が生まれたのは、自分のうちの大いなる欲求を充足させるためだった。私はそれまで居間《サロン》で愛玩される犬のような虚栄心しか経験してこなかった。自尊心へと追い込まれ、私は「尊大な人物」になった。誰も私のことを真剣に要求しないのだから、宇宙にとって私が不可欠であることを明らかにしてやろうと思った。これ以上に傲慢なことがあるだろうか。これ以上に愚かなことがあるだろうか。じつのところ、私には選択の余地がなかった。無賃乗車をした乗客のように、座席で寝ているところを車掌に起こされて、「検札です」と言われる。私は切符をもっていないことを認めざるをえない。その場で精算するだけの所持金もない。私は非を認めてから弁明をはじめる。身分証明書は家に忘れ、どうやって改札をくぐり抜けたかは思いだせないが、列車に潜り込んだことを認める。車掌の権威に楯突くどころか、彼の職務に敬意を払っていると言い、言われる前から彼の決定に従うつもりでいる。これほど極端な屈従の状態にあっては、状況を逆転させることによってしか逃れることはできないだろう。そこで私は、自分が重要な秘密の任務のためにディジョンに向かっていることを打ち明ける。それはフランスだけでなく人類全体に関わることだ。この新事実が明らかになったからには、列車中見渡しても私くらいこの席につく権利を有するものは誰ひとりとしていないのではあるまいか。もちろん、この上位の法は、通常の規則とは抵触するが、私の旅行を妨げることによって、車掌は重大な支障を引き起こすことになり、その結果は当然彼の身に降りかかることであろう。私は彼に熟慮を促す。たかだか列車内の規則のために、人類全体を混乱に陥れるというのは理にかなったことだろうか。これこそ傲慢というものだ。貧者の自己弁護だ。切符をもった乗客だけが、謙虚である権利をもっている。私は議論に勝ったかどうかの確信がもてなかった。車掌はあいかわらず黙ったままだ。私はもう一度説明を始める。話しているかぎり、無理矢理降ろされることはないだろう。向かいあって、片方は黙り、もう一方はまくしたてる。その間も私たちを載せた列車はディジョンへと向かって走っている。列車、車掌、そして無賃乗車犯人、それがみんな私なのだ。そして私はさらに第四の人物でもあった。それらを演出している人物だ。彼の望みはただひとつ、この話を信じ込み、たとえ一分でもよいから、それらすべてを仕組んだのが自分であることを忘れることだ。ここで我が家での喜劇が役に立った。私は「天の恵み」と呼ばれていた。もちろんそれは冗談で、私とてもそのことを知らなかったわけではない。しかし、ほろりとさせられる情景に慣れていたので私は涙もろかったが、同時に鉄の心ももっていた。私は受け取り手を待っている有用な贈り物だった。私は自分をフランスと人類に捧げた。人間などどうでもよかったが、人間抜きでは話は済まなかったから、仕方がなかった。彼らが喜びの涙を流すことで、宇宙が感謝しながら私を受け入れてくれたことがわかるのだ。なんと自信過剰な子どもだろうと思う人がいるかもしれないが、それはちがう。私は父親のいない孤児で、誰の息子でもなかったから、自己原因となったのだ。高慢と悲惨に満ちていた。私を世界へと生みだしたのは、善のほうへと私をもたらす跳躍だった。その経緯は明らかなように思えた。母親が優しかったから女性化し、私を作り上げる厳しいモーゼがいなかったから精彩を欠き、祖父に溺愛されたから思い上がっていた。私は純粋なオブジェであり、もし我が家の喜劇を本気で信じていたならば、マゾシストになっていたことであろう。しかし、そうはならなかった。この喜劇は表面上の影響しか与えなかったのであり、奥底は冷たいまま、根拠のないままにとどまった。システムにはぞっとした。幸福な失神、身を委ねること、撫でられ、可愛がられすぎたこの身体には嫌悪感を覚えた。私は反対の立場をとり、傲慢とサディズムへと、つまり寛大さ《ジェネロジテ》へと身を投じた。寛大さとは、吝嗇や人種差別と同じで、私たちの内なる傷を治すために分泌される鎮痛作用のある軟膏だが、しまいには私たちを中毒にしてしまう。私は打ち捨てられた被造物の状態から逃れるために、ブルジョアジーの最も癒しがたい孤独、つまり創造者としての孤独を選んだのだ。このような突然の方向転換を真の反逆と混同してはならない。反逆とは圧制者に対して行うものだが、私の周りには恩人しかいなかった。私は長いあいだ、彼らの共犯者であり続けた。それに私を「恩寵」の贈り物と名づけたのは彼らだった。私は与えられた道具を、別の目的に用いたにすぎない。

すべては私の頭の中の出来事だった。想像力の子どもだった私は想像力によって身を守った。六歳から九歳までのころを振り返ってみると、なんという精神訓練の連続であったことか、驚愕するほどだ。内容はしばしば変わったが、プログラムはほとんど同じだった。私は間違ったところで舞台に飛び出し、衝立の後ろに隠れる。その後、今度は出るべきところで、宇宙が無言で私を要求するちょうどその瞬間に再び誕生をやり直すのである。

最初に作った物語は『青い鳥』や『長靴を履いた猫』やモーリス・ブショールの童話の焼き直しだった。物語はひとりで勝手に、私の額の後ろ、眉毛の回廊のあいだで、語られていた。段々とそれに手を入れるようになり、自分の役割も付け加えた。物語は性質を変えた。妖精は好きではなかった。周りが妖精だらけだったからだ。武勇談が妖精譚にとってかわり、私は英雄になった。私は自分の魅力を剝ぎ取った。気に入られるのではなく、自分の意志を他人に押しつけるようになった。家族は捨てられた。祖父母や母は私の空想物語から締め出された。表面的な仕草や態度には飽き飽きしていたので、夢のなかで真の行動をとることにした。私は死に直面した困難な世界を想像した。『クリ・クリ』や『エパタン』、ポール・ディヴォワの描く世界だ。欲求とか労働などはまだ知らなかったので、危険を配した。生涯でこの時ほど、私が既成の秩序べったりだったことはない。最良の世界に暮らしていると確信していたから、世界から怪物たちを退治することに身を捧げた。警官であり仕置き人である私は、毎晩のように悪党の一味を血祭りにあげた。これほどの先制攻撃や討伐は後にも先にもしたことがない。憎しみも怒りもなく、少女たちを死の手から取り返すためだけに敵を殺した。か弱い存在が私にとっては不可欠だった。彼女たちは私を必要とし、呼び求めていた。もちろん、彼女たちは私の存在を知らなかったから、私の助けを当てにはできなかった。しかし、彼女らをなんとも凄まじい危険のうちに放りこんだのは他ならぬこの私だったから、私以外の誰にも救うことはできなかった。トルコ近衛兵たちが、三日月刀を振りかざし、うめき声が砂漠を駆けめぐり、岩々が砂に囁く。「ここにあいつがいてくれたらなぁ。サルトルの奴がさ。」その瞬間、私は屏風をはねのけ、剣で敵の頭を吹っ飛ばし、血の河から誕生する。なんという剣の幸せだろう。そこが私の場所であった。

私が生まれたのは、死ぬためだった。救われた娘は父親の辺境伯の腕に飛び込む。私はその場を立ち去り、ふたたび余計者となり、新たな暗殺者を探し求めねばならなかった。そして、私は彼らを見つける。既成の秩序の守護者である私の存在理由は、不断に繰り返される秩序転覆のうちにあった。私は悪を羽交い締めにして窒息させたが、私は悪とともに死に、悪とともに蘇るのだった。私は保守的な無政府主義者だった。この善良な暴力は外にはまったく表れなかった。私はあいかわらず従順で情熱的だった。有徳の習慣はそう易々と失われはしない。しかし毎晩、私は日々の道化が終わるのを今か今かと待ったものだ。ベッドへと走っていき、そそくさと祈りをすませ、ベッドにもぐりこみ、再び手のつけられぬほどの無鉄砲者になるのが待ち遠しかった。私は暗闇のなかで年をとり、父も母もなく、家も故郷もなく、ほとんど名前すらない孤独な青年となる。私は炎の立ちのぼる屋根の上を気絶した女性を腕に抱えて歩いている。下では群衆が叫んでいる。建物が今にも崩れそうなのだ。まさにその瞬間、私は運命的な言葉を発する。「続きは次号。」「おまえ、何を言っているの」と母が尋ねる。私は用心深く「このままにしておくんだよ」と答える。こうして、私は危険のまっただ中で、甘美な不確定さの中で眠りにつくのだった。次の晩、私は約束通り、屋根や炎や避けがたい死に再会する。突然、前夜には気づかなかった雨樋が目に留まる。助かったぞ。やれやれ。しかし、腕に抱えるこの貴重な重荷を放すことなく、どうやって雨樋につかまることができようか。幸いなことに、娘が意識を取り戻したので、彼女を背負うと、彼女は私の首に腕をまわす。いや、ちょっと待った。私は考え直し、娘を再び意識不明へと押し戻す。彼女がこの救出劇に少しでも手を貸せば、私の手柄は目減りする。うまい具合に、足下にはロープがあるじゃないか。私は彼女をしっかりと私につなぎとめる。あとは赤子の手をひねるようなものだ。市長、警察署長、消防署長といったお偉方が私を抱擁し、祝福のキスをし、メダルが授与される。私はまごつき、どうすればよいのかわからなくなる。お偉方たちの祝福は祖父が与える祝福に似すぎている。私はその場面をすべて取り消し、もう一度やり直すことにする。夜だ。若い女性が「助けて！」と叫ぶ。私は事件に飛び込む……。「続きは次号。」私が危険に身を晒すのは、たんなる通行人が運命の男に変身するこの崇高な瞬間のためだけなのだ。だが、勝利のあとは生き延びることはなかろうと感じていたから、勝利を翌日に延ばすのは無上の喜びだった。

聖職がお似合いの三文文士のうちにこんな向こう見ずな夢があったのを見て驚く方がいるかもしれないが、子ども時代の不安というのは形而上学的なものだ。不安を鎮めるためには血を流す必要はまるでない。ペストやコレラから市民を救う英雄的な医者になろうと考えたことはなかったのか、と尋ねる向きもあるかもしれない。正直に言って、そんなことはまるで考えなかった。そうはいっても、私は残忍ではなかったし好戦的でもなかった。新世紀が始まったばかりのこの当時、私が叙事詩的であったのは私のせいではない。戦争に敗れたフランスには想像上の英雄がたくさんいて、彼らの勲功のおかげでフランスの自尊心は癒された。私の生まれる八年前、シラノ・ド・ベルジュラック[100]が「赤ズボンをはいた軍楽隊のように鳴りもの入りで登場した」。その少し後、誇り高く憔悴した鷲の子が現れると、ファショダ事件[101]の傷はすぐさま癒えた。一九一二年、私はそういった偉い人物たちのことはまるで知らなかったが、彼らの亜流《エピゴーネン》たちとはつきあっていた。泥棒世界のシラノともいえるアルセーヌ・ルパンに私は夢中だった。ただ彼のヘラクレス的な怪力や皮肉な勇気やフランス的な知性が、一八七〇年の敗北に由来するのだとは知らなかった。国をあげての攻撃性とリベンジの精神が子どもたちみんなを復讐鬼にしたのだった。私もまたみんなと同じように復讐鬼となった。相手を馬鹿にした口調やら、華々しい勇姿に魅惑された。それは敗者の鼻持ちならぬ欠点だったのに、私はごろつきを打ちのめす前から、相手を愚弄していた。しかし、戦争は退屈だった。祖父のところにやってくる心優しいドイツ人たちは好きだった。興味を惹かれたのは私的な不正だけだ。憎しみのない私の心のなかでは集団的な力は形を変えていた。私はそれを個人的な英雄主義を養うために用いたのだ。だが、それもどうでもいいことだ。

私は刻印されているのだ。鉄の時代に生まれながら、人生を叙事詩と取り違えるという馬鹿げた間違いを犯したのは、私が敗北の孫だからだ。今でこそ徹底的な唯物論者だが、私の叙事詩的理想主義は、自分では経験しなかった辱め、自分では苦しまなかった恥、つまり、今や我らのもとに戻った二地方、アルザス＝ロレーヌの喪失という辱めの代償として死ぬまで留まることだろう。

　十九世紀のブルジョワたちは、初めて劇場に行った時のことを生涯忘れることはなかったし、多くの作家はそれがどのようなものだったかを語っている。幕が上がると、子どもたちはまるで宮廷にでもいる気分になる。金や緋色の布地、照明、白粉、誇張と虚構によって犯罪行為でさえも聖なるものになるのだ。舞台の上では、祖父たちが殺したはずの貴族たちが復活するのを目撃し、幕間には、階段状に並んだ桟敷に社会の縮図が浮かび上がるのを見る。枡席にいる肩を剝き出しにした生身の貴族の女性を親達が指し示したりする。こうして子どもたちは驚き、打ちのめされて家に戻り、将来は檜舞台に出て、ジュール・ファーヴル[102]やジュール・フェリー[103]やジュール・グレヴィ[104]のようになるぞ、とひそかに思うのだ。それに対して、私の世代の者たちは、最初に映画館に行ったときのことを思い出すこともできないだろう。私たちは手探りで新しい伝統のない世紀に入り込んだが、それは行儀の悪さでは他に並ぶもののない世紀だった。この新しい芸術、庶民の芸術はわれらの野蛮を予告していた。盗賊の洞窟で生まれ、当局によってお祭りの見せ物興行に分類されていた映画は、まともな人間の顰蹙を買うような大衆的なものだった。婦女子の娯楽だったのだ。母も私も映画が大好きだったが、考えることはおろか、映画が話題に上ることすらなかった。パン不足にでもならなければ、誰がパンを話題にするだろうか。私たちが映画の存在に気づいたとき、映画はもう久しい以前からわれわれの生活の重要な一部になっていたのだった。

雨の日、母に何をしたいときかれると、サーカスにしようか、シャトレー座に行こうか、それとも電気館、蝋人形館[105]はどうだろうなどとさんざん迷った挙句、いかにも何気なさそうに映画にしようと決めたものだ。玄関の扉を開けようとすると、祖父が仕事場の入り口に姿を現して尋ねる。「おまえたち、どこに行くんだい」「映画です」と母が答える。祖父が眉を顰めるので、母は「すぐそこのパンテオン座。スフロ通りを渡るだけですから」と急いで付け加える。祖父は肩をすぼめて、私たちの外出を許すが、次の木曜日にシモノさんに会うと「ねえ、シモノ君、真面目な君はどう思うかね。うちの娘は孫を映画なんかに連れて行くんだよ」と言い、それに対してシモノさんはなだめるような調子で「私は行ったことはありませんが、妻は時々行くようです」などと答えたようだ。

出し物はすでに始まっていた。私たちはおぼつかない足どりで案内嬢の後についていく。なにか悪いことでもしている気分だ。頭の上を白い光線がよぎり、埃と煙が舞うのが見える。ピアノが馬のようにいななき、壁にある洋梨型のスイッチが紫色に輝く。消毒薬の匂いで息がつまる。香りと人びとで一杯のこの宵闇の果実が、私のうちで混じり合う。私は非常口のランプを飲み込み、気持ちの悪くなる酸っぱさで満たされる。座っている人たちの膝を背中に感じながら列の中ほどへ進み、ぎしぎしと音のする座席に腰掛ける。母がお尻の下に毛布を入れて高くしてくれると、ようやくスクリーンが見えるようになる。蛍光色のチョークやチラチラして雨の降ったように筋の入った景色が目に入る。太陽がさんさんと輝くときでも、家の中でも、いつも雨が降っていた。時には男爵夫人のサロンを火の玉がよぎったりしたが、夫人はまるで驚く様子もなかった。この雨、止むことなく絶えず壁の上をうごめく不安が私は好きだった。ピアニストが『フィンガルの洞窟[106]』を弾き始める。犯罪が起こるぞ、と誰もが理解する。

男爵夫人は恐怖で狂ったようになる。しかし、彼女の美しい煤けた顔は突然、紫色の背景に浮かぶ「第一部の終り」という表示にとって代わられる。麻酔から醒めたかのように、不意に光が灯る。私はどこにいたのだろうか。学校なのか。お役所なのか。ここには装飾というのがほとんどない。裏のスプリングがむき出しの折り畳み式の椅子、ぞんざいに黄色く塗られた壁、吸い殻や唾の跡で一杯の床。ざわめきが拡がる。言葉が再び現れ、案内嬢が「ドロップはいかが」と叫ぶ。母に買ってもらったドロップを口に放り込むと、非常口のランプをしゃぶっている気分になった。目をこすり、隣りにどんな人が座っているのかを眺める。兵隊や、近所の女中たちがいる。痩せこけた老人が噛み煙草をもぐもぐと噛んでいる。帽子も被っていない女工たちが大声で笑っている。どれもふだんは私たちと交流のない人たちだ。幸いなことに、これらのむきだしの頭に混じって、まばらではあるが、大きな帽子がチラチラと動いて、私たちを安心させる。

亡き父や祖父は二階桟敷の常連であり、劇場を支配する社会階層によって儀式に対する好みを培われた。大勢の人間を一緒にするときは、典礼によって分離しないと、殺し合いになりかねないというのがその考えだ。しかし、映画は事実がその反対であることを証明している。映画を見る雑多な観客は、祝祭ではなく、災厄によって集まっているように見えた。ひとたび典礼が滅びると、人間の真の関係、つまり癒着が露わになった。私は儀式を嫌い、群衆を好んだ。その後も、あらゆる種類の群衆を見たが、これほど剝き出しで、ぴったりと寄り添い、白昼夢であるような、人間であることが危険だという暗い意識は、一九四〇年に第十二D捕虜収容所[107]に入れられる時まで再び見いだすことはなかった。

母は次第に大胆になり、私を右岸の繁華街《ブールヴァール》の映画館にまで連れてゆくようになった。キネラマ座や、フォリー・ドラマチック座や、ヴォードヴィル座、当時は競馬場《イポドローム》と呼ばれていたゴーモン・パラス座[108]などだ。私は、「ジゴマ[109]」や「ファントマ[110]」、「マチステの冒険[111]」、「ニューヨークの秘密」などを見た。金ぴか趣味が私の楽しみを台無しにした。以前は劇場だったヴォードヴィル座は華やかなりし過去を消し去ってはおらず、始まる直前まで、金の房飾りのついた赤いカーテンがスクリーンを覆い隠していた。劇場でのように杖で三度床を叩いて、上映開始が告げられ、オーケストラが序曲を演奏し、幕が上がり、灯りが消された。私はこの場違いな儀式と埃まみれの大仰さに苛立ったものだ。それは社会的に地位の高い人たちの足を遠のかせる質《たち》のものだった。バルコニー席や天井桟敷席に座った父親たちの世代は、シャンデリヤや天井画に圧倒され、劇場が自分たちのものとは信じることなどできなかった。また、そんなことを望みもしなかったろう。劇場は迎え入れていただく場所だった。私はといえば、映画を間近で見たかった。万人が平等である近所の居心地の悪い映画館で、この新しい芸術が私のものであり、万人のものであることを悟ったのだ。私たちの精神年齢は同じだった。私は七歳で、字が読めたが、映画はもう十二歳になるのに、まだ話せなかった。まだまだ駆け出しで、これからもっと進歩すると言われていた。私たちは、一緒に大きくなるのだと私は思った。私たちの共通の幼少時代を忘れたことはない。ドロップをもらったり、近くで女性がマニキュアを塗ったり、田舎のホテルのトイレで消毒薬の匂いを吸い込んだり、夜行列車で天上に光る紫色の常夜灯を見たりすると、私の目や鼻の腔や舌の上に、今はなき映画館の光と香りが蘇ってくる。四年前、荒れた天候のなかをフィンガルの洞窟の沖合を通ったとき、私は風のなかにピアノの音を聞く気がした。

　聖なるものは受けつけなかった私だが、魔術は崇めた。映画、それは疑わしき見せかけだったが、私はそこでもまたそれに欠けているもののために邪《よこしま》にそれを愛した。この流れる輝き、それはすべてであり、無であり、無となったすべてだった。私は壁の妄想に立ち会っていたのだ。私の身体の中まで一杯にしていた塊の堅さを取り去ったので、私の理想主義はこの無限の収縮を喜んだ。後になって、三角形の平行移動と回転を勉強したとき、スクリーン上の図像の滑りを思い出した。私は映画をその二次元幾何学的な性質まで好んだ。黒と白から、玄人だけに見える他のあらゆる色を含んだ卓越した色を作りあげた。私は見えないものを見ることに夢中になっていた。何よりも、ヒーローたちが無言である点が好きだった。いやほんとうに無言だったわけではない。話は通じていたのだから、話せないわけではなかった。私たちは音楽で気持ちを伝えあっていた。音楽が彼らの内面の生の音だった。罪もなく迫害を受ける人びとの苦しみは、言葉で言ったり、叫ぶよりも、聞こえてくる音楽によってずっとよく伝わった。字幕も読んだが、希望や苦渋を音楽から聞き取り、はっきりと叫ばれない誇り高き苦痛を耳で捉えたのだ。私は共犯者《ぐる》だった。スクリーンで泣いているこの若き未亡人は、むろん私ではなかった。しかし、彼女と私は、ショパンの『葬送行進曲』という同じ魂をもっていた。彼女の涙が私の目を濡らすにはそれだけで十分だった。予言はできなくても、預言者の気分だった。裏切りが起こる前にすでに、その罪が私のうちに入ってきた。城内のすべてが平穏に見えていても、不吉な和音が暗殺者がいることを告げていた。あのカウボーイたちは、銃士たちは、探偵たちは、なんと幸福だったことだろう。彼らの未来はすでにそこにあった。この未来を告げる音楽のうちに、そして、未来が現在を支配していた。とぎれのない歌が彼らの生とまじりあっており、曲の終りへと進みながら、勝利や死へと彼らを引き連れていった。彼らを、待っているものがあった。危険に遭った若い娘や、将軍や、森に隠れた裏切り者や、火薬の樽の脇で縛られ、導火線を伝って炎がどんどんと迫ってくるのを哀しげに眺める仲間などがいたのだ。この炎の進み具合、悪漢に襲われた娘の必死の抵抗、草原を馬で駆るヒーロー、これらの映像が、さまざまな速さで混じり合い、背景には、『ファウストの劫罰』の「地獄への騎行」の怖ろしい動きがピアノで演奏され、すべてが一体となっていた。それが〈運命〉であった。馬から飛び降りて、導火線の火を足でもみ消す主人公に、裏切り者が飛びかかる。ナイフによる一騎打ちが始まる。しかし、この一騎打ちの偶然もまた音楽的な展開の厳格さに参加しているのだ。偽の偶然性が宇宙の秩序をうまく隠せずにいた。ナイフの最後の一撃が、最後の和音とぴったりとあった時、なんという喜びだっただろうか。私は完全に満たされた。私は自分の生きるべき世界を見いだし、絶対的なものに触れていた。しかし、ライトが再び灯されたとき、なんという居心地の悪さを感じたことか。私はこれらの人びとへの愛から引き剝がされ、彼らは、その世界もろとも消え去ってしまった。私は自分の骨肉のうちに彼らの勝利を感じたのに、それは彼らの勝利であって、私の勝利ではなかった。通りに出ると、私は再び余計者だと感じるのだった。

私は言葉を捨て、音楽のうちに生きることにした。毎夕五時ごろがその機会だった。祖父は現代語学院で授業をしており、祖母は部屋に引きこもってジップの作品などを読んでいた。母は私におやつを食べさせ、夕食の支度にとりかかり、女中に最後の指示を与えたあと、ピアノに座り、ショパンの『バラード』、シューマンの『ソナタ』、フランクの『交響的変奏曲』などを弾いた。ときには私の求めに応じて『フィンガルの洞窟』序曲を弾いてくれた。私が書斎に忍び込むと、部屋はすでに薄暗く、二つの蝋燭がピアノの上で燃えている。暗闇に乗じて、祖父の定規を掴むと、それが私の長剣となり、ペーパナイフが短刀となる。こうして、私はすぐさまスクリーンに映る平たい銃士となる。霊感が湧かない時は、時間稼ぎをする。ある重要な事件のために、名うての剣士である私はお忍びでいなければならない。攻撃を受けても打ち返せないし、勇気を隠して、臆病を装わねばならない。横目でにらみ、頭をさげ、足をひきずって、私は部屋のなかを走りまわる。ときどき飛び跳ねるのは、平手打ちや後ろから蹴られたことを示すためだ。しかし反撃はせず、侮辱した者の名前を控えるだけにとどめる。ついには大量の音楽が功を奏し、私は始動する。ピアノがその強烈なリズムで、ブードゥー教の太鼓のように、私を突き動かす。ショパンの『幻想即興曲』が私の魂にとってかわり、この曲が私に乗り移り、未知の過去と、死に至る目映い未来を与える。私は取り憑かれたようになる。悪魔が私を捉え、李の木でも揺らすように、揺らすのだ。馬に乗れ！　私は馬であると同時に騎士でもあり、馬を駆りつつ、駆られつつ、荒野や休耕地を駆けめぐる。つまり、書斎の扉から窓まで疾走する。「ちょっと静かになさい。お隣から苦情が来るわよ」と母はピアノを弾きつづけながら言う。私はそれに答えない。無声だったからだ。私は公爵を見つけると、馬から飛び降り、唇の静かな動きで、この私生児野郎と言ってやる。奴は傭兵隊を放つが、私が振り回す剣はまるで鋼の砦だ。時々私は敵の胸を突き刺す。すぐさま私は役を変えて、一刀両断にされた剣士となって、ばったりと倒れ、絨毯の上で死ぬ。それからそっと死体から身を引き離して立ち上がると、再び遍歴の騎士の役割に戻る。私はすべての役割を演じ分ける。騎士としては公爵に平手打ちを喰わせ、向きを変えて公爵となってこの平手打ちを受ける。しかし、悪役は長いこと演じない。早く主人公の役、つまり自分自身に戻りたくて仕方がなかったからだ。無敵の私は、誰に対しても勝利を収めた。しかし、夜の物語の場合と同様、私は勝利の時を無期延期にした。勝利のあとにくる停滞を恐れたからだ。

　私は若き伯爵令嬢を国王の弟君の魔手から守っている。凄まじい殺戮の場面だ。しかし、母が譜面をめくり、アレグロは終わり、優しいアッダジオが始まる。私は修羅場を大急ぎで片づけ、私が守る姫君に向かって微笑みかける。彼女は私を愛している。音楽でそれがわかる。そして私も彼女を愛しているようだ。少しずつ愛情が私のうちに生まれつつある。愛しているときは、何をするものなのだろうか。

私は彼女の腕をとり、牧場を散歩する。それだけでは足りないようだ。幸い、突然召集された無頼漢や傭兵どものお陰でこの気まずい状態から抜け出すことができた。奴らが私たちに襲いかかる。敵は百人、こちらは一人だ。九〇人までは殺すのだが、残りの一〇人に伯爵令嬢をさらわれてしまう。

こうして、暗黒の時代に突入する。私を愛する女は囚われ、王国の警官たちがこぞって私を追い立てる。無法者として追跡され、なんとも悲惨な状態にある私にはもはや良心と剣しか残っていない。打ちひしがれた様子で書斎を大股で歩き回る私の心は、ショパンの熱情的な哀しみでいっぱいになる。時どき、私は人生の頁をめくり、最後にはすべてがうまくいくことを確かめるために二、三年飛ばしてみる。爵位も領地も婚約者もほとんど無傷で返してもらい、王は私に許しを乞うことになるだろう。しかし、突然私は後戻りし、二、三年前の不幸の状況へと立ち返る。この時代が私を惹きつけるのは、虚構と現実とが混じり合うからだ。官憲から追われる傷心の放浪者である私は何もすることがなく、自分自身をもてあまし、生きる理由を求めて、祖父の書斎を音楽にあわせて彷徨《さまよ》う子どもと、まるで兄弟のように似ていた。役柄を保ちながらも、私はこの類似を利用して、私たちの運命の混合物を作ろうとする。最終的な勝利を確信している私は、勝利にいたる最も確実な道は苦悩にあると考えた。私は卑賤さを通して未来の栄光を見ていたが、栄光こそが卑賤さの真の原因なのだ。シューマンの『ソナタ』が私に確信を与える。私は絶望した被造物であると同時に、世界の初めからこの被造物を救っていた神でもあるのだ。完膚無きまで悲嘆にくれることができるのはなんという喜びだろうか。私は世界に対して不貞腐れる権利があるのだ。安易な成功に飽きた私は、憂愁の甘味を、怨恨の苦い喜びを味わうのだ。誰からも優しく扱われ、食べ物をいやと言うほどあてがわれ、欲望ももたない私は、想像上の窮乏状態のうちに飛び込む。八年間の幸福な状態の結果は、私に殉教に対する好みを与えることになった。みんなして私に好意を寄せてくれている通常の判事たちの代わりに、私の言うことに耳を貸さない気難しい法廷を設置したのだ。私は無罪放免を、祝福を、模範的な報償をそこからひきだすことになるだろう。私は、グリセルダ[112]の話を夢中になって二〇回も読んだ。しかし、苦しむのは好きではなかったし、私の最初の欲望は残忍であった。あまたの姫君を守ることと、隣りに住む女の子のお尻を叩くことを夢想することは両立した。このあまり勧められたものではないグリセルダの物語で気に入ったことは、被害者のサディズムと、残忍な夫を最後にはひざまずかせることになる不屈の美徳だった。それこそが私が望んでいたものだった。裁判官たちを無理やりひざまずかせ、私を崇めさせ、彼らの誤った先入見を罰してやること。しかし、私はこの無罪の証明される瞬間をいつも翌日に延ばした。つねに未来の英雄として、私は認められる日を待ちこがれながらも、たえず先延ばしにしたのだ。

実感であると同時に演技でもあったこの二重の憂愁《メランコリー》は、今にして思えば、失望の表現だったのだろう。華々しい冒険もつなげてみれば、たんなる偶然の連続でしかなかった。母が『幻想即興曲』の最後の和音を弾くと、私は現実の時間に再び戻り、父を失った孤児や、孤児を失った遍歴の騎士の記憶は消え去った。生徒であれ、英雄であれ、私は同じ書き取りや同じ冒険を何度でも繰り返したのであり、反復という牢獄の囚人だった。そうはいっても、未来は存在していた。映画がそれを教えてくれた。私は運命をもつことを夢見た。グリセルダを気取ってふくれっ面をするにはもう飽き飽きしていた。自分の栄光の歴史的瞬間を無際限に先延ばしにしても意味はないのだ。ほんとうの未来を実現することにはならないのだ。それは遅延された現在にすぎなかった。

『ミシェル・ストロゴフ』[113]を読んだのはちょうどそのころ、一九一二年か一三年のことだ。私は感激して涙ぐんだ。なんと模範的な人生だろう。主人公の将校は自分の価値を示すために、ならず者の悪事を待つ必要はなかった。上からの命令によって暗闇から引き出され、命令に従うために生き、栄光のために死んだ。彼の栄光は死でもあった。最後の頁を閉じると、ミシェルは生きたまま、小口が金色の小さな棺の中に収まった。なんの不安もなかった。登場した時から彼の存在は正当化されていた。どんな偶然もなかった。彼はたえず動き回っていたが、大きな利害関係、彼の勇気、敵の警戒心、土地の形状、通信手段、その他の二〇を越える要因はあらかじめ与えられていて、それらのおかげで地図上での彼の位置づけは記されていた。反復はなく、すべてが変化する。彼はたえず変わらねばならない。未来によって照らされ、星によって導かれるのだ。三ヶ月後、同じくらい興奮しながらこの小説を再読したものの、ミシェルのことはどうも好きになれなかった。従順すぎる気がしたからだ。私が羨んでいたのは彼ではなく、彼の運命だった。気に入っていたのは、私がそれになりそこねた、彼のうちなる隠れキリスト教徒だった。ロシア皇帝は父なる神であった。特別な勅令によって虚無から湧き起こったミシェルはあらゆる被造物と同じく、唯一で重要な使命を担っていた。われらの涙の谷をかけめぐり、誘惑を斥け、障害を乗り越え、殉教を味わい、超自然の助けによって、*彼の創造主を讃える。そして、使命を果たすと不滅性のうちへと入るのだ。私にとって、この本は毒であった。選ばれた人というのがいるのだろうか。神の要求が彼らの道をあらかじめ描いているのだろうか。聖性には嫌悪を覚えたが、ストロゴフのうちに見られる聖性には惹きつけられた。それが英雄主義の外観をまとっていたからだ。

＊原註　涙の奇跡によって救われるのである。

それでも、私は自分のパントマイムをいっこうに変えなかった。使命という考えは、はっきりとした形はもたない幽霊のように浮遊を続け、それから逃れることもできなかった。もちろん、私の芝居の端役をつとめるフランス国王は私の指揮下にあり、命令を下す合図を待つばかりだった。しかし、私は命令を下すようには求めなかった。恭順から自分の生命を危険にさらすのだとしたら、高邁の精神《ジェネロジテ》ではなくなってしまう。鉄拳ボクサーのマルセル・デュノが毎週私を不意打ちし、愛想よく義務以上のことをしてくれた。盲目で、栄光の傷だらけのミシェル・ストロゴフはその足下にも及ばない。彼の勇気は賞賛できても、謙虚さには反発を覚えた。この純朴な男の頭上には天空以外にはなにもないのに、どうして皇帝《ツァーリ》に平身低頭しなければならないのか。皇帝《ツァーリ》の方こそ、彼の足に口づけすべきではあるまいか。だが、へりくだることなく、どうやって人生の任命書を手に入れることができるだろうか。この矛盾のために私はおおいに困惑した。時には問題をうまく回避しようと試みた。たとえば、無名の子どもである私が、危険な任務の噂を耳にし、宮廷に赴き、王の足下に身を投げ出して、この任務を私にさせてほしいと懇願する。王は拒否する。私は若すぎるし、任務はあまりに重要だからだ。私は立ち上がり、一騎打ちを求め、すぐさま王の隊長たちをなぎ倒す。これを見て、君主も折れて、「そうまでして行きたいのなら、行くがよい」と言う。しかし、自分で仕組んだこんな策略に私はだまされなかった。無理強いしたことがよくわかっていたからだ。それに、王侯なんていう猿どもには嫌悪しか感じなかった。私はサンキュロット[114]で、王侯殺しだったのだ。ルイ十六世であれバダンゲ[115]であれ専制君主には気をつけるようにと祖父から聞かされていたからだ。毎日『ル・マタン』のミシェル・ゼヴァコの連載小説を読んで感化されていたからでもあった。ユゴーの影響を受けたこの天才的な作家は、共和主義精神溢れる剣戟小説を編み出した。民衆の代表である主人公たちは、帝国を創設したり破壊したりしながら、十四世紀からフランス革命を予告している。優しい心根から、幼い王や頭の弱い王たちを悪大臣から守り、悪い国王には平手打ちを喰わすのだった。中でも最も偉大であったのがパルダイヤンで、私の師であった。私は何度となく彼を真似て、雄鶏のような細い脚で構えて、アンリ三世やルイ十三世に平手打ちを食わした。そんなことをした後で、彼らの命令に服さねばならないのだろうか。結論を言えば、私はこの世における自分の存在を正当化する至高の任命書を自分自身からもらうこともできなかったし、それを発行する権利を誰かに認めることもできなかったのだ。私はものうげに騎行を続け、戦闘の最中でも気がふるわなかった。気もそぞろな虐殺者、気乗りのしない殉教者、私はあいかわらずグリセルダだった。それは皇帝《ツァーリ》がいなかったからだし、神がいなかったから、いや、ただ父がいなかったからなのである。

私は二重生活を送っていた。どちらも嘘の人生だ。みんなの前ではペテン師だった。つまり、かの有名なシャルル・シュヴァイツァーのお孫さんだった。ひとりの時は、想像上の仏頂面にひたっていた。私が魔剣偽の栄光を偽の匿名性で修正していたのだ。二つの状態を往還するのに何の支障もなかった。私が魔剣の一突きを突こうとするまさにそのとき、鍵穴で鍵が回わる。母の手は突然麻痺し、鍵盤の上でとまる。私は書斎に定規を戻し、祖父の腕の中に飛び込む。祖父の肘掛け椅子の方へと進んでゆき、室内履きを持っていてあげ、今日は何をしたのと、生徒たちの名前をあげながら尋ねたりしたものだった。私の夢がどれほど深いものであったにせよ、自分を見失う危険はまったくなかった。それでも私は脅かされていた。というのも、私の真実がこの二つの嘘の間の往還に留まるおそれがあったからだ。

また別の真実もあった。リュクサンブール公園のテラスで子どもたちが遊んでいる。私は彼らに近づく。体が触れあっているのに、こちらを見もしない。私は哀れっぽい眼差しで彼らを見ていた。彼らはなんと強く、すばしこかったことか。彼らはなんとかっこよかったことか。この生身の英雄たちの前で、私の素晴らしい知性も、普遍的な知識も、スポーツマンの筋肉も、剣客の技も失ってしまう。私は樹にもたれて待つ。餓鬼大将に突然大きな声で「さあ、パルダイヤン、おまえは囚人の役をしろ」と言われたとしたら、私は自分の特権など投げ捨てることだろう。台詞なしの端役だとしても大満足し、担架に乗せられた怪我人の役でも、死人の役でも喜んで引き受けたにちがいない。しかし、そんな機会は訪れなかった。私は、本当の裁判官に、同時代人に、同輩に出会ったのだ。彼らの無関心が私の刑を宣告していた。私は彼らによって露わになった自分の姿に愕然とした。驚異でも、海月《くらげ》でもない。誰の興味も惹かないただの「冴えない奴」なのだ。母は不快感を隠せなかった。この大柄の美しい女性は、私の背の低さに関しては都合のいい説明を見つけており、ごく自然だと考えていた。シュヴァイツァー家の人間は背が高いが、サルトル家の人間は背が低い。この子の背の低さは父から受け継いだものなのだ。母は、私が八歳になってもまだ携帯可能で取り扱いが楽でよいと思っていた。ミニサイズの私は、母の目には赤ん坊のころの延長と映ったのだ。しかし、私が誰からも誘われないのを見て、このままではこの子は自分のことを小人と思いかねないし――もちろんそうではないのに――、そう思って苦しむかもしれないとまで考えた。私を絶望から救うために、母はじれったいというそぶりをして「何を待っているの、おばかさん。一緒に遊んでって、あの子たちにおっしゃいよ」と言うのだった。私はかぶりを振った。ほんとうは、どんなことでも引き受けるつもりになっていたが、懇願するのは私の誇りが許さなかった。母はベンチで編み物をしている女の人たちを指して、「お母さんたちに頼んであげましょうか」と言ったが、私は何もしないでくれと答えた。母は私の手を取り、私たちはそこを後にし、他の樹の下へ、また他のグループへと、いつも懇願する様子で、いつも除け者のままで歩き回った。日が暮れ、私は自分の止まり木へと、聖霊の風が吹く高い場所へと、自分の夢へと戻った。私は子どもっぽい捨て台詞を吐き、荒くれ者どもを皆殺しにして、落胆の気持ちを押し殺そうとした。しかし、それはうまくいかなった。

私を救ったのは祖父だった。祖父にその気はなかったのかもしれないが、彼が私を新たなペテンへと投げ込み、それによって私の人生は変わったのだ。

（1）Z夫人　レナ・ゾニナのこと。『言葉』のロシア語への翻訳者であり、サルトルがソビエトを旅行する際の通訳であり、愛人でもあった。

（2）小学校教員　サルトルの曾祖父は、アルザス地方の村プファッフェンホーフェン村（後出）の村長であり、代々教員の家系だった。

（3）アルベルト・シュヴァイツァー（一八七五―一九六五）伝道師、神学者、医者、オルガン奏者。当時ドイツ領だったアルザスに生まれる。一九一三年アフリカのガボンに渡り、長く住民の医療と伝道に従事。徹底的終末論による聖書解釈を主唱。バッハ研究でも有名。一九五二年ノーベル平和賞受賞。人道的な植民地主義の象徴的存在とも言える。

（4）ハンス・ザックス（一四九四―一五七六）ドイツの詩人、劇作家。中世の伝承に基づいた劇作品（謝肉祭劇、宗教劇、笑劇）を書いた。ワーグナーの楽劇『ニュールンベルクのマイスタージンガー』のもと。サルトルの祖父シャルル・シュヴァイツァーは、「十六世紀ドイツ詩人、ハンス・ザックスの生涯と作品」と題する博士論文をパリ大学文学部に提出。

（5）『ドイツ語教本』　この本のタイトルは *Enseignement direct de la Langue allemande*。著者は文学博士・大学教授資格者シャルル・シュヴァイツァー、協力者としてドイツ語教員のエミール・シモノの名が挙げられている。この教科書は当時多くの学校で用いられていたらしい。

い。

（6）　代訴士　フランスでは、弁護士のほかに代訴士という職業が長く存在した。裁判所における弁論を職務とする弁護士に対し、代訴士は当事者の訴訟代理人となって訴訟手続きを行うが、弁論を行うことはできない。

（7）　ヴォルテール（一六九四―一七七八）　フランスの啓蒙思想家。宗教的寛容を求めて教会を攻撃する反面、デカルト主義をも批判。神話から解放され、ヨーロッパに限定されない世界史を書こうとした。『哲学書簡』、小説『カンディード』など。ヴォルテール主義者とは俗に、疑り深く、反教会的な人物を示す。

（8）　ピエール＝シャルル・ロワ（一六八三―一七六四）のこの表現は、一八六五年版のラルースに文学的表現として出ている。ラルメサンの版画の下につけられた四行詩。ヴォルテール流の表現で、この哲学者の言葉だとしばしば考えられていたという。具体的な意味で用いられることはなく、常に比喩的に用いられる。

（9）　アドルフ・ベロ（一八二九―九〇）　フランスの作家。数多くの小説を執筆したほか、ドーデとの共作による劇『サッフォー』によって有名。サルトルは *La Fille de feu,* と記しているが *La Femme de feu*（炎の女）が正しい。

（10）　理工科学校　いわゆるグラン・ゼコールのひとつで、理工系のエリート大学（モンジュとカルノによって一七九四年に創設）。国防省の所管で軍服のような制服もあり、就学中も幹部候補生として手当が支給される。修業年限は三年、卒業生は軍だけでなく、政官民の広い分野で活躍。ジョルジュとサルトルの父は一八九五年入学の同期であり、その関係で妹アンヌ＝マリーを紹介した。また母の再婚相手マンシーも同期生であった。

（11）　ティヴィエ　フランス西部、ドルドーニュ県の県庁所在地ペリグーの北にある町。

（12）　アルジェリア歩兵連隊ズアーヴ　一八三〇年に創設され、両大戦時に活躍、一九六二年に解体。連隊名ズアーヴはカビリヤの部族名に由来する。

（13）　コーチシナ　現在のヴェトナム南部、メコン河下流の低湿地帯。

(14) ムードン　パリ南西、オート・セーヌ県の県庁所在地。中世から栄え、多くの作家・芸術家（ロンサール、ラブレー、ルソー、バルザック、ワーグナー）が住んだ町として知られる。

(15) アリアドネ　ギリシャ神話でクレタ王ミノスの娘、迷宮のなかの怪物ミノタウロスを退治するテッセウスに恋をし、後に身ごもったまま、ナクソス島で捨てられ、産褥のうちに死んだ。

(16) アイネイアス　ギリシャ神話でアンキセスとアフロディテの息子。トロイア陥落のとき、盲目の父を背負って逃れ、流浪の旅に出て、イタリアに渡り、ラウィニウム市を建設。ローマの建国者ロムルスの祖先とされる。ウェルギリウスの長編叙事詩『アエネイス』では、父祖、国家、神々に忠実なトロイアの英雄として描かれている。

(17) 超自我　精神分析によれば、超自我とは、自我に対して裁判官または検閲者としての批判的機能をもち、道徳意識や自我理想の形成に関与する。ここで高名な精神分析家と言われているのは、おそらくJ・B・ポンタリスであろう。

(18) ル・ダンテク（一八六九―一九一七）生物学者。黄熱や癌の研究に従事。一種の進化論を唱えたラマルクの信奉者であり、実証主義を擁護。多くの著書があるが、ここで言われる科学の未来についての著作が何を指すかは未詳。

(19) ヴェーベル　ルイ・ヴェーベルは当時の労働省の次長。この本は一九〇三年に出版された。

(20) 鉄仮面　鉄仮面はルイ十四世時代の謎の人物（?―一七〇三）。鉄仮面をつけたまま投獄されていた。ルイ十四世の双子の兄弟ではないかとの噂もあり、デュマによる作品など多くの小説の題材となった。エオンの騎士（一七二八―一八一〇）はルイ十五世の密偵として、ロシア、イギリスなどで女装をしてスパイ活動を行った。回想録『エオンの騎士の余暇』（一七七四）を残す。

(21) アルカション　フランス西部ジロンド県の県庁所在地で、カジノなどもある保養地、海水浴場。カキの養殖地としても有名。

(22) マルヌはフランス北部を流れるセーヌ川の支流。第一次大戦中、マルヌの戦いと呼ばれる激戦が二度にわたって交えられた。

(23) ヴィクトル・ユゴー（一八〇二―八五）は詩人・作家。自分のことをユゴーだと信じる云々は、ジャン・コクトーの言葉と言われる。

(24) 『よき祖父である術』（一八七七）というユゴーの詩集がある。

(25) アンリ・ベルクソン（一八五九―一九四一）フランスの哲学者。概念的把握よりも直観の優位を主張、生の哲学を唱えた。『意識の直接与件に関する試論（時間と自由）』『物質と記憶』など。

(26) アメリカ人とはボーヴォワールの恋人であったネルソン・オルグレンのこと。ボーヴォワールの『ある戦後』にも同じ話が見られる。

(27) 二スー銅貨　一スーは、二〇分の一フラン、つまり五サンチームに相当する。

(28) ピレモンとバウキス　ギリシャ神話でプリュギアの貧しいが仲のよい夫婦。ゼウスとヘルメスの祝福をえて、洪水の難を逃れた。

(29) ハンシ　本名ジャン＝ジャック・ヴァルツ（一八七二―一九五一）。フランスの画家・作家。アルザスに生まれ、地方色を題材にした絵を多く描いた。ドイツとフランスの係争の種だったアルザスにおいて、フランスへの帰属意識に貢献。代表作『ハンシおじさんが小さな子どもたちに語ってきかせるアルザス物語』（一九一二）によってドイツ軍の忌諱に触れ投獄された。第一次大戦中は新聞や宣伝パンフレット紙上で活躍、戦後は『幸福なアルザス』『三色旗の天国』などを発表。

(30) ギュンスバッハ村は祖父シャルルの弟ルイが牧師をしていた村。現在ではアルベルト・シュヴァイツァー資料館がある。プファッフェンホーフェン村はアルザス地方ストラスブール北西にあり、サルトルの曾祖父が村長をつとめた。

(31) ドルシネア姫　『ドン・キホーテ』の登場人物。ドン・キホーテの思い姫。実際はトボソ村の牛飼い娘なのだが、正気を失った郷士は彼女を高貴な姫と見なす。
(32) シャルロッテもヴェルテルもゲーテの『若きウェルテルの悩み』の登場人物。
(33) メンヒル　ほとんど加工を加えずに石を単独で地上に立てたもの。先史時代の墓標記念碑と考えられ、ヨーロッパ西部、特にフランスのブルターニュ地方に多い。
(34) モーリス・ブショール（一八五五—一九二九）フランスの詩人。
(35)『シナ人の苦悶』一八七九年に発表されたジュール・ヴェルヌの小説。
(36) エクトール・マロ（一八三〇—一九〇七）フランスの小説家。人道主義的な立場での家庭小説・児童小説を多数書いた。『家なき子』（一八七八）で名高い。
(37) フォントネル（一六五七—一七五七）フランスの啓蒙思想家・劇作家。人間の自己中心的思考の虚妄を衝く。科学学士院の総裁。主著に『世界多数問答』『神託の歴史』など。
(38) アリストパネス（前四四五頃—前三八五頃）古代ギリシャの最大の喜劇作家。政治・社会・教育など、当時のアテナイの現実問題を痛烈に風刺した。『雲』『アカルナイの人々』『蜂』『蛙』『女の平和』など。
(39) ラブレー（一四九四頃—一五五三頃）フランスの作家。ルネサンス期の生命力と自由解放の喜びに溢れた破天荒の物語『ガルガンチュア』『パンタグリュエル』で知られる。
(40) ラペルーズ伯爵（一七四一—一八八）航海者。一七八五年フランスを出発、太平洋地域を探索、一七八八年三月にオーストラリアを出航した後に行方不明となった。北海道・樺太間の宗谷海峡は海外では一般にラペルーズ海峡と呼ばれる。
(41) マゼラン（一四八〇—一五二一）ポルトガルの航海者。スペイン王の命により最初の世界周航を指揮。その記録はアントニオ・ピガフェッタ『最初の世界一周航海記』として残されている。
(42) ヴァスコ・ダ・ガマ（一四六九頃—一五二四）ポルトガルの航海者。一四九七年にポルトガルがインドに派遣した第一回の船隊の司令官に任命され、ヨーロッパ人として初めてアフリカ南端喜望峰を回り、翌年インドに達する。

(43) テレンティウス（前一九五頃—前一五九） カルタゴ生まれの古代ローマの喜劇作家。代表作に『自虐者』『ポルミオ』。

(44) カフラリア人 カフラリア地方とは、十七—十八世紀の地理学者が赤道以南のアフリカの地方、特にバンツー族の住むあたりにあてた名前、後に東南アフリカの地方を意味するようになる。

(45) 『ラルース大百科事典』 現在までいくつもの改訂を施され存在するフランスの代表的な百科事典。サルトルが言及しているのは一八九八—九一年に出版された八巻本であり、各巻はここでの記述通りの配列になっている。

(46) ブルートゥス（前八五—前四二） 古代ローマの政治家。カエサル暗殺の首謀者。のち、ローマを追われて東方で力を伸ばしたが、アントニウスと戦い、敗れて自殺。

(47) マテオ・ファルコーネ コルシカを舞台にしたメリメ（後出）の同名の作品の主人公。彼に保護を求めてきた山賊を密告し、その償いのために、十歳になる最愛の一人息子を殺すことになる。

(48) オラースはコルネイユの同名の悲劇の主人公、カミーユはその妹。

(49) コルネイユ（一六〇六—八四） フランスの劇作家。四大悲劇『ル・シッド』『オラース』『シンナ』『ポリュウクト』、喜劇『嘘つき男』など。

(50) 『大西洋航路の乗客たち』アベル・エルマン（一八六二—一九五〇）の小説。

(51) この科白はテレンティウス（前出）の喜劇『自虐者』の冒頭でクレメスが述べる滑稽な台詞だが、シャルルは真面目くさって述べている。

(52) プラトンは『国家』のなかで、理想の国家から詩人を追放している。

(53) ゲリニー フランス中部ニエーヴル県の村。

(54) オーヴェルニュ フランス中央部にある地方。主要な都市として、クレルモン＝フェラン、オーリヤック（後出）がある。チーズやソーセージの産地として名高い。オーヴェルニュ人は金にがめついという評判がある。

(55) ガロ＝ロマン時代　現在のフランスにほぼあたるガリアがローマの支配下にあった前一二一年から五世紀までの時代。

(56) 一九六二年サルトルは長年住み慣れたボナパルト街四二番地からモンパルナス地区のラスパイユ通り二二二番地の新築のマンションに引っ越した。

(57) すぐ近くのモンパルナス墓地。

(58) サン＝クルー　パリの西南約一〇キロに位置する郊外住宅地域。丘陵地で、ル・ノートルが設計した四五〇ヘクタールに及ぶ庭園が遠くパリからも望まれる。

(59) ヘシオドス　紀元前七〇〇年頃のギリシャの詩人。自伝的記述を織り込みながら、兄弟ペルセスに正義、農事、日の吉凶を神話・格言を交えて説いた教訓詩『労働と日々』、天地の生成と神々の系譜を歌った『神統記』が伝存。

(60) アナトール・フランス（一八四四―一九二四）フランスの小説家。懐疑的・知的な作品と印象批評で知られる。小説『タイス』『神々は渇く』、評論『文学生活』など。

(61) ジョルジュ・クルトゥリーヌ（一八六〇―一九二九）フランスの作家、劇作家。小市民や官吏の生活の風刺を得意とした。

(62) ステファヌ・マラルメ（一八四二―九八）フランスの詩人。フランス象徴派の最高位に位置し、精緻にして難解な詩を書いた。詩編『牧神の午後』『エロディアード』『骰子一擲』、散文詩・評論『ディヴァガシオン』など。サルトルには未完のマラルメ論がある。

(63) ダニエル・ド・フォンタナン　マルタン・デュ・ガールの小説『チボー家の人々』の作中人物。

(64) アンドレ・ジィド（一八六九―一九五一）フランスの小説家・批評家。既成宗教や道徳からの人間性の解放を追求。代表作『背徳者』『狭き門』『ソビエト紀行』など。サルトルは、ジィドの死に際して追悼エッセイ「生きているジィド」を執筆。

(65) ルイ＝フィリップ（一七七三―一八五〇）フランス国王（在位、一八三〇―四八）。フランス革命に参加したが革命の激化により亡命、王政復古で帰国し七月革命で即位。ギゾーを重用し次第に共和派を弾圧、二月革命で亡命。

(66) シャトーブリアン（一七六八―一八四八）フランスの作家。『キリスト教精髄』を発表し、ロマン文学の先駆となる。代表作に『アタラ』『墓の彼方からの回想』など。

(67) この話はアルフレッド・ミュッセ（後出）の短篇小説となっている。

(68) ゴットフリート・ケラー（一八一九―九〇）スイスのドイツ語作家、詩人。代表作『緑のハインリッヒ』は教養小説の傑作。

(69) コロンバは語源的には鳩を意味する。

(70) 『トリスタンとイゾルデ』には白い手のイゾルデと金髪のイゾルデの二人が登場する。

(71) サルトルにはボードレール論、フローベール論（『家の馬鹿息子』）がある。

(72) ミュッセ（一八一〇―五七）フランス、ロマン派の詩人・劇作家。内省的な作品を書く。ジョルジュ＝サンドとの恋愛は有名。詩集『スペインとイタリアの物語』、小説『世紀児の告白』、戯曲『戯れに恋はすまじ』。

(73) 『クリ・クリ』『エパタン』はサルトルの少年時代に発行されていた子供向け週刊読み物新聞、『ヴァカンス』は週刊配本の小説。

(74) ジャン・ド・ラ・イール（一八七八―一九五六）フランスの作家、新聞小説を中心に活躍。

(75) 『ニコラス・ニクルビー』ディケンズ（一八一二―七〇）の長編小説。主人公ニコラスは正義感が強く血気盛んな若者。母、妹と共に叔父のラルフを頼ってロンドンに出てきたものの、どのような職業についてどのような人生を歩むべきか決めかねている。
(76)『ラヴァレードの五スー貨』ポール・ディヴォワ（後出）の小説（一八九四）。
(77)ポール・ディヴォワ（一八五六―一九一五）フランスの大衆作家、冒険小説を多く執筆。多くの冒険小説を新聞に発表、好評を博した。
(78)エッツェル叢書　出版者ジュール・エッツェルがジュール・ヴェルヌやユゴーの小説を中心に出版した叢書。
(79)アウダとフィレアス・フォッグはジュール・ヴェルヌの『八十日間世界一周』（一八七三）のヒロインとヒーロー。
(80)ギュスターヴ・ドレ（一八三三―八三）フランスの素描家、画家、版画家。ラブレー、バルザックなど多数の挿し絵を描く。
(81)エリアサン　聖書を題材としたラシーヌの悲劇『アタリ』の登場人物。ユダヤ教を廃し、バアルの神を信奉しようとする女王アタリは、王子たちの命を次々と奪ったがダヴィデの正統の子孫であるジョアスだけは高位聖職者のジョアドに救われ、エリアサンと名を変えて、神殿にかくまわれる。後にジョアドたちを裏切ることになる。
(82)ヴィトゲンシュタイン（一八八九―一九五一）オーストリアの哲学者。主著は『論理哲学論考』。
(83)「セリー・ノワール」叢書　一九四五年以来、ガリマール社から発行されている黒い表紙の推理小説シリーズ。
(84)モンテーニュ校　パリの名門校。
(85)ヴァンサン・オリオル（一八八四―一九六六）フランスの政治家。
(86)間抜けを意味するconの原義は女性性器。
(87)リヨン＝カーン（一八四三―一九三五）フランスの法学者、パリ大学教授、学士院会員。

(88) ヴォルテール河岸　パリ、セーヌ左岸の通り。
(89) 「魔王」　ゲーテの詩にシューベルトが曲をつけた歌曲。父と子が騎行していると、どこからともなく魔王の声が聞こえ、子どもの魂が魔王に奪われてしまうという内容。
(90) ラ・フォンテーヌ（一六二一―九五）フランスの詩人。動物の擬人化と簡潔な表現で，時代と社会を生き生きと描いた『寓話集』が名高い。
(91) コンブ（一八三五―一九二一）フランスの政治家。激烈な反教権主義で知られ、第三共和制下、急進党の中心的存在で、首相（一九〇二―〇五）として政教分離法案を提出。
(92) サン＝シュルピス界隈　パリのこの界隈にはかつて多くの宗教用品の店があった。
(93) ルルド　フランス南西部にある世界的な聖地。現在でも多くの巡礼者が訪れる。
(94) 聖女ベルナデット　ベルナデット・スビルー（一八四四―七九）フランスの修道女。十四歳のときにルルドの洞窟で聖母の出現を目撃。これがルルド巡礼の起源となる。
(95) 聖ラーブル　ブノワ・ジョゼフ・ラーブル（一七四八―八三）フランスの神秘家。ヨーロッパ中を物乞いしながら巡礼。一八八一年に聖人に叙せられた。
(96) 聖女マリー・アラコック（一六四七―九〇）フランスの修道女（聖母訪問会）。イエスの出現を受け、その聖心の教えを広めた。
(97) クールブヴォワ　パリ北西約九キロにある町。一八四〇年、ナポレオンの遺体がここで一夜を過ごしたことで知られる。これはセーヌ河のほとりで一夜を過ごしたいという故人の希望による。
(98) ノワレターブル　リヨンの西四〇キロほどの場所にある山あいの避暑地。
(99) カジモド　ユゴーの小説『ノートル＝ダム・ド・パリ』の登場人物。醜いせむし男。
(100) 〈シラノ・ド・ベルジュラック〉と〈鷲の子〉はいずれも、エドモン・ロスタンの作品名。前者は実在の作家の逸話に基づく喜劇。後者はナポレオン二世の悲劇を描いたもの。

(101) ファショダ事件　一九八九年九月、アフリカ分割をめぐり、イギリス・フランス両軍がスーダン南部のファショダで対峙した事件。外交交渉によりスーダンはイギリスの支配下におかれた。

(102) ジュール・ファーヴル（一八〇九―八〇）フランスの政治家。第二帝政に反対した共和派のリーダー。ティエール内閣では外相として活躍。

(103) ジュール・フェリー（一八三二―九三）フランスの政治家。第三共和制下でパリ市長、教育相、首相を歴任。内政面では義務教育を実現、外政では植民地拡大政策を行った。

(104) ジュール・グレヴィ（一八〇七―九一）フランスの政治家。第三共和制の第三代大統領（一八七九―八七）。女婿の係わった収賄事件のため、辞職。

(105) 蝋人形館　パリのモンマルトル大通りにあるグレヴァン博物館。ジャーナリストのメイエルと画家のグレヴァンが一八八二年に創設。著名人の蝋人形が多数展示されている。

(106) 『フィンガルの洞窟』スコットランドにある実在の洞窟に想をえて、メンデルスゾーンが作曲。

(107) 捕虜収容所　サルトルは第二次大戦中（一九四〇年六月二十一日）にドイツ軍の捕虜となり、まずナンシー南東の町バカラに、八月半ばにはドイツ、ライン左岸の都市トリーアの第十二D捕虜収容所に送られ、翌年三月、「右目の部分的失明による方向感覚障害」との偽の証明書により民間人になりすまして釈放されるまで収容所生活を経験した。

(108) ゴーモン・パラス座　一九一一年にゴーモン社が右岸モンマルトルのふもとに作った当時最大の映画館。

(109) 「ジゴマ」　怪盗ジゴマを主人公としたシリーズもの。一九〇九年から一二年にかけて日刊紙『マタン』に連載されて好評を博したレオン・サジ原作の暗黒小説の映画化。監督はヴィクトラン・ジャセ。

(110) 「ファントマ」　ルイ・フイヤード監督のシリーズ映画（一九一三―一四）。犯罪の帝王ファントマを、ジューブ警部と、彼に救われた新聞記者ジェローム・ファンドールが追跡する。ブルトンやデスノスなどのシュルレアリストの称賛を受けた。原作はマルセル・アランとピエール・スヴェストル。

(111) 「マチステの冒険」 イタリア映画(一九一四) ジョヴァンニ・パストローネ監督、脚本、バルトロメオ・パガノ主演。

(112) グリセルダ ボッカチオの『デカメロン』の最後を飾る物語の主人公。イタリアのサルッツォ地方を治める侯爵が貧しい羊飼いの娘グリセルダを娶り、彼女の忍耐を試すためにさまざまな試練を課す。子どもが生まれたときは、子どもを取り上げ、殺したと言い、貴族の娘と再婚するからと偽って、実家に返し、今度は婚礼の準備を手伝わせる。グリセルダはけなげにもそれらに耐える。後にイギリスのチョーサー『カンタベリー物語』やフランスのシャルル・ペローなどによっても取り上げられる。

(113) 『ミシェル・ストロゴフ』 ジュール・ヴェルヌの冒険小説(一八七六)、邦訳名は『皇帝の密使』。

(114) サンキュロット フランス革命期の小ブルジョアジーの呼び名。元は、貴族的なキュロット(半ズボン)を履いていない者という意味。貴族による蔑称だったが、後に革命家が自称として進んで用いた。

(115) バダンゲ ナポレオン三世のあだ名。一八四〇年からピカルディのアム要塞に投獄されていたナポレオンが一八四六年に逃げた際に、バダンゲという名の石工から服を借りたことに由来する。

Ⅱ　書く

シャルル・シュヴァイツァーは作家を気取ったことはなかったが、七十歳を越えてもフランス語の魅力にとりつかれていた。一方ならぬ苦労をして習得したこの言語を完全にものにはしていなかったからである。彼はフランス語と戯れ、言葉を慈《いつく》しみ、喜んで発音し、イントネーションには峻厳で、一音節たりといえども容赦しなかった。暇にまかせて、彼のペンから言葉の花束が生まれた。すすんで筆をとって、家族の催しや大学の行事の折りにちょっとした文章を書いた。新年の挨拶、記念日のお祝い、結婚式の祝辞、シャルルマーニュ祭のための韻文の演説、寸劇、文字謎《シャレード》、題韻詩、陳腐なお愛想まで、何でも作った。会合の時には、ドイツ語とフランス語で即興の四行詩を書いたりした。

夏になると、私たちはアルカションに出かけたが、はじめは母と祖母と私だけが出かけ、祖父は授業が終わってから合流した。祖父は週に三度手紙を送ってよこした。祖母に二枚、母には追伸を、私にはすっかり韻文で書かれた手紙をくれた。韻文の魅力を味わわせようと考えた母は、詩作の規則を学んで、私に手ほどきをしてくれた。さっそく韻文で返事をしたためようとする私の姿が大人たちの目にとまり、仕上げるようにと励まされ、手伝ってもらった。祖母と母は手紙を投函するとき、祖父の仰天する様子を想像して涙が出るほど大笑いした。折り返し、私の栄光を讃える詩が祖父から送られてきた。私はそれにも詩で答えた。これが習慣となり、祖父と孫は新たな絆で結ばれることになった。私たちはインディアンやモンマルトル界隈の女衒のように、女性には禁じられた言葉で話し合った。押韻辞典をもらった私は、詩人気取りで、ヴェヴェという金髪の少女に宛てたマドリガルを書いた。寝椅子に横たわったままで、余命幾ばくもなかった彼女は、私の詩にはまるで関心を示さなかったが、それは彼女が天使だったためだ。しかし他の人たちは大いに褒めてくれたので、彼女のつれない態度に傷ついた私は慰められた。大人になってから、これらの詩が筐底《きょうてい》から出てきた。ミヌー・ドゥルエ[1]以外のあらゆる子どもは天才だ、とコクトー[2]は一九五五年に言っていたが、一九一二年、あらゆる子どもは天才だった。ただ私だけはちがった。私は大人の振りをするために、猿真似や儀式として書いていたからだ。なによりも、シャルル・シュヴァイツァーの孫だから書いたのだ。ラ・フォンテーヌの『寓話集』をプレゼントされたが、気に入らなかった。作者は楽して書いている、と思ったのだ。私はそれを十二音節詩句《アレクサンドラン》で書き直すことにした。この企図は私の手にあまり、大人たちから笑われていることに気づいた。私の詩体験はそれが最後だった。しかし、このとき何かが始まっていたのだ。韻文から散文に転向した私は、雑誌『クリクリ』で読んだ、手に汗握る冒険談をさしたる苦労もなく自分で文字で再現した。頃合いだったのだろう。私は自分の夢のむなしさに気づき始めていた。夢のなかで騎士を真似ながらも、ほんとうに到達したかったのは現実だった。母が楽譜から目を離さないまま「プールーちゃん、どうしたの」と尋ねるのに対して、無言の行を打ち切って「映画をやっているんだ」と答えることもあった。じっさい、私は頭の中のイメージを取り出し、自分の外部で、本物の家具や部屋の中で、スクリーンの上に輝くのと同じくらい目映く、くっきりと「現実化」しようと試みていたのだ。しかし、それはうまくいかなかった。自分の二重のまやかしに気づかざるをえなかった。私はヒーローを演じる俳優を演じていたのだ。

私は少し書いてはペンをおき、喜びを味わった。この場合もまやかしは同じだったが、すでに述べたように、私は言葉が事物の神髄だと思いこんでいた。ミミズの這ったような字が、その鬼火のような弱々しい光から脱し、物質の確固たる質感をもつように変化するのを見ること以上に、心踊ることはなかった。これこそ、想像が現実になる瞬間だった。言葉という罠で、ライオンや第二帝政期の大尉やベドウィン人が捕まえられ、食堂に忽然と姿を現わした。彼らは記号と一体化し、永遠に囚われの身となった。鉄のペン先で書き記すことで、夢が現実に根をはやした、と私は思いこんだ。ノートと紫色のインクを買ってもらった私が、「小説ノート」と表紙に記した帳面に最初に書き上げた作品が「蝶を求めて」だった。学者とその娘、そして若くて逞しい探検家が、珍種の蝶を求めてアマゾン川を遡行する物語だ。筋、登場人物、冒険の細部、題名そのものすら、雑誌の前の号から借用したものだったが、まさにこの意図的な剽窃によって、私は心につきまとっていた不安から解放された。何一つでっちあげていないのだから、すべてはどうあっても真実であるにちがいない。出版されたいと思うのではなく、あらかじめそれが印刷される手筈にしたわけである。だから、お手本に示されていないことは一行たりともつけ足さなかった。私は筆写生のつもりだったのだろうか。いや、やはり原作者を気取っていたのであって、手を入れたり、手直しをした。たとえば、登場人物の名前をわざと変えたりした。このわずかな変更で、記憶と想像力とを混同することができた。新しくなり、書き改められた文章は、私の頭の中で、霊感ともいえる揺るぎのない確信によって形成された。私が書き写すと、文章は私の目の前で、事物がもつ確実な手触りを帯びるようになった。一般に、作家は霊感に満たされるとき、最も深いところで他者になると信じられているが、そうだとすれば、私は七歳から八歳のあいだに霊感を体感したと言えよう。

こんな「自動記述」にすっかり騙されていたわけではないが、この遊びはけっこう気に入っていた。一人っ子の私が、一人でできる遊びだったからだ。ときどき手を止めて、ためらうふりをし、眉間に皺を寄せては幻覚を見るような目つきで「作家」になりきった。俗物《スノッブ》だったから剽窃を好み、それを徹底的に遂行した。だが、その話はもっと先でしょう。

ブスナールやジュール・ヴェルヌ(3)は教育の機会を逃さない。物語が佳境に迫ると、話を中断して、毒性植物や現地人の説明をやおら始める。読み手の時はこういった教育的な頁を飛ばした私だが、書き手になるとそこら中にそんな解説を挿入した。フエゴ諸島の住民の習慣やら、アフリカの植物、砂漠の気候など、自分でも知らないことをみんなに教えるつもりになっていた。珍種の蝶を追い求める学者とその娘は、運命のいたずらで離ればなれになった後、偶然にも同じ船に乗り合わせ、難船した際に同じブイにしがみつき、顔をあげた瞬間、同時に叫ぶ。「デイジー」「パパ」。ああ、ところがそこに新鮮な肉を求める鮫《スカール》が近づき、波間にその腹が輝く。彼らは死を免がれるだろうか。私はラルース大百科事典の「Pr-Z」の巻を取りに行き、机になんとか載せると鮫の項を開いて、改行して一字一句、写し始める。「鮫《スカール》は南太平洋に生息する貪欲な海水魚であり、体長は十三メートル、体重は八トンに達することもある……」とたっぷり時間をかけて筆写すると、私は自分が退屈きわまりないことにうっとりし、ブスナールと同じくらい卓越していると感じる。主人公をどうやって助け出すかは思いつかず、精妙な恍惚のうちを漂うのだった。

この新たな活動もまた猿真似となる運命だった。母は私を激励し、お客をダイニングに招き入れて、若き創造者が机に向かっているところを見せた。私は賛嘆者たちの存在に気づかないほど没頭しているふりをした。彼らは足音を立てないようにそっと部屋を出て行きながら、とても可愛いし、書いている姿はなんて素敵でしょうなどと呟いた。エミール伯父さんが小さなタイプライターをプレゼントしてくれたが使わなかった。ピカール夫人は、〈世界冒険者〉たちの行程を私がまちがえないようにと、世界地図を買ってくれた。母は、私の第二小説『バナナ商人』を上質紙に清書し、みんなに見せた。祖母でさえ、私を励まし、「少なくとも、この子は大人しくして、騒がないわ」と言った。幸いなことに、祖父が不満だったから、作家として公式の叙任は延期された。

祖父は彼が「悪い読書」と呼んだものを絶対に許さなかった。私がものを書き始めたと母から告げられた祖父は当初とても喜んだ。私が辛辣な観察力と素晴らしい素朴さで、家族年代記を書いていると期待したのだろう。だが、ノートをとってぱらぱらとめくると、不機嫌な顔つきでダイニングを後にした。私が愛読する雑誌の「下らぬ代物」の影響を見て腹を立てたのだ。それからは、私の書くものに興味を示さなくなった。自尊心を傷つけられた母は、なんとかすきをみつけて祖父に『バナナ商人』を読ませようと試みた。祖父が上履きに履きかえて、肘掛け椅子に座る時を待ちかまえた。祖父が無言で膝に手を置き、厳しい目つきで宙をにらんでいるあいだ、母は私の原稿を手にとると、何気なく頁をくりはじめ、とつぜん夢中になってひとりで笑い出す。最後にはこらえきれなくなって、祖父に原稿を差し出して「お父さん、読んでみて。ほんとうに面白いんだから」と言うが、祖父は手でノートを払いのけるか、手に取ってちょっと読んでみる時でも、綴りのまちがいがないか確かめるだけだった。しまいには母も気後れしてしまった。私を誉めるのはためらわれたし、私を傷つけたくもなかったので、小説の話をしないで済むように、読むのをやめてしまった。

なんとか大目にはみられていたものの、無視されていたので、私の文学活動は半ば秘密の活動となった。それでも、学校の休み時間や、学校が休みの木曜日と日曜日[4]、長期休暇《ヴァカンス》のあいだや、運良く病気になって床についていたときなどに、熱心な執筆活動が続けられた。私は幸せな快復期のことや、赤い小口の黒表紙の手帖のことを今でも覚えている。この手帖を綴れ織り《タピスリー》のように取り出したり放り出したりしたものだ。映画の真似をすることは少なくなった。小説に忙しかったからだ。つまり、楽しむために書いていたのだ。

物語の筋はしだいに複雑になった。できるだけ多様な挿話を挟み込み、それまでに読んだ本を良いのも悪いのも一切合切まとめてこのがらくた箱に流し込んだ。そのために物語は被害を受けたが、利点もあった。前後のつなぎを考え出す必要があったから、剽窃から脱却しはじめたのだ。それに、私は二人に分裂した。前年、「映画をしていた」時は自分自身の役を演じていたから、想像の世界にどっぷりと漬かっており、そのまま呑み込まれてしまうのではないかと思うことが一度ならずあった。書き手となった今では、主人公《ヒーロー》もまた私であり、叙事詩的な夢が投影されていたとはいえ、書き手と主人公は別々だった。主人公は別の名前をもち、私は彼のことを三人称で語った。自分の仕草を与えるのではなく、私が望む体を彼のために言葉によって作り上げるのだ。このような突然の「距離感」に怯えてしまう可能性もあっただろう。だが、私の場合はすっかり魅了された。思い通りに折り曲げ、試練に晒し、槍の一撃を脇腹に刺したあと、母が私にするように、介護して治してやるのだ。私のお気に入りの作家たちには羞恥心が残っていたから、崇高の手前で留まっていた。ゼヴァコでさえも、同時に二〇人以上の悪役に勇士を挑ませたりはしなかった。私は冒険小説を極限にまで押し進めようとし、本当らしさなど歯牙にもかけず、敵や危険を十倍に増やした。「蝶を求めて」の青年探検家は、婚約者とその父を救うために、三日三晩、鮫と戦った。最後には海は真っ赤に染まった。その同じ彼はまた、アパッチに襲われた牧場から、はみ出す内臓を手にしたまま砂漠を越えて逃げのびるが、将軍に報告をするまでは縫合を頑として受けつけない。少し後にはこの同じ彼が、今度はゲッツ・フォン・ベルリヒンゲン(5)という名前で軍隊をまるごと敗走させることになる。たった一人で多数の敵と戦う、これが私の原則だった。このような陰鬱で大仰な夢想は、私を取り囲んでいたブルジョワ的で清教徒的な個人主義に由来するのだろう。

自分が物語の主人公《ヒーロー》だった時は暴君たちと戦った私だが、創造者《デミウルゴス》になると暴君としてあらゆる権力を振るう誘惑に駆られた。攻撃的ではなかったが、意地悪になった。デイジーの目をつぶすことを何が私に妨げるだろうか。死ぬほど怖くなりながら、私は自分に答えた。何も妨げはしない。そして、蠅の羽をむしり取るように、彼女の目をつぶした。心臓をドキドキさせながら、私は書いた。「デイジーは手を目にやった。彼女は盲目になっていた」、と。私は座ったまま、ペンを宙に留めた。甘美にも私を悪へと誘う小さな出来事を絶対のうちに作り上げたのだ。ほんとうに嗜虐的《サディック》だったわけではない。邪な喜びはすぐに恐怖《パニック》に変わり、私は自分の宣言をすぐ撤回し、文字が見えなくなるほど線を引いて塗りつぶした。こうして、娘の目は再び見えるようになった、というか、見えなくなったことなどなかったのだ。こういった気まぐれの記憶に私は長いこと悩まされた。自分自身に強い不安を感じたからだ。

自分が作り上げた世界にも不安を感じた。時に子ども向けの生ぬるい虐殺に飽きて私が筆に身を委ねると、鳥肌のたつほど恐ろしい可能性、怪物的な世界を発見することがあった。それは私が全能であることの裏面だった。「どんなことでも起こりうる」と私は言ったものだ。それは、「ぼくはなんでも想像できる」という意味だった。震えながら、いつも頁を破る寸前で、私は超自然的な恐ろしい出来事を語った。たまたま肩越しにそんな場面を読むと、母は半ば賞賛、半ば不安の混じった「なんていう想像力なの」という叫びをあげた。彼女は唇をかみしめて何かを言おうとしたが、言うことが見つからなかったのでふっと逃げ出した。母の逃亡が私の不安に拍車をかけた。しかし、想像力のためではなかった。これらの恐ろしい事物を作り上げたのは私ではなかった。他の物と同じように、記憶のうちに見出したにすぎなかった。

その当時、西洋は窒息寸前だった。いわゆる「甘い生活」だ。目に見える敵がいなかったので、ブルジョワは自分の影に怯えるのを喜びとしていた。倦怠の代わりに制御された不安を手に入れたのだ。降霊術やら心霊体《エクトプラズム》が話題になった。私たちの家の向かい、ル・ゴフ通り二番地では、コックリさんが行われていた。五階のその家を、祖母は「魔術師の家」と呼んでいた。祖母に呼び寄せられて見に行くと、人々が取り囲むテーブルが手の下で浮んでいるのが見えたことがあったが、すぐに誰かが窓に近づきカーテンが引かれてしまった。祖母《ルイーズ》の話では、この魔術師のところに毎日、私ぐらいの年頃の子どもが母親に連れられてやってくるらしい。「私見ましたのよ。あの魔術師が子どもたちに向かって按手をしたのを」と祖母は言った。祖父は首を横に振ったが、こういった行為を非難していたにもかかわらず、それをばかげていると断言する勇気はなかった。母は恐がり、祖母は、このときばかりは、疑うよりは好奇心をそそられた。最後にはみんなの意見が一致した。「この件には触れないことにしよう。頭がおかしくなってしまう。」幻想的な物語が流行していた。信仰そのものは失っても、キリスト教のもつ典雅さを懐かしむ読者たちに向けて、良識派の新聞でさえ週に二、三回はそんな話題を提供した。語り手はゾクゾクする事実をしごく客観的な口調で伝え、実証主義の余地を残しておく。どれほど奇妙であろうとも、出来事は理性的な説明を備えていなければならない。この説明を作者は探し、見つけ、私たちに誠実に伝えるのだった。しかし、すぐさま、彼はそれだけでは決して十分ではないことを巧みに仄めかす。それだけのことだ。つまり、物語はひとつの疑問で閉じられる。しかし、それだけで十分であった。「別世界」がそこにはあった。名づけることができないがゆえに、より恐るべき世界が。

『ル・マタン』紙を開くと、私は恐怖で凍りついたものだ。なかでも私に衝撃を与えた物語がある。今でも覚えているその題名は、「木立をわたる風(6)」。夏のある夜、病気の女性が、田舎家の二階のベッドでひとり眠れずに寝返りを打っている。開かれた窓からマロニエの樹の枝が伸びて、寝室に入り込む。階下では何人かの人が集まっておしゃべりをし、庭に夜が訪れるのを眺めている。とつぜん誰かがマロニエを指して言う。「あら、風が吹いているのかしら。」みんなは驚いて外に出てみるが、そよ風ひとつ吹いていない。しかし、葉の茂みは動いているのだ。その瞬間、叫び声があがる。夫が階段を駆け上り、部屋に入ると、ベッドに身を起こした妻が、樹を指さしたまま息絶えて倒れる。マロニエの樹はいつもの静けさを取り戻している。妻は何を見たのだろうか。病院から逃げ出した狂人だろうか。樹の影に隠れていたそいつが、顰め面をしたのかもしれない。そいつにちがいない、他に満足のゆく説明が見当たらないのだから、そうにちがいない。しかし……。どうして誰もそいつが樹に上るところを見なかったのだろうか。降りるところもだ。どうして犬は吠えなかったのだろうか。どうして、そいつは六時間後に百キロも離れたところで捕まったのだろうか。そのような答のない疑問が続く。語り手は改行し、なにげなく結論づける。「村人たちの証言を信じるならば、マロニエの枝を揺さぶったのは死神であった。」私は新聞を放り出し、地団駄踏んで、「だめだ、だめだ(7)」と大声で言った。心臓が破裂しそうなほどドキドキしている。私はある日、リモージュ行きの列車の中で、アシェット社(8)の年鑑をめくりながら、気絶しかけた。髪の毛の逆立つような恐ろしい版画に出会ったからだ。月明かりの川岸で、水の中からごつごつした長いハサミが現れて、酔っぱらいをひっつかみ、水底へ引きずり込もうとしている。絵につけられた説明を私は貪るように読んだが、それはおよそこんな言葉で終わっていた。「これはアル中による幻覚だったのか。それとも、とつぜん地獄が口を開けたのだろうか。」私は水を恐れ、蟹を恐れ、樹を恐れた。とりわけ本を恐れた。物語のなかにこんな恐ろしい形象を持ち込む冷血漢を呪った。それでも、私は彼らの真似をした。

もちろん、頃合いも大事だった。たとえば、日暮れ時、食堂に影が忍び寄るころ、自分の小さな勉机を窓のほうへとずらす。不安が再び生まれ、私の作中人物たち―彼らは例外なく崇高だが無名で、最後には地位を回復する―は従順すぎて、彼らには実体がないことが明らかになる。そんなとき、それがやってくる。目も眩むようなものだが、目に見えない何かが私を魅了する。それを見えるようにするためには、描写しなければならない。進行中の冒険を素早く切り上げ、主人公たちを地球のまるで別の地域に連れて行く。たいていの場合は、海底や地底だ。急いで、彼らを新たな危険に晒す。即興で作り上げた潜水夫や地質学者が、そいつの痕跡を見つけ、追跡し、とつぜん、そいつに出会うのだ。私のペンが描くのは、炎の目をした蛸や、二〇トンもある甲殻類や、人語を解す巨大な蜘蛛だが、じつはそれは私自身だった。つまり怪物的子どもであり、私の生きることの倦怠、死ぬことの恐怖であり、味気なさや、背徳だった。私はそれが自分だとは知らなかった。産み落とされるやいなや、怖ろしい生物は私に楯突き、私の勇敢な洞窟探検家たちに楯突いた。私は彼らの命を危ぶみ、心臓が激しく鼓動し、文字を書いている手を忘れ、それを読んでいるつもりになった。たいていの場合、事態はその状態に留まった。私は主人公たちを怪物の手に引き渡すことはなかったが、状況から救い出すわけでもなかった。要するに、接触《コンタクト》だけで十分だった。私は立ち上がって台所や書斎に行った。一、二頁を白紙のままにして、翌日は主人公たちを新たな別の冒険に向かわせた。なんと奇妙な「小説」だろう。それはつねに未完成で、勝手気ままに新たな題名をつけられ、いつも新たに始められたり、続けられたりした。暗黒小説と純冒険小説、空想的な出来事と辞書の項目との混合だった。それらが失われてしまったのが残念だと思うこともある。鍵をかけて大切に保存しておくべきだった。そうすれば、少年時代をすっかり教えてくれたことだろうに。

私は少しずつ自分のことが分かってきた。私はほとんど何ものでもなかった。せいぜい内容のない活動であって、それ以上である必要もなかった。私は喜劇から抜け出したのだ。まだ仕事を始めたわけではなかったが、遊びは終わっていた。嘘つきは、嘘を作り上げることのうちに自らの真実を見いだしたのだ。私はエクリチュールから生まれた。書き始めるまでは、鏡の戯れしかなかった。最初の小説を書き始めるや、子どもは鏡の宮殿に迷いこんだことを知ったのだ。書くことによって存在し、大人たちから逃れられた。しかし、私は書くためにしか存在しなかったのであり、「私」と言った場合は「書き手としての私」という意味だった。それはともかく、私は喜びを知った。公の子どもが、私《プライベート》的な約束を自分のためにとりつけたのだ。

しかし、うまい話は長続きしないものだ。隠れたままだったなら、私は誠実でありつづけたことだろう。しかし、明るみに出されてしまった。ブルジョワの子どもに天職の最初の徴を与えるべき年頃に私も達していた。ゲリニーに住むシュヴァイツァー家の従兄弟たちが父親同様エンジニアーになることは、ずいぶん以前から聞かされていた。私も一刻も時間を無駄にできなかった。私が何に向いているかを最初に発見したいと思っていたピカール夫人は、確信を込めて、「この子は作家になるわよ」と言った。祖母《ルイーズ》は苛立って、いつもの皮肉な笑いを浮かべた。ブランシュ・ピカールは祖母のほうに向き直って、「この子はきっと物書きになりますわ。物を書くようにできていましてよ」と断固たる口調で繰り返した。祖父《シャルル》が私をそちらには向かわせないことを知っていた母は、事態が複雑になるのを恐れ、近眼の横目で私をちらりと見て「ほんとうにそう思って、ブランシュさん。そうお思いになって」と答えた。しかし、夜になって私が寝間着でベッドに飛び乗ったとき、私の肩をしっかりと抱きしめて、笑いながら「私の坊やは作家になるのね」と言った。この情報は祖父には慎重に伝えられた。雷が落ちることを恐れたからだ。祖父はこの話を聞いて、ただ首を振っただけだった。木曜日になってシモノさんが訪れると、人生が終りに近づくと誰でも、才能の芽生えを見て感動せずにはいられないものだね、などと言っていた。相変わらず私の書きなぐったものは無視していたが、ドイツ人の生徒が家に夕食に訪れた時など、私の頭に手をおいて、直接教授法で学ぶ機会を失することなく、シラブルをはっきりと区切って何度も言ったものだ。「この子には文学のコブがある［才能がある］。」

　祖父は自分の言葉をまるで信じていなかった。それがなんだろう。病はすでに膏肓に入っており、真っ向から反対しては、かえって事態を悪化させ、私が意固地になりかねなかった。祖父《カール》は、私を思いとどまらせることができるのではないかという一縷の望みをもって、私の天職を宣言したのだった。彼は冷笑家からはほど遠かったが、寄る年波には勝てなかった。熱狂しすぎて疲れたのだ。今にして思えば、彼の心の奥底の誰も訪れることのない冷たい場所では、私や家族や彼のことをどうすればよいのかをご本人はよく知っていたにちがいない。ある日、私が祖父の足の間に寝ころんで、彼が私たちにおしつける果てることのない沈黙に包まれて本を読んでいた時のことだ。ふと考えが頭に浮かんで、祖父は私がそこにいることを忘れたのだろう。非難する様子で母を見ると、「あの子が本気でペンで立とうなんて了見を起こしたらどうするつもりだ」と言った。「わしはヴェルレーヌ(9)を高く評価しているし、彼の撰集も持っている。だがね、一八九四年にサン＝ジャック街の酒場で奴らしき男が豚のように酔っぱらっているのを見たことがあるんだ」と祖父は説明した。この出会いによって、祖父の頭には職業作家に対する軽蔑が植えつけられたようだ。彼らは最初は一ルイ金貨をもらって月を見せていたのが、しまいには百スーで尻まで見せる下らない魔術師の類なのだと祖父は決めつけた。それを聞いて母は怯えたように見えたが、返事はしなかった。私の将来に関するシャルルの見解が自分とは異なることを知っていたからだ。高校《リセ》のドイツ語教師のポストはたいていフランス国籍を選んだアルザス出身者によって占められていたが、それは彼らの愛国心に報いるためだった。二つの国、二つの言語に挟まれていたために、彼らが受けた教育は不規則なものだったし、教養には欠落があった。彼らは同僚たちから仲間はずれにされることにも不満を表明した。祖父は大きくなった私が自分たちの仇を討ってくれることを願ったのだ。祖父の仇を討つのだ。アルザス人の孫ではあるが、私は同時にフランスのフランス人でもあった。祖父《カール》のお蔭で普遍的な知を身につけた私は王道を進む。殉教したアルザスが私に受肉し、高等師範学校[10]に入学し、輝かしい成績で教授資格試験[11]に合格し、王侯たる「文学教授」になるのだ。ある晩、祖父が男同士で話したいと言ったので、女たちは別室に退いた。祖父は私を膝にのせて、重々しい調子で話し始めた。作家になることは、よく分かった。おまえはわしのことをよく知っているから、おまえの希望の邪魔をしないことは分かるだろう。だがね、現実を冷静に直視する必要があるよ。文学では食っていけない。有名な作家だって、飢え死にしたりしたのだからね。食べるためには、身売りだってしたんだ。独立を保ちたいなら、もうひとつ仕事を選ぶとよい。教職ならば時間の余裕がある。大学教師の仕事は、文学者の仕事と結びつく。こうして、二つの聖職の間を自由に移動するのだ。偉大な作家たちと交流して生きるのだ。同じ動きのなかで、生徒たちに作家たちの作品を啓示しながら、そこから[12]霊感《インスピレーション》を得ることもできる。田舎暮らしの無聊《ぶりょう》を紛らわせるために、詩を書いたり、ホラチウスの詩を無韻詩に訳をしたり、地方紙に文芸通信を寄稿したり、『教育雑誌』にギリシャ語教育に関する優秀な論文を書いたり、青少年の心理学に関する別の論文も書く。死後、ひきだしから遺稿が発見されるだろう。海についての考察、一幕ものの喜劇、オーリヤック[13]の建造物に関する博学で情感に溢れたエッセーなどで、教え子たちの手によって文集に編まれることになるのだ。

しばらく前から、祖父が私の才能にうっとりしていても私は平然としていたし、愛情のこもった声で「天からの贈り物」と呼ばれても、聞いているふりをしているだけだった。それなのに、祖父がそれまで言ったこともない真っ赤な嘘を言ったその日、なぜ耳を傾けたりしたのだろうか。どんな誤解のために、私に教えようとしていたことと反対のことを言わせることになったのだろうか。それは、祖父の声が変わったためだ。干からびて、固くなったその声を、私は父の声だと思ったのだ。シャルルには二つの顔があった。祖父を演じている時は、私には自分の同類の道化のように思え、尊敬しなかった。しかし、シモノさんや息子たちと話している時や、女たちから食事の給仕を受け、無言で指先でオリーブ油の瓶やパン籠を要求する時などは、その威厳に圧倒された。特に人差し指の使い方が圧巻だった。指を伸ばさないようにして、曖昧に宙に漂わせ、半分曲げ加減なので、指しているものは曖昧で、給仕をしている女たちは何を命じられているのか見当をつけねばならない。ときに苛立った祖母が勘違いし、飲み物を要求されているのに、コンポートを差し出したりすることがあった。私は祖母のことを責め、この王者の欲望の前に跪いた。それは叶えるべきではなく、察するべきものなのだ。もし祖父が腕を広げ、「ここに新たなユゴーがいる。シェークスピアの卵がいる」などと宣言したなら、私はいまごろ工業デザイナーか文学教授になっていたことだろう。祖父はそんなやりかたはしなかった。かくして、私ははじめて家父長を相手にすることになった。祖父は陰鬱に見え、私のことを崇めなかったからいつもよりさらに威厳ありげに見えた。そこにいたのは新たな法を口述するモーゼだった。その法とは私の従うべき法だった。彼は私の天職のことに触れながら、その欠点ばかりを強調した。それで私は、もう決まったことだと信じてしまった。祖父が、私の原稿用紙は涙に浸ることになるとか、私は絨毯の上を転げ回ることになるなどと予言したなら、私はブルジョワ的中庸精神から怖じ気づいたにちがいない。祖父はただ、派手な大混乱が私の人生には起こらないことを暗に示して、私の天職を明らかに示したのだった。オーリヤックや教育を論じるのに、熱狂も情熱の嵐も残念ながら必要なかった。二十世紀の不滅のむせび泣きは、他の連中が背負ってくれる。嵐や雷とは無縁で、私の文学的価値は従順な性格や優しさや勤勉さのみに由来するのだ。書くという仕事は、大人たちの活動のように重々しく真面目で、浅はかで、本当のところは面白みも価値もないものだと思っていたので、それが私のために割り当てられていることを一瞬たりとも疑わなかった。私は、「それっぽっちのことか」と思いながらも「自分には才能がある」と考えた。すべての夢想家と同様、幻滅と真実とを混同していたのだ。

カールは、ウサギの皮を剝ぐように、いとも簡単に私を改宗させた。それまで私は自分の夢を現実のものにするために書くのだと思っていたが、祖父の言う通りだとすれば話は逆で、夢見ていたのはペンの訓練のためだった。不安や想像上の情熱も私の才能のたくらみでしかなく、毎日、私を机に向かわせ、経験と成熟が書き取らせる大いなる書き取り《ディクテ》が訪れるまで、自らの年齢に見合った物語のテーマを与える役割しか持っていなかった。私は奇想天外な幻想を失った。「目があるだけじゃ十分ではないんだ。ちゃんと使えなければね」と祖父は言った。「まだ小さかったモーパッサンに、フローベールが何をさせたか教えてやろう。樹の前に連れて行って、二時間も描写させたんだ」。こうして私は見ることを学んだ。オーリヤックの建造物を褒め称える詩人になるべく、私は身の回りの事物を憂鬱な眼差しで眺めた。デスク・パッド、ピアノ、振り子時計、それらもまた私が未来に行う強制労働によって不死と化すのだ——どうしてそうならないことがあろうか——それは陰気で気の滅入る遊びだった。型押しされたビロード張りの肘掛け椅子の前に陣取り、それをじっと観察しなければならなかった。何か言うべきことがあるだろうか。そう、それは緑色のざらざらした布で覆われていて、肘掛けが二つあり、脚が四本あり、背もたれの上方には木製の小さな松の実型の装飾が二つ付いている。今のところはそれだけだ。しかし、また後でやってみよう。次回はもっとうまくやろう、丁寧にすっかり知るようになるだろう。ずっと後になって、描写を読んだ者たちは言うことだろう。「なんと細かい観察だろう。なんとよく見られていることだろう。実物そっくりだ。頭で作り上げたものではない。」本物のペンを用いて本物の言葉で本物の事物を描けば、私だって本物にならないはずがないではないか。要するに、私はここで決定的に、検札に来た車掌にどう答えればよいか分かったのだ。

私は幸福の絶頂だったと思われるかもしれない。ところが、私はいっこうに嬉しくなかった。正式任用され、ありがたくも将来を与えてもらった私は、それを魅惑的な未来だと宣言してみたものの、本心では嫌悪していた。私はそんな地位など、そんな書記の地位などを望んだだろうか。偉大な人間たちとつきあっていたので、作家とは有名になることだと確信していた。しかし、私が後世に残すだろういくつかの小品と私の手にする栄光とを比べてみて、なんとも騙されたような気がした。甥たちが私の作品を読んだりするとは、とても本気にできなかった。こんなささやかな作品、すでに私自身を退屈させているテーマに彼らが熱狂するとは、とうてい信じられなかった。「文体」のおかげで忘却から救われるのではないか、と自分に言ってきかせてみることもあった。文体とは祖父がスタンダール(14)には認めず、ルナン(15)には認める謎めいた美徳である。しかし、意味を欠いたこれらの言葉は、私を安心させるにはいたらなかった。

それになんといっても、自分自身を断念しなければならないことが辛かった。二ヶ月前の私は決闘好きで、スポーツマンだった。それはもう終りだ。コルネイユをとるか、パルダイヤンをとるか、選択を迫られた。心底から好きだったパルダイヤンを退け、恭順によってコルネイユを選んだ私は、ヒーローたちがリュクサンブール公園を駆け回り、戦うのを眺めて、彼らの美しさに打ちのめされ、自分が劣等種族に属していることを理解した。私は敗北を宣言し、剣を鞘に収めると、凡庸な家畜の群れに戻り、しぶしぶ偉大な作家たちとの交流に戻った。彼ら小者には気後れがしなかった。彼らは発育不全の子どもで、その点で私と似ていた。彼らは虚弱な大人になり、鼻カタルにかかった老人になった。この点でも私は同じだろう。ヴォルテールは貴族の手先にこっぴどく殴られたが、私も公園の腕白小僧が大尉になったころ鞭を食わされることだろう。

　自分に才能があると信じたのは諦めからだった。シャルル・シュヴァイツァーの書斎で、よれよれで、ぼろぼろの、不揃いの本たちに囲まれていると、才能ほどくだらないものは世の中になかろうと思われた。旧体制《アンシャン・レジーム》下で、多くの次男、三男坊が聖職者の道を閉ざされ、いやいやながら戦場の指揮官になったのと似ていた。私にとって名声とは不吉な華麗さであり、長いことこんなイメージを抱いていた。白いテーブルクロスのかかった長いテーブルにオレンジエードや発泡性ワインが載っている。グラスを手にもった私を、十五人ほどの正装した男たちが取り囲み、私の健康を祝して乾杯するのだが、この貸しホールの裏側が埃だらけでがらんどうなのが私にはお見通しなのだ。これだけでも、私がどれほど人生に期待していなかったかがお分かりになるだろう。唯一の期待は、後になって現代語学院の年ごとの祭典が私のために復活することだけだった。

　かくして、私の運命は作り上げられた。ル・ゴフ通り一番地の六階、ゲーテとシラーの下、モリエールとラシーヌとラ・フォンテーヌの上、ハインリッヒ・ハイネとヴィクトル・ユゴーの向かいで、百回も繰り返された会話の間で作り上げられたのだ。祖父《カール》と私は女たちを追い払うと、身を寄せ合って、耳元で噛み合わない会話を交わし、その一言一言が私に大きな刻印を残した。巧みなしかたで祖父は私が天才でないことを悟らせた。確かに私は天才ではなかった。それは知っていたが、どうでもよかった。不在で不可能な英雄主義《ヒロイズム》だけが、私の情熱の目標だったからだ。英雄主義こそは哀れな魂たちの燦然たる輝きであり、内面の悲惨さと、自分の無意味さを感じていた私は、それをすっかり諦められずにいた。未来の勲功をうっとり夢見ることはなくなったが、心の奥底では恐怖に戦いていた。何かの間違いだ、別の子どもと取り違えられたか天職を誤ったかのかどちらかだ、と私は思った。途方にくれた私は、カールの言うとおり、勤勉な群小作家になることを受け入れた。要するに、祖父は転向させるつもりが、かえって私を文学の中へと放り込んだわけだ。その結果、今でも機嫌の悪い時など私は、かくも多くの日夜を紙とインクにまみれて費やし、誰も望んでいなかった本を市場に送り出したのは、ただ祖父に気に入られたいという馬鹿げた希望に突き動かされてのことではなかったかと思ったりするほどだ。だが、もしそうだとしたら、それこそほんとの茶番だ。五十を過ぎても私は、とうの昔に死んだ老人の意向に添って、彼が否認すること請け合いの企図に取り組んでいることになるからだ。

要するに私は、恋から醒めて、「好みでもない女のために一生を棒に振ってしまった」と嘆息するスワンと同じなのだ(16)。時には、隠れて粗野な振る舞いをすることもある。それはいわば健康法のようなものだ。粗野は粗野なりに理由があるのだ。たしかに私には書く才能がなかった。そう指摘されたし、テーム、つまりガリ勉が得意なだけだと言われもした。反論するつもりはない。私の本は汗と苦労の臭いがする。貴族たちの鼻には耐え難いだろう。私は自分自身に抗して、つまり、万人に抗して、それらの本を書いたのだ。* 打ち込みすぎて、高血圧になってしまったほどだ。私のなすべきことは皮膚の下に縫い込まれていて、一日でも書かずにいると、傷痕が疼くしあまりにたやすく書きすぎても傷痕が疼くのだ。この粗野な要求のもつ硬直さと不器用さに、今では私も驚いてしまう。それは、海に流されてロングアイランド(17)の浜辺へと運ばれた先史時代の荘厳な蟹に似ている。(18) 時代は進化したのに、この要求は古代の蟹のように生き延びたのだ。長いこと、私はラセペード通りの門衛たちを羨んだものだ。夏の夕暮れ時など、彼らは歩道に椅子を出し馬乗りに座る。彼らの無垢な目には見るという使命はなく、ただぼんやりと通りを眺めるのだ。

*原註　自己満足にひたっていれば、似たような連中から好かれるだろう。隣人を傷つければ、他の連中は喜んで笑うだろう。だが、自分の魂を打ちすえるなら、あらゆる魂が泣き叫ぶことになるだろう。

しかし、テーム、つまり外国語で書くことよりも、ヴェルション、母国語で書くことの方が得意なのは、香水臭い文を書く老人か、血腥い文を書くダンディ気取りの若造だけだ。これは〈言葉〉の本質に関わる問題である。話すときは母国語で話すのだとしても、書くときは外国語で書くものなのだ。したがって、私は作家という職業においては誰しも同じだという結論を導き出した。誰もが徒刑囚で、誰もが烙印を押されているのだ。読者は、私が自分の幼少時代とその名残りを嫌悪していることを理解されたことだろう。だが、祖父の声、私を揺さぶり起こして机につかせるこの録音された声が、私自身の声でなければ、また八歳から十歳にかけて恭順のうちで受け止めたこのいわば命令的委任を傲慢によって自らのものとしなかったならば、私はその声に従いはしないだろう。

私は自分が本を製造する機械にすぎないことをよく知っている。

シャトーブリアン

私はほとんどあきらめる気になっていた。頭から否定するのはまずいやり方だと判断したカールがしぶしぶ認めた才能を、私は心の奥底では偶然としか見なしておらず、それはもうひとつの偶然を合法化することはできなかった。もうひとつの偶然、つまり私自身だ。母は美しい声をしていた、だから、母は歌った。それでも彼女が不正乗車をしていることにかわりはなかった。私には文学のコブ［才能］があった、だから、作家になるだろう。生涯、この鉱脈を採掘しつづけることだろう。それはそれでいい。しかし、芸術は―少なくとも私にとっては―その神聖な力《パワー》を失った。それでも私は放浪者《バガボンド》のままだろう―たしかに少しは裕福な放浪者ではあるが、それだけの違いだ。自分が不可欠な存在だと感じるためには、みんなに私を要求される必要があった。家族のおかげで少しのあいだはこの幻影は続いた。私は天の恵みであり、待ち望まれ、祖父や母に不可欠な存在だと繰り返し言われたからだ。それを信じなくなってはいたものの、待ち焦がれて生まれてくる者以外は余計な存在だという感情は残っていた。当時の私の傲慢さと見捨てられた状態はなんともひどかった。死んでしまうか、世界中から求められるか、可能性はどちらかだった。

私は書くのをやめた。ピカール夫人の宣言によって私のペンの独白が重要性を持ちすぎたので、続けられなくなってしまったのだ。食料もサファリー帽も与えずにサハラ砂漠に放りだした若いカップルを助けるために、小説の続きを書こうとしたとき、私は無能力の苦しみを味わった。椅子に腰掛けると頭いっぱいに霧がかかったようになり、私は顰めっ面をして爪をかんだ。無垢を失ってしまったのだ。私は立ち上がり、部屋のなかを放火犯の気持ちでうろつきまわった。もちろん放火することはなかった。状況や趣味や習慣によって従順だった私が、後になって反抗するようになったのは服従を極限にまで押し進めた結果にすぎない。買いあてがわれた黒表紙で小口が赤の「宿題ノート」は、外見は「小説ノート」と瓜二つで区別がつかなかった。少し眺めただけで、学校の宿題と個人的な仕事が混じり合い、作家を生徒と見なし、生徒を未来の教授と考えた。創作と文法を教えることは同じだった。社会に接したために、私のペンは手から落ち、数ヶ月のあいだ握られることはなかった。書斎を憂鬱な様子でぶらついている私を見て、祖父は髭のあいだで微笑んだ。自分のやりかたが成功したと思ったのだろう。

しかし、祖父の作戦は失敗した。私の頭は叙事詩的だったからだ。剣は毀《こぼ》たれ、平民の仲間入りをしたが、夜になると不安に満ちた夢をよく見た。私はリュクサンブール公園の池のところにいて、向こうには上院議会が見える。私は未知の危険から金髪の少女を守らなければならない。彼女は一年前に死んだヴェヴェに似ていた。少女は少しも慌てず信頼しきった様子で、生真面目な眼差しを私に向ける。彼女はたいてい、輪《たが》を手にしていた。怖がっていたのは私のほうだった。私は目に見えない敵の手に彼女を見捨てるのではないか、と恐れていた。彼女をものすごく愛していたにもかかわらずだ。なんという絶望的な愛だったことだろう。私は今でも彼女のことが好きだ。私は彼女を捜し、彼女を見失い、再び見いだし、腕に抱きかかえ、再び失う。まさに叙事詩だった。八歳のころ、ほとんど断念しかかったとき、私は気を取り直した。この死んだ少女を助けるために、私は単純で途方もない作戦に身を投じ、それによって私の人生の流れが変わった。私は英雄がもつ聖なる力《パワー》を作家の手に渡したのだ。

発端となったのは、一つの発見、というより、無意識的な想起だ。というのも、その二年前に私はすでに予感していたからだ。情熱的な感謝の徴《しるし》を引き起こすことにかけては、偉大な作家と遍歴の騎士は似ていた。パルダイヤンの場合は証明するまでもなく明らかで、助けられた孤児の少女は感謝の気持ちに溢れ、彼の手を涙で濡らした。しかし作家たちとて、ラルース大百科事典や新聞の訃報などによれば、けっして待遇において劣るわけではなかった。長生きすれば、どの作家もかならず感謝の手紙を未知の人から受け取った。その時から、感謝の手紙は引きも切らず届き、机に山積みになり、部屋一杯になる。外国人が海を渡って表敬訪問にやってくる。死後には、同国人たちが募金を募り記念碑を建てる。生まれ故郷の町や、ときには首都の通りにまで彼の名前がつけられる。私はこのような顕彰そのものに興味を惹かれたわけではない。それは我が家での喜劇に似すぎていた。ただ、ある版画には心を揺さぶられた。それは有名な小説家ディケンズがニューヨークに上陸する数時間前の情景だ。彼を乗せた船が遠くに見え、桟橋は彼を迎える群衆で黒山の人だかりだ。誰もが口を開けて叫び、無数の帽子が振られる。たいへんな混みようで、子どもたちは息が詰まっている。ところが、彼らの待つその人がそこにいないばかりに、群衆は孤児であり寡婦であるかのように寂しげなのだ。「ああ、ここに足りない人がいる。ディケンズだ」と私は呟く。すると涙がこみ上げてくる。しかしながら、私はこういった結果はひとまず置き、ひたすら原因の究明に向かった。これほど熱狂的な歓迎を受けるのは、文人たちが凄まじい危険に立ち向かい、人類に最高の奉仕をしたからにちがいない、と私は考えた。そうだ、こんな熱狂的な場面に立ち会ったことが一度だけある。帽子が飛び、男も女も、万歳を叫んだ。それは七月十四日の革命記念日で、アルジェリア狙撃兵たちが行進していた。このことを思い出した私は、ようやく納得した。肉体的欠陥や気取りや女性的な外観にもかかわらず、私の同業者たちは一種の兵士たちであり、彼らは謎の戦いの狙撃兵として命を危険に曝している。人々は彼らの才能以上に、その軍人としての勇気を讃えるのだ。ほんとうにそうだ、と私は思った。人々は彼らを必要としている。パリやニューヨークやモスクワで、人びとは不安や恍惚のうちで彼らを待っている。彼らが第一作を出版する前から、彼らがものを書き出す前から、彼らが生まれもしない前から待っているのだ。

しかし、だとしたら……。私はどうなのだろう。私は書くという使命をもっているのだろうか。そう、みんなは私を待っていた。私はコルネイユをパルダイヤンに変身させた。彼の脚はねじれ、胸は小さく、顔はやつれたままだったが、彼の吝嗇と貪欲さは取り除いてやった。私は書くという術と気前の良さとをわざと混同したのだ。この操作を行った後、今度は私がコルネイユに変身し、「人類を救う」委任状を与えるのはいとも容易《たやす》かった。この新しい詐欺によって、私の将来の役割が準備された。当面のあいだは、私はすべてを得た。氏素姓は悪かったが、生まれ変わる努力をしようと思った。以前は、危険にさらされた罪のない者たちの懇願によって、何度となく私は奮起したではなかったか。しかし、それは冗談のつもりだった。偽の騎士として偽の試練を行ったが、実体のなさにけっきょくは嫌気がさした。ところが、私に夢が返され、かなえられたのだ。私の天職は現実のものであり、偉大な祭司が保証人となったのだから、もはや疑う余地はなかったからだ。想像力の子どもだった私が、真の書物を探求する騎士となった。私は必要とされてもいた。私の作品は待ち望まれたが、最初の本は、私が頑張ったにもかかわらず、一九三五年にならなければ出版されない。一九三〇年ごろになると、みんなはじりじりして、「こいつは時間がかかるな。二五年間も養ってやったのに、なにもしない。何も読まずに死ぬことになるのだろうか」などと言い始める。私は一九一三年の声で「ゆっくり働かせてよ」と答えるが、もちろん穏やかな調子でだ。私には、彼らが私の助けを必要とし——その理由は神のみぞ知るが——、この必要が、それを満たす唯一の方法として私を生み出したことを知っているからだ。心の奥底でこの全世界の期待や私の生の源泉や私の存在理由を何とか捉えようとした。ほとんど成功したと思うこともあったが、少し経つとすべてを成り行きに委せてしまうのだった。どうでもいい、と思った。この偽の啓示だけで十分だったのだ。安心すると、私は外部を眺めた。おそらく私が必要となっているある場所がすでにどこかにあるかもしれない。いや、そんなことはなかった。まだ早すぎた。欲望の美しい対象であった私は自分の真価をまだ知らず、当面「お忍び」のままでいることを喜んで受け入れた。祖母が私を貸本屋に連れて行ってくれたことがあった。すらっとした女性たちが思案げで不満な様子で、自らの渇きを癒してくれる作家を求めて壁から壁へと少しずつ移動していく様子をおもしろがって眺めた。しかし、その作家は見つからなかった。というのも、その作家は私だったからだ。彼女たちのスカートの影にいて、一顧だにされないこの小僧だったからだ。

私は揶揄の笑みを浮かべ、憐憫の涙を流した。これまでの短い生涯をすぐに消え失せてしまう趣味や立場を編み出したりして費やしてきた。だが、今や人々は私を探りあて、その探索が岩盤につきあたった。シャルル・シュヴァイツァーが祖父であったように、私は作家だった。生まれたときから、そして永遠に作家だったのだ。とはいえ、熱情のさ中に不安の影が差すこともあった。カールによって保証されたはずの才能に、偶然の要素を認めることを私は拒んだ。委任されたことにしようと画策してはみたものの、支持するものも真の必要性もなかったために、自分自身で委任した事実を忘れることはできなかった。大洪水前の世界から現れ、自然から逃れて自分自身になった瞬間に、つまり、他人の目にそう映るこの「他者」になった瞬間に、私は自分の「運命」に直面した。それが奇妙な力によって私自身が自分の前に打ち立てた自由に他ならぬことを、認めざるをえなかった。要するに、私は自分自身をすっかり騙すことはできなかったのだ。しかし、夢からすっかり醒めることもできなかった。私は揺れ動いた。このためらいによって、古い問題が甦ってきた。どうしたら、ミシェル・ストロゴフの確信をパルダイヤンの鷹揚《ジェネロジテ》さと結びつけることができるだろうか。騎士としての私は王の命令を受けたことが一度もなかった。命令によって作者であることを引き受けねばならなかったのだろうか。この不安は長くは続かなかった。私はこの二つの正反対の神秘主義に囚われていたが、この矛盾にうまく順応していた。天の贈り物であると同時に、自分自身の言行の結果でもあるというのは、私にとって好都合でさえあった。機嫌の良い日には、すべてが私自身からやってきた、と考えた。私は自分自身で虚無から身を引き離し、人間たちに彼らの望む本をもたらしたのだ。私は従順な子どもで、死ぬときまで従順だろうが、他人にではなく、自分にだけ従うのだ。気が滅入り、自分の自由をもてあまし、味気のなさを感じた時は、私は予め決められた運命であることを強調して、心を静めた。私は人類を呼び出し、私の生の責任を押しつけた。私は集団の要求の産物にすぎないのだ、と考えた。たいていの時は、高揚する自由と正当化する必然性のどちらも完全には排除しないように注意して、心の平静を保つのだった。

パルダイヤンとストロゴフとの共存は可能だった。危険はむしろ別の場所にあった。不快な対決の証人となった私は、注意をしなければならなくなった。その火種となったのは、私がまるで警戒していなかったゼヴァコだった。ゼヴァコは私を困らせようとしたのだろうか、それとも警告のつもりだったのだろうか。ある日、マドリッドの旅籠《ポサーダ》で、私が休息しているパルダイヤンのことばかり見ていた間に、ゼヴァコの奴は仕事を終えてワインを飲みながら、相客の一人に注意を促した。それはセルバンテスその人だった。この二人の作家は知遇を得て、互いに相手を評価し、一緒に善行を行おうと考えた。さらに悪いことに、この出会いに満足したセルバンテスは若き友人に本を書くように託した。はじめのうち主人公ははっきりしなかったが、神のご加護によって、パルダイヤンが現れてモデルとなった。これを読んで私は憤慨し、本を投げ捨てそうになった。なんて気の利かない奴だ。私は作家兼騎士であったのに、それがまっぷたつに裂かれ、その片割れはそれぞれ独立した人間となって、相手に出会うと難癖をつけた。パルダイヤンは馬鹿ではなかったが『ドン・キホーテ』を書くことはついぞなかろう。セルバンテスはよい戦士ではあったけれど一人で二〇人の敵を蹴散らすことなど望むべくもなかった。彼らの友情が、彼らの限界を示していた。「この半可通はちょっとひ弱だが、勇気がないわけじゃないな」と一方が考えれば、「もちろん、酔っ払いにしちゃ、こいつの考えはまぁ筋が通っているな」と他方は考えた。そして、私は自分の英雄が「憂い顔の騎士［ドン・キホーテ］」のモデルとされることが、なんともいやだった。私は「映画」時代に、子ども向けに書き直された『ドン・キホーテ』をプレゼントされたが、五〇頁と読めなかった。私の武勇が公の場で愚弄されていたからだ。そして、今度はゼヴァコまでがそんなことをするなんて……。いったい誰を信用したらよいのだろうか。本当のところ、私は売春婦であり、兵隊相手の娘だった。私の心は、卑怯な心は知識人よりも、冒険家のほうを好んだ。自分がセルバンテスでしかないことが恥ずかしかった。裏切らないために、私は頭脳と語彙に恐怖政治をしき、英雄主義的な言葉やその代用品を追放し、遍歴の騎士を抑圧し、文人や彼らがたえず遭遇する危険や、悪者を串刺しにする辛辣な筆のことを自分に話して聞かせた。私は『パルダイヤンとフォスタ』『レ・ミゼラブル』『世紀の伝説』[19]などを読み続け、ジャン・ヴァルジャンやエヴィラドニュス[20]に涙を流したが、本を閉じると彼らの名前は記憶から消され、私の本当の連隊に召集をかけた。終身刑に処せられたシルヴィオ・ペリコ[21]、ギロチンにかけられたアンドレ・シェニエ[22]、生きたまま焚刑に処されたエティエンヌ・ドレ[23]、ギリシャのために死んだバイロン[24]。私は冷たい情熱で昔の夢を注ぎながら、自分の天職の相貌を変えようとした。何ものも私を後退させることはなかった。観念をねじ曲げ、言葉の意味を歪め、避けたいものと出会って比較を強いられることを恐れて、世界と縁を切った。魂の空虚にとって変わったのは全員に常に動員することだった。私は軍事独裁者になったのだ。

居心地の悪さは別の形で続いた。私は才能を磨き続けた。それ以上の何ができただろうか。人々は私を必要としていた。「だが、いったい何のためだろうか」と、不幸にも私は自分の役割や運命について自問した。「けっきょくのところ、いったい何が問題なのだろうか」と問う端から、駄目だと私は思った。問題など何もなかったのだ。誰もが英雄になれるわけではない。勇気や才能だけでは十分でない。怪物《ヒドラ》や龍も必要だったが、そんなものはどこにもいなかった。ヴォルテールとルソーの時代なら、激論を闘わすこともできた。専制君主が残っていたからだ。ガンジー島[25]に亡命したユゴーはバダンゲ［ナポレオン三世］を糾弾した。だが、祖父からバダンゲを憎むように教えこまれたものの、皇帝は四十年も前に死んでいたから、私には大声で憎悪を叫ぶ意味が見いだせなかった。現代の歴史についてはシャルルは沈黙を守っていた。彼はドレフュス派だったが、ドレフュスのことは語らなかった[26]。なんと残念なことだろう。私は熱を入れてゾラ[27]の役割を演じたことだろうに。裁判所を出たところで野次られた私は、馬車のステップの所で踵を返し、最も騒いでいる連中の腰をしたたかに打ちすえる——いやいや、そうじゃない。怖ろしい言葉を投げかけ、彼らを尻込みさせるのだ。そして、もちろん、私は、イギリスに逃げることは拒否する。真価を認められることなく、見捨てられ、再びグリセルダになるのはなんと甘美なことだろう。パンテオンが私を待っていることを片時たりとも疑うことなくパリの街を徘徊することはなんと甘美なことだろう。

祖母のところには毎日『ル・マタン』紙と、たしか『エクセルシオル』紙[28]が配達されていた。新聞で泥棒の存在を知った私は、善良な人間なら誰でもするように彼らを憎んだ。しかし、人間の顔をしたこういった虎たちは私の役には立たなかった。彼らを退治するには、勇猛果敢なレピーヌ警視総監[29]で十分だったからだ。時には労働者たちの不満が爆発し、資本が払底することもあったが、そんなことは私は何も知らなかったし、祖父がどう考えていたのかもよくわからない。祖父は有権者の義務をきちんと果たしていた。投票所から出てくると、若返って少し誇らしげに見えた。祖母や母が「お父さん、誰に投票したの」とからかうように尋ねると、祖父はそっけなく「男の問題に首を挟むな」と答えた。だが、大統領選挙の際、くつろいでいるときなど、候補者のパム(30)を否定して、「あんな煙草商人なんか」と怒って叫ぶことがあった。プチブル知識人だった祖父としては、フランスの筆頭の公僕が自分の同輩であるプチブル知識人ポワンカレ(31)であってほしかったのだろう。母によれば、祖父は急進党に投票したらしい。当時もそのことはよく知っていたと、母は今でも私に請け合う。それはそうだろう。祖父は公務員の党を選んだのだ。そして、急進党はすでに名ばかりの急進さだった。シャルルは、革新系に票を投じながら、実際には保守派を選ぶことができて満足だった。要するに、フランスの政治は、祖父の言うところによれば順調に進んでいたのだ。

私は悲嘆にくれた。人類を怖ろしい危険から守ろうと武装したのに、人類は完成へと向けて穏やかに進んでいると誰もが確言するのだ。祖父にブルジョワ的民主主義を尊重するように育てられた私は、民主主義のために思う存分ペンの剣をふるうつもりだった。ところが、ファリエール(32)政権下では農民でさえ投票した。これ以上いったい何を望むことがあっただろうか。そして、共和国内で幸せに暮らしている以上、共和国主義者に何ができるだろうか。手を拱いているか、ギリシャ語を教えたり、オーリヤックの昔の建物について叙述するのが関の山ではないか。またもや振り出しに戻った私は、作家を失業に追い込むこの葛藤なき世界に息の詰まる思いがした。

私を苦境から救い出してくれたのはまたしてもシャルルだった。もちろん、自分では意識せずのことだった。二年ほど前は人文主義《ユマニスム》の薫陶を与えようとさまざまな思想を私に教えてくれた祖父だったが、それをもはや口にしなくなっていた。私がのめり込むのを恐れたのだと思う。しかし、それらの思想は私の精神にしっかりと刻み込まれており、音もたてずにその毒性を取り戻し、本質的な部分を救うために、騎士兼作家を少しずつ作家兼殉教者へと変貌させた。すでに述べたように、なりそこない牧師のシャルルは父の意志に忠実で、〈神聖さ〉を保ちつづけ、それを〈文化〉へと注いだ。この神聖さと文化の混合から聖なる精神［聖霊］が生まれた。それは、無限の実体の属性であり、文学と芸術と、ギリシャ・ラテンなどの古典語と現代の諸外国語、そして直接教授法の守護神であり、白い鳩の形でシュヴァイツァー家をその出現で満たし、日曜日にはオルガンやオーケストラの上を飛び、週日は祖父の頭の上に留まっていた。かつてカールが言った言葉がまとまり、私の頭のなかで以下のようなひとつの話になったのだ。世界は悪に曝されている。唯一の救いは、自分自身を捨て、この世を捨て、崩壊した世界の底から不可能な「理念」を観想することだ。それを成し遂げるには困難で危険な修練が必要だから、この仕事は専門家の集団に委ねられた。聖職者の集団が人類の面倒を見、その「功徳の転換」によって人類を救うのだ。現世に生きる輩は、偉大な者も卑小な者もお互いに殺し合ったり、何も考えずに真理なき生活を送ったりしているが、それは作家や芸術家たちがみんなの代わりに美や善について考察してくれるからなのだ。人類全体を動物性から引き離すには、ただ二つの条件がある。しっかり護られた場所に、すでに死んだ聖職者たちの聖遺物―画布や本や彫刻など―を保存すること。そして、聖職者が少なくとも一人は生き残り、この仕事を続け、未来の聖遺物を造ることだ。

なんと下らないおとぎ話だろう。しかし、私はわけもわからずこの話を鵜呑みにし、二十歳になってもそれを信じていた。おかげで私は、芸術作品とは形而上学的出来事であり、芸術作品の誕生は世界の利害に関わることだ、とずっと思いこんでいた。私はこの怖ろしい宗教を掘り起こして自らのものとし、自分の冴えない天職を黄金色に染めた。自分とも、ましてや祖父とも無関係であった恨みや辛酸を私は吸収した。フローベールやゴンクール[33]やゴーティエ[34]などの古い胆汁に冒されたのだ。人間に対する彼らの抽象的な憎悪が、愛の仮面をかぶって私のうちに入り込み、私は新たな野望に取り憑かれた。カタリ派[35]となった私は、文学と祈りとを混同し、文学を人身御供に捧げた。兄弟たちから、ペンを用いて彼らを救ってほしいと頼まれた、と私は思いこんだ。仲介をしてくれる聖人がいないために、彼らは十分には存在できず、無と化してしまう危機につねに晒されている。毎朝目を覚ました私が窓辺に駆け寄り、紳士淑女が平穏無事に通りを歩いているのを眺めることができるとすれば、それは一人の労働者が黄昏時から夜明けまで部屋で働き、私たちの世界を延命させる不滅の文章を書くという戦いを行っているからなのだ。日暮れどき、彼は再び始めることだろう。今夜も、明日も、疲弊しきって死ぬときまで。私が彼の後を受け継ぐ。私もまた作品という神秘的な捧げ物によって人類を崖っぷちで引き留めるのだ。こうして、少しずつ軍人が祭司にとって代わられた。悲劇的なパルジファル[36]だった私は贖罪の犠牲者として身を捧げるのだった。シャントクレール[37]を発見した日、私は胸に何か蝮が絡み合うようなつかえを感じた。それを解きほぐすのに三十年かかった。身を引き裂かれ、血まみれになり、したたかに打たれながらも、この雄鶏は小屋中の雌鶏や雛を自分だけで守る方法を見つけたのだ。高くひと鳴きすればハイタカは逃げ出した。先ほどまでは嘲笑していたおぞましい群衆は、香を焚いて彼を迎えた。ハイタカが消え去ると、詩人は戦闘を再開した。美が彼に霊感を与え、彼の力を十倍にし、ライバルに襲いかかり、たたきのめす。私は感涙した。グリセルダ、コルネイユ、パルダイヤンが、すべてシャントルという英雄のうちにひとまとめになっていることがわかった。クレールになろう。すべては単純に見えた。書くことは、ミューズの長い首飾りに真珠をひとつ加え、模範的な人生の思い出を後世に残し、民衆を彼ら自身と敵とから護ることであり、荘厳なミサによって人々を天の祝福に引きつけることだ。誰かに読んでもらうために書く、という考えは思いもよらなかった。

ふつう書くという行為は、隣人か神のために行われるものだが、私は隣人を救う目的で神のために書くという立場をとった。私は恩義を感じる人を望んだのであって、読者を望んだのではなかった。軽蔑のために、私の高邁な精神《ジェネロジテ》は損なわれた。夢のなかで孤児の少女を護っていた時すでに、私は彼女らに身を隠させ、厄介払いをしていた。作家になっても私のやりかたは変わらない。人類を救うために、まずは彼らに目隠しをするだろう。それから黒く素早い小悪党どもに、つまり言葉に立ち向かうのだ。私の新しい孤児である人類が目隠しをとろうとするころには、私は遠くに立ち去っている。誰も目撃することのなかった孤独な武勇によって助けられた孤児は、国立図書館の書架に輝く小さな一冊の本に私の名前が記されていることにすぐには気づかない、という次第だ。

こんな思いこみをしていたことについて、私としては情状酌量を訴えたい。その理由は三つある。第一は、この透明な妄想を通して、私は自分の生存権を賭けていたという点だ。存在理由をもたない人類が、「芸術家」の気まぐれを待っていると考えたとき、こんな風に想像された人類とは、幸福を無理やり詰め込まれ、止まり木の上で退屈していた私という子どもの似姿だった。下層民を救う聖人というおぞましい神話を私が受け入れたのは、つまるところ、その下層民が私自身だったからだ。私が群衆に公認された救済者を自ら宣言したのは、それこそイエズス会士が言うように、こっそりと自分自身を救済するためだった。

二番目の理由は、私が九歳で、一人っ子で遊び仲間もなく、自分の孤独がいつか終わるなどと想像も

以前のものとそっくり同じになってしまったが、誰もそれに気づかなかった。駆け出しだったのだ。新しい小説は、できなかったことだ。むろん、私はまったく無名の作者だった。駆け出しだったのだ。新しい小説は、

痛くなった。書き上がったノートを床に投げ出すと、いつのまにかノートは消えた。こうして、どれひ
とつとして完成できなかった。最初が失われてしまっては、結末を語っても何の役にも立たない。それ
に、たとえ祖父《カール》がこれらのノートに一瞥をくれたとしても、私の目には彼は「読者」ではなく、至高の
判事と映っただろうし、彼に断罪されるのを恐れただろう。執筆という私の闇の仕事は、何ものにも結
びつかなかったから、それ自身が目的となった。私は書くために書いていたのだ。私はそのことを後悔
しない。もし誰かに読んでもらっていたとしたら、私は気に入られようとしただろうし、またもや神童
あつかいされただろう。隠れていたからこそ、私は本物だった。

第三の理由は、聖職者の観念論が子どもの現実主義《リアリズム》の上に打ち立てられたことだ。すでに述べたよう
に、言語を通して世界を発見したために、私は長いこと世界を言語だと思っていた。存在するとは、無
限に続く〈言葉〉の〈一覧表〉のどこかに位置する、管理された名前を所有することだった。書くこと
は、この一覧表に新たな存在を刻み込むこと——これが私の最も強固な幻想だった——であるか、文章とい
う罠で事物を生け捕りにすることであるか、そのどちらかだった。言葉を巧みに組み合わせれば、物は
記号によって身動きがとれなくなり、私の手中に落ちた。私はリュクサンブール公園でプラタナスの樹
の輝く幻影に魅了されることから始めた。私は樹を観察していたのではない。まるで反対だ。空虚を信
頼して、待っていた。やがて、本物の茂みが単純な形容詞や、ときには文章の形をとって出現した。私
は緑の揺らめきによって世界を豊かにしたのだ。私は自分の発見を紙に託することはなかった。記憶の

なかに蓄えられる、と思ったからだ。だがじっさいは、すぐに忘れた。それでも、私の未来の役割の予感を感じることはできた。大きくなったら私は事物に名前を与えることになる。何世紀も前から、オーリヤックでは無意味な白い堆積が、明確な輪郭を、つまり意味を与えられることを待っていた。私がそれを真の建造物にするのだ。テロリストである私は、その存在のみを狙った。私は言葉でそれを建造することだろう。修辞家である私は言葉のみを好んだ。私は空《そら》という語の青い眼の前で、言葉で大聖堂を打ち立てることになるだろう。数千年後も残る建物を造るのだ。本を手にとって、幾度となく開いたり閉じたりしても、本が変質しないことが私には分かっていた。「テクスト」というこの腐敗することのない実質の上を滑って、私の視線は表面における微少な偶発事でしかなく、変化を起こすことも、損うこともなかった。いっぽう、作者の私のほうは、受動的な儚い存在で、灯台の光に目くらましを食らった一匹の蚊にすぎなかった。私は書斎を離れ、明かりを消す。暗闇のなかで目には見えないが、本はあいかわらず光を放っている。自分だけのためにだ。私は自分の作品に、この破壊的な光線の力を与えるだろう。すると、将来、廃墟となった図書館の中で、人間がいなくなった後も、私の本は生き延びることだろう。

私は自分が世に知られていないことに喜びを見いだし、この状態が長く続き、それを誇りにしようと願った。私は独房のなかで蝋燭のあかりで執筆した有名な囚人たちを羨んだ。彼らは同時代人たちを救う義務をもちながら、交際の義務はもたなかった。当然のことながら、時代は進歩したから、私がこのような隠棲のうちで自分の才能を開花させるチャンスは限りなく少なかったが、まるっきり見込みがないわけでもなかった。私の野心の謙虚さに打たれた神が、実現してやろうという気になるかもしれない。当面のあいだは、私は先回りして自ら幽閉することにした。

祖父に丸め込まれた母は、機会があると私の未来の生活を描いて見せた。私の気を惹くために、彼女は自分の人生に欠けていたあらゆるものを織り込んだ。静寂、閑暇、融和などだ。おまえは結婚前の若き教師でね、美しい老婦人が貸している部屋に住んでいる。それはとても居心地がよくて、ラベンダーと洗いたての敷布の香りがするの。高校はすぐそばで、通勤は楽々で、夕方帰宅すると、おまえに夢中な大家さんと戸口で少しおしゃべりをする。誰もがおまえのことが大好きなの。礼儀正しくて、育ちがいいからね。私の耳に響いたのは「部屋」という言葉だけで、高校や将校の未亡人や地方の香りといった言葉は忘れられた。私の目に写ったのは、テーブルに投げかけられた丸い光だけだった。カーテンが引かれていたので部屋の中央に置かれた机以外のものが半ば闇に沈むなか、私は黒表紙のノートに向かっている。母は、十年ほど飛ばして物語を続ける。教育視察官の後ろ盾があってね、オーリヤックでは良家の人々がおまえを招待したがるし、おまえの奥さんはとっても優しく愛情を注ぐのよ。健康で可愛い子どもが三人、男の子が二人と女の子が一人。奥さんが遺産を相続し、おまえたちは街のはずれに土地を買って家を建てる。日曜日になると家族みんなで工事の進み具合を見に行くの。私はもはや話を聞いていなかった。その十年の間、私は机から離れることはなかったのだ。父のように背が低く、口髭を生やし、辞書の山に乗り、口ひげは白くなり、手首は書き続け、何冊ものノートが次々と床に落ちていった。人類は眠っていた。夜も更け、妻も子ども眠っていた、まさかすでに死んでいたわけではあるまい。大家さんも眠っていた。誰もが眠っていたから、あらゆる人の記憶の中で私の姿はかき消されていた。なんという孤独だろう。二十億の人々が横たわるなか、私だけが彼らを上から見張っていたのだ。

聖霊が私のことを見ていた。聖霊はちょうど人間たちを見捨てて天に戻ろうとしていたところで、私にはわずかに自分を差し出すだけの時間しかなかった。私が自分の魂の傷や原稿用紙を濡らした涙を見せると、聖霊は私の肩越しに読み、怒りを収めた。怒りが静まったのは、私の苦しみの深さのためだったのだろうか、それとも作品の素晴らしさのためだったのだろうか。「作品のためだ」と私は自分に言ってみせたが、「苦しみのためだ」とこっそり思った。もちろん、聖霊は「真に」芸術的な作品しか評価しないが、私はミュッセを読んでいて、「最も絶望したものが最も美しい歌である」ことを知っていたし、罠にかかった絶望を囮《おとり》にして美を捕らえようと考えていた。天才という言葉はつねに私にとっては疑わしいものに思えたが、それを完全に嫌悪するようになった。私に才能があるのなら、苦悩や試練や退けた誘惑や功績などの介在する余地はなくなる。身体をもち、毎日同じ顔をしていることは私には耐えがたく、こういった装備のうちに閉じこめられたままではいないつもりだった。任命を引き受けたものの、この任命が何の理由もなく、まったく無償で、絶対の空虚のうちで輝いていることが条件だった。私は聖霊と密談を交わした。「おまえは作家になるのだ」。私は絶望に駆られ腕を差し伸べながら「主よ、私は何か特別なことがあって選ばれたのでしょうか」と尋ねる。「特に何もない」「それではなぜ私なのですか」「理由はない」「文才があるのでしょうか」「まったくない。偉大な作品が文才から生まれるとでも思っているのか」「主よ、まるで才能がないのなら、どうして本を書くことなどできましょう」「努力することによってだ」「それでは、誰でも作家になれるのですか」「そうだ、しかし、私が選んだのはおまえなのだ」。このようなごまかしは私にとって好都合だった。これによって私は自分がとるに足らない存在であることを宣言すると同時に、自分のうちに未来の傑作の作者の姿を見て崇めることができたからだ。私は選ばれ、徴づけられているが、才能はないのだ。すべては私の長い忍耐と不幸の結果として訪れることだろう。私はあらゆる独自性をもっていることを否定した。オリジナリティは足枷になりかねない。私は自分を栄光と拷問へと導く王者の道を進むということだけに忠実であったのだ。だが、拷問を見つけねばならなかった。それが唯一の問題だが、悲惨のうちに生きる希望は取り上げられていたので、解決策は見あたらなかった。無名であれ、有名であれ、教育省の禄を食み、飢えることはないだろう。シラノには腹が立った。壮絶な失恋を考えてみたが、あまり気乗りはしなかった。私は気弱な恋人が大嫌いだった。本物のパルダイヤンのほうは、あらゆる女性の心を魅了しながら、それを気にもかけずに去ってゆく。恋人ヴィオレッタ(38)の死に際しては永遠に心に残る傷を負った。治癒することのない傷を負って、その後は独り身を護った。一人の女性のためにではあるが、彼女のせいでではない。同じ理由を用いて、私も他の女性たちの申し出を退けられそうだ。この問題はもう少しよく考える必要があるな。だが、いずれにせよ、たとえオーリヤック出身の私の妻が事故で亡くなったとしても、この不幸は私が選ばれるには十分ではないだろう。偶然ではあっても平凡すぎるからだ。私の興奮は頂点に達する。愚弄され、打ちのめされ、息を引き取る最後まで、汚名と宵闇に包まれたままだった作家たちもいる。栄光は彼らが屍となったときにようやく訪れたのだ。これが私の運命だろう。私はオーリヤックやその彫刻について入念に書くことだろう。憎むことができない私は、和解と奉仕のみを目指すだろう。ところが、最初の本が出版されるとすぐに、スキャンダルが起こり、私は公衆の敵になってしまう。オーヴェルニュ地方紙には罵倒され、商人たちには物を売ってもらえず、興奮した連中が家の窓に石を投げる。私刑《リンチ》を避けて、逃亡を余儀なくされる私は、最初は仰天し、数ヶ月間は呆けたようになって、ひたすら「これは、ただの誤解だ。みんな善人なんだから」と繰り返す。じっさい、誤解なのだが、聖霊はこの誤解が解けることを許さない。やがて私は恢復する。ある日、机に向かい、新たな本を書く。海や山に関する本だ。この本には出版社が見つからない。追跡され、身をやつし、おそらくは追放の身である私は、同じ境遇の作家たちと同じようにする。ホラチウスを韻文で訳し、教育に関する控えめで分別のある考えを開陳する。どうしようもないのだ。ノートは箱のなかにたまっていき、未刊のままに留まる。

この物語には二つの結末があり、私はその日の気分によってどちらかを選んだ。気の鬱《ふさ》いでいる日は、みんなから憎まれたまま鉄製のベッドで絶望して死に、まさにそのときに栄光のラッパが響き渡ることにした。そうでないときは、もう少し幸せなものにした。五十歳になった私が新たな本を書きしたため、自分の名前を原稿に書き記すが、それはどこかに失われてしまう。その原稿を屋根裏か溝か、私が引っ越した後の家のたんすのなかに発見した人間がこれを読み、あわててミシェル・ゼヴァコの有名な版元であるアルテム・ファイヤールへと持ち込む。本は大成功を収める。たった二日で一万部が飛ぶように売れた。人々は後悔し、百人もの記者が私の捜索に乗り出すが見つからない。引き込もって暮らしている私は、ずいぶん経った後も、世間の意見が変わったことを知らずにいる。ついにある日、雨宿りに入ったカフェで、ふと手元の新聞を取ってみるとどうだろう。「ジャン＝ポール・サルトル、仮面の作家、オーリヤックの叙事詩人、海の詩人」と書いてあるではないか。第三面に六段抜きで、大文字が踊っている。私は有頂天になる。いや、むしろ、うっとりと憂鬱になる。いずれにせよ、家に帰ると、大家のおばさんに手伝ってもらい、ノートを大箱に入れて梱包し、住所は記さずにファイヤール出版に郵送する。この場面で、私は物語を中断しヴァリエーションを楽しみながら夢想し始める。もし私が小包を自分の住んでいる街から送れば、新聞記者たちは私の隠れ家をすぐさま発見してしまうだろう。そこで、私は荷物をパリまで運び、運送屋に出版社まで運ばせることにする。帰りの列車に乗る前に、(39)私は少年時代を過ごした場所を訪れる。ル・ゴフ通り、スフロ通り、リュクサンブール公園。バルザールに寄りたい気持ちになる。祖父が――すでに亡くなってしまっている――一九一三年に時々私をこの店に連れて行ってくれたことを思い出すからだ。私たちがソファに並んで腰掛けると、誰もが示し合わせたような眼差しで私たちを眺めたものだ。祖父は自分には生ビールを、私には子ども《ガロパン》ビールを注文する。私は自分が愛されていると感じたものだ。そんなわけで、五十歳をすぎてすっかり懐古的《ノスタルジック》になっている私はこのカフェの扉を押し、子ども《ガロパン》ビールを注文する。隣の席では若くて美しい女たちが活発に話しているが、ときおり私の名前が出てくる。「ああ、きっと年をとっていて醜いんだろうけれど、そんなことどうだっていいわ。彼と結婚するためなら、私の人生の三十年をあげてもいい」と女のひとりが言う。私は彼女にむかって誇らしげだか寂しげに微笑む。女が驚いた様子で微笑みかえす間、私は立ち上がり、街へと消え去ってゆく。

私はこのエピソードをじっくり推敲した。他にも多くのヴァリエーションがあるが、読者に披瀝するのは遠慮しておこう。ここには、未来の世界に投影された私の幼年時代そのものが、私の状況が、六歳だったころの私の夢想や、世に知られなかった私の勇士たちのふくれっ面が認められることだろう。九歳のころまで、私は不貞腐れていて、それに極上の楽しみを見いだしていた。不貞腐れることで、私は冷酷な殉教者として、聖霊自身でさえ飽きてしまっていた誤解を保っていたのだ。私を崇拝するこの絶世の美女になぜ自分の名前を告げないのだろうか。「彼女が来たのは遅すぎた」と私は自分に言い聞かせる。「しかし、いずれにしろ彼女が受け入れてくれるのだから、いいではないか」ともう一人の私に反論されると「いや、私は貧しすぎる」と答える「貧しすぎるだって。著作権があるではないか」というさらなる反論にも説得されず、「印税はすべて貧しい人々に寄付するようにとファイヤール出版に書き送ったのだ」と答える。いずれにしても物語は次のように結ばれねばならなかった。「かくして作家は誰にも看取られることなく、だが平穏のうちに陋屋で息を引き取った。使命は果たされたのだ。」

いく度となく繰り返されたこの物語で私を打つことが一つある。新聞に自分の名前を発見した時、発条《ばね》がはじけ、終わってしまうのだ。名声を悲しく享受し、私は書くことをやめてしまう。二つの結末はけっきょくは同じことだ。栄光に到達するために死ぬか、栄光がまず訪れてそれによって殺されるかの違いはあるにせよ、書くという欲求は生きることの拒否に包まれている。その当時のこと、どこかでこんな逸話を読んで気が動転したことがある。話は十九世紀のシベリアの小さな停車場、一人の作家が汽車を待ちながら歩き回っている。見渡す限り小屋一軒見えないし、人っ子ひとりいない。作家の頭は陰気な考えに満ち、やりきれない気分だ。近眼で、独身で、粗野で、怒りっぽい彼は、退屈し、前立腺の障害や借金のことを考えている。突然、線路沿いの街道に、馬車に乗った若い伯爵夫人が現れる。彼女は馬車から飛び降り、一度も会ったことはないが、誰かに見せてもらった銀板写真《ダゲレオ》で見知っていた作家の方へと駆け寄ると、御辞儀をして右手をとって口づけする。物語はそこで終わっていた。その意味するところは不明だった。九歳だった私は、この不平家の作家がこんな草原にまで女性読者をもち、美しい女性が作家自身は忘れていた栄光を賛美することに驚嘆したものだった。こんな風に遇されることは、誕生することとほとんど同じだった。もっと深い意味では、それは死ぬことだった。それが私の印象であり、望みだった。生きている平民が、貴族の女性からこんな賞賛の徴を受けることができるはずはない。女伯爵は彼に「私があなたに触れに来ることができたのは、もはや階級の差を気にする必要がないからです。あなたが私の行為をどう考えるかなどと心配はしません。私はあなたをもはや人間とは思わず、あなたの作品の象徴と思うのです」と言っているかのようだった。手に口づけされて殺され、セント・ペテルスブルクから千里も離れた場所で、五十五歳もとうに過ぎた旅行者は火をつけられる。彼の栄光が彼を焼き尽くし、後には炎の文字で書かれた彼の作品のカタログだけが残される。私は女伯爵が馬車に乗って立ち去り、草原に寂寥が再び戻るのを見た。黄昏のなか、汽車は遅れを取り戻すかのように、停車場に留まらずに通り過ぎる。腰の窪みに恐怖の震えが走るのを感じた私は、「木立をわたる風」を思い出して「女伯爵は死神だったんだ」と呟いた。彼女はある日、誰もいない街道で私の指に口づけすることだろう。

　死は私を誘惑する目眩《めまい》だった。私が生きることを望んでいなかったからだ。死が私に恐怖心を呼び起こした理由は簡単に説明できる。死を栄光と同一視したために、死を自分の目的地と考えたのだ。私は死ぬことを望んだ、恐怖で私の性急さが凍りつくこともあったが、それも長くは続かなかった。聖なる喜びが再び息吹き、骨の髄まで落雷で燃え尽くされる瞬間を待った。私たちの真の意図というものは、企図と逃亡とが分かちがたく結ばれたものだ。私は自分の存在を許してもらうために書こうとしたのだが、この狂おしい企ては、自慢癖や嘘にもかかわらず、なにがしかの真実を持っていた、と今では思う。その証拠に、五十年後の今も私は書いているではないか。しかし、その起源に戻れば、そこには前方への逃走が、避けようと思って深みにはまる、いわばグリブイユ流[40]の自殺があったように思われる。そう、私が探し求めていたのは、叙事詩や殉教以上に、死そのものだった。長いこと私が恐れていたことは、自分の最期が、開始と同じように、いい加減な場所で、いい加減なしかたで訪れること、そしてこの曖昧な最期が私の曖昧な誕生の反映になってしまうことだった。だが、天職によってすべてが変わった。剣の勲功は消え去るが、物語は残る。「文芸」においては、贈与者が自分自身の贈り物に変身することが、すなわち純粋なオブジェになることが分かったのだ。私が人間になったのは偶然にすぎなかったが、高邁《ジェネロジテ》の精神によって私は本となるだろう。私は自分のおしゃべりや意識をブロンズの活字のなかに流し込み、生活の物音は消しがたい刻印に、肉体は文体に、時間の緩慢な螺旋《スパイラル》は永遠にとって替わられ、聖霊は私を言葉の沈殿物と見なし、人類にとっての強迫観念となり、ようやく「他なる者」に、自分自身とは別のものに、他人たちとは違う者に、あらゆるものと異なる者になるのだ。私はまず長持ちする身体を自分に与え、それを消費者たちに与えよう。書く喜びのためにではなく、言葉のうちに栄光の身体を作り上げるために書くのだ。自分の墓の高みから眺めると、誕生とはたんなる必要悪のように思えた。変身を準備するために仮初めに肉体に宿ったのだ。再生するためには、書く必要があったし、書くためには脳髄や眼や腕が必要だった。ひとたび仕事が終われば、これらの器官は自然消滅することだろう。一九五五年頃、幼虫ははじけ、二五匹のフォリオ版の蝶たちがそこから飛び出し、頁の翼を羽ばたかせ、国立図書館の書架に向かって飛び立ってゆく。これらの蝶たちが他ならぬ私なのだ。二五巻、一万八千頁のテクスト、三〇〇の版画、そのなかには著者の肖像もある。私の骨は皮と厚紙で、羊皮紙でできた私の肉は糊と黴の臭いがし、六〇キロの紙の重さのうちに私はくつろいで悠然と構える。私は生まれ変わり、ようやく、人間となって、考え、話し、歌い、大声を出し、物質がもつ断固とした不活発性をもって自己主張するのだ。私を手にとって、開き、机の上に広げ、手のひらでこすり、ときにはパタンと閉じたりする。私はされるがままにしておくが、それから突然、閃光を放ち、目映く輝き、遠くから存在感を放ち、私のパワーは時空間を超え、悪者に雷を落とし、善人たちを保護する。なんぴとも私のことを忘れることはできないし、私のことを語らないわけにはいかない。私は手にすることができる怖ろしい偉大な物神《フェティッシュ》となるのだ。私の意識は粉々になる。好都合だ。他の意識たちが私の面倒を見たのだ。人びとは私を読むのだ、誰の目にも明らかなのだ。人びとは私を語るのだ。私はみんなの口のなかで話す普遍的で独自な言語なのだ。幾百万もの眼差しのうちで、私は将来の名所旧跡なのだ。私を愛することができる者にとっては私は最も親しい不安であるが、私に触ろうとすると、私は身を隠し、消えてしまうだろう。私は現実にはもはやどこにも存在しなくなるが、こうしてようやくほんとうに「存在する」ことになる。私はいたるところにいる。人類に寄生して、私の善行が人類を蝕む。人類は絶えず私の不在を再生しなければならないのだ。

　このトリックは成功した。私は死を栄光の経帷子に埋めて、栄光のことだけを考え、死のことは考えなくなり、二つが同じものなのだということにも思いを馳せなかった。この文章を書いている今、私は自分の人生がほぼ終わったことを知っている。ところが、老いの兆候や将来の老衰、また私の愛する人々の老衰や死を憂鬱な気分で明確に思い描くことはあっても、自分の死のことは考えない。身近にいる、たいていは十五か二十も、いや三十も若い連中に向って、私のほうが彼らより長生きすることが残念で仕方がないと仄めかしたりすることもある。彼らは冗談だと思い、みんなで一緒に笑うが、私の信念は揺るがない。今後もそうだろう。九歳のときに、人間に特有と言われているある種の悲壮な感情を感じる能力を手術によって除去されてしまったからだ。それから十年後、高等師範学校で、私の友人たちは激しい恐怖や怒りのうちでこの悲壮な感情に襲われ、叩き起こされたが、私はぐっすりと眠ったままだった。重い病気にかかったあと、死に至るほどの断末魔の苦しみを味わったと言った友人もいる。最もとりつかれていたのはニザン[41]だ。眠れない夜、死体になった自分を見たこともあると言っていた。目にウジ虫のうごめくまま、起きあがり、ボルサリーノ帽を手探りでかぶって、消え去った。彼は、二日後、酔っぱらった状態でまるで知らない連中と一緒にいるところを発見された。寮ではこういった恐怖にとりつかれていた連中たちが、自分の過ごした眠れぬ夜や、彼らが生きながら体験した死後の世界の体験談を披露し、肝胆相照らしあった。私は彼らの話を聞いたし、彼らと同じようでありたいと真底思うほど彼らのことが好きだったけれども、いくら努力してみても私の記憶に残ったのは、葬式などの月並みな話題の域を出なかった。人は生き、そして死ぬ、それは確かだが、誰が生き誰が死ぬかは分からないとか、死の一時間前まで人はまだ生きているのだ、といったようなことだ。彼らと話していると、自分には理解できない意味があることを感じた。私は黙ったまま、彼らを羨み、仲間はずれになっているのを感じた。しまいには、彼らは私のほうを向いて、のっけから喧嘩腰で、「きみは、やけに平然としているじゃないか」などと言った。私は無力と謙遜のまじった身振りを示した。私に伝えることのできない火を見るよりも明らかな事実に眩惑されながら彼らは怒りの笑い声をあげた。「君は、床につくとき、眠っている間に死ぬ人間もいることをまるで考えないのかい。歯を磨きながら、〈今度こそ本当だ、きょうがおれの最後の日だ〉と考えたことは一度もないのか。時間がないぞ、早く、早く、早くしなければ、と感じたことは一度もないのか。君は自分を不死だと思っているのか」。そう言われた私は半ば挑むように、半ばはずみで「そうなんだ。ぼくは自分が不死だと信じているから」と答えた。それはまったく嘘だった。ただ、私は偶発的な死に対しては予め準備が整っていたのだ。聖霊は私に息の長い仕事を命じており、それを全うするために私には時間がたっぷりあるはずだった。名誉の死が待っていたから、脱線事故や鬱血や腹膜炎からは護られていた。死と私は待ち合わせの約束をしていた。早く着きすぎたら、死に会うことはできない。死のことを考えないと言って友人たちが私を非難するのは当然だったが、私が絶えず死を生きていることは知らなかったのだ。

今日では、彼らのほうが正しかったと思う。自分たちの状況を、その不安も含めてまるごと受け入れたからだ。私は安心するほうを選んだ。それに、私は本当に心の底で、自分のことを不死だと思っていた。前もって自分を殺しておいたのだ。それは、死者だけが不死を享受できるからだ。ニザンやマウーは自分たちがやがて野蛮な攻撃を受け、血まみれの生き地獄を味わうことを知っていた。私は、自分に嘘をついていた。死からその野蛮さを取り除くために、死を自分の目標とし、人生を死へと向かう筋の明らかな道程としたのだ。私は自分の目的に向かって静かに進んでいった。自分の本を埋めるのに必要なもの以外は希望したり欲望しなかったし、心臓の最後の躍動が私の作品集の最終巻の最後の頁に書き込まれており、死はただ死者となる人間を捉えても作品は捉えないことを確信しながら進んでいたのだ。二十歳のころニザンは、絶望的な性急さで女や自動車や世の中のあらゆる財産を眺めた。すべてをただちに見て、捉えねばならなかった。私もまた眺めたが、貪欲にというよりは熱心に眺めた。私の地上での仕事は、それらを楽しむことではなく、その決算表を作成することであった。なんと虫のいい考えだろう。開かれ、自由で、神意に護られた実存の危険の前で、大人しすぎる子どもの内気さと卑怯さから尻込みし、すべてが前もって書かれている、いや終わってしまっている、と私は思いこんでいた。

もちろん、この不正行為のおかげで、自分自身を愛するという誘惑を避けることができた。友人たちは消滅を恐れて、現在のうちに逃げ込んだ。死がつきまとう自分の生が何ものにも代え難いと思い、自分のことを感動的で、貴重で、唯一の存在だと見なした。彼らは自分自身が気に入っていた。私は死者だったので、自分が気に入らなかった。私は自分のことをごく平凡で、偉大なるコルネイユ以上に退屈だと思った。主体としての私の独自性は、客体へと変化する瞬間を準備していることのみにあるように、私の目には見えた。みんなより謙虚だったのだろうか。いや、そうではない。より狡猾だったのだ。自分の代わりに子孫に私を愛する仕事を任せたのだ。まだ生まれていない男女たちにとって、私はいつの日か、得も言われぬ魅力を持つようになり、彼らに幸福をもたらす。彼らよりも狡くて陰険でもあった。この味気ない人生を、私の死の道具にするしかなかった人生を救うために、こっそりと舞い戻るのだ。私は人生を未来の目を通して眺めた。すると私の人生は万人のために生きられた感動的で素晴らしい物語として映った。私のおかげで、何人もこれ以上生き直す必要はない。それを語るだけで十分なのだ。私はそれに真の熱情をそそいだ。私は偉大な死者の過去を未来として選び、人生を逆さまに生きようとした。九歳から十歳にかけて、私は完全に死後の存在になったのだ。

何もかもが私のせいであったわけではない。祖父が回顧的な幻想のなかで育てたせいもあろう。もちろん彼にも罪はないし、恨むつもりは毛頭ない。この蜃気楼は文化から自然に生まれたのだ。証人たちが消えると、偉人の死は雷であることを永遠にやめ、時間によってひとつの性格になってしまう。かなり前に亡くなった故人は、もともと死んでいるのであり、生まれて洗礼を受けたときにも、死ぬ間際に終油の秘蹟を受けたときと同じくらい死んでいたのだ。彼の生は私たちに属しており、私たちはそこにどちらの端からでも入れるし、真ん中からでも入れるし、好きなように始めのほうに遡ったり、終りへと下ったりする。というのも、時系列に沿った順序は崩れてしまって、元には戻せないからだ。この人物はもはやどんな危険《リスク》もないし、鼻をくすぐってもくしゃみを引き起こすおそれすらない。彼の人生は展開しているように見えるが、少しでも生の兆しを与えようとすれば、同時性のうちに落ち込んでしまう。死者の身になって考え、彼の情熱や、無知や、偏見を分かち合う振りをしてみても、失われた抵抗やほんのわずかな焦燥感や不安を甦らせてみても無駄だ。どうしたって、彼が予見していなかった結果や、彼の持っていなかった情報に照らし合わせて、彼の行動を評価してしまうし、彼自身が何の気なしに行ったが、後には重要な出来事を引き起こした行為に特別な荘重さを与えてしまう。これが、現在よりも未来のほうが現実味をもつという蜃気楼である。驚くべきことではない。すでに終わった生においては、終りが始まりの真実をもっているからだ。故人は存在と価値の中間、そのままの事実と再現の中間にいる。彼の歴史=物語は、その各瞬間に要約されるような一種の円環的な本質となるのだ。アラスのサロンで、計算高くお追従屋の若い弁護士が、腕のなかに頭を抱えこんでいる。彼は今は亡きロベスピエール[42]であり、その首からは血が滴り落ちているのだが、絨毯には染みがつかない。会食者たちはそれに気づかないのに、私たちの目はそればかりに引きつけられる。この頭がギロチンにかけられ籠のなかに転がり落ちるまでにはまだ五年あるが、長すぎる顎にもかかわらず気障な台詞を言うこの首はすでに切られている。こんな目の錯覚に気づいても支障はない。修正する方法があるからだ。しかし、当時の聖職者たちはそれを隠蔽し、彼らの観念論を養った。偉大な思想が生まれるときは、思想の産みの親である偉人が、女の腹の中から徴発されるなどと彼らは仄めかした。彼の状況や環境が選ばれ、近親者の理解や無理解の度合いが正確に決められ、教育が定められ、必要な試練にさらされ、次々と加筆して、不安定な性格が作られる。思想が、この不安定な性格を支配し、その誕生のためにこれほどまでに入念に世話をやいた対象を炸裂させてしまうのだ。どこにもはっきりとは言われてなかったが、一連の出来事が逆になって秘密の順序を隠していることは明確に暗示されていた。

　私は自分の運命を完全に保証するためにこの蜃気楼を用いた。時間をつかみ、運命を逆さにするとすべてがはっきりした。それは小さな濃紺の本で始まった。けばけばしい金の飾りは少し黒ずんでおり、分厚い頁は死体の匂いがし、「有名人の幼少時代」と題されていた。本に貼られたシールによって、ジョルジュ伯父さんが一八八五年に算数の二等の賞品としてもらったことがわかった。この本を発見したのは、空想旅行に耽っていたころで、パラパラと読んでみたものの、苛立ってすぐ放り出してしまった。この選ばれた子どもたちは神童とは似ても似つかなかった。彼らが私と近い点はその生彩を欠いた美徳だけだったから、どうして彼らの話などをするのかと訝しく思った。結局この本はどこかに消えてしまった。じつは、お仕置きのために私がどこかに隠したのだった。一年後、それを見つけるために私は本棚をすっかりひっくり返した。私は変わったのだ。神童が、幼年時代の虜になった偉人となったのだ。なんという驚きだったろう。本もまた変わっていた。言葉は同じだったが、私について語るようになっていたのである。この本が私の命取りになるという予感があり、私はこの本を毛嫌いし、恐れた。毎日、それを開く前に、私は窓に向かって座った。危険が起きた場合は、目に本物の日の光を差し込むことができるようにするためだ。ファントマやアンドレ・ジィドの悪しき影響を嘆く者がいるが、お笑い草だ。子どもが自分の毒を選ばないとでも思っているのだろうか。私は麻薬中毒患者の不安を含んだ厳しさで、自分の毒を呷った。しかし、それは無害な様子をしていた。少年読者に向かって、叡智と孝行心はすべての道に通ずる、レンブラントやモーツァルトになることにすら通じている、といって美徳を奨励していたのだろう。短いお話のうちにごく平凡な少年たちのごく平凡な活動が描かれる。彼らは感受性に富み敬虔な少年で、ジャン＝セバスチャン［ヨハン＝セバスチャン］とか、ジャン＝ジャックとか、ジャン＝バチストといった名前で、私が家族や周りの者にしたように、家族や周りの者を幸福にするのだった。しかし、そこには毒も含まれていた。ルソーやバッハやモリエール(43)といった名前はけっして発せられないが、作者は巧みに彼らの未来の偉業をいたるところで仄めかし、なにげなく、細部によって最も有名な作品や業績を暗示し、巧妙に物語を進めるので、読者は最も平凡な事件でさえ後の出来事と結びつけて理解せずにはいられない。日常の喧噪のうちに想像を絶した大いなる静寂を招じ入れられるとすべてが変貌し、未来が現れるのだ。サンチオという少年は死ぬほど教皇に会いたがっていた。あまりにせがむので、教皇が通る日に広場に連れていってやると、少年は青ざめ、大きく目を見開いた。やがてみんなは彼に言った。「おまえは満足したかい、ラファエロ。教皇様をちゃんと見ただろうね。」これに対して少年は「教皇様だって、ぼくが見たのは色彩だけだよ」と怒ったように答えた。別の日は軍人になろうとしているミゲル少年の話だ。彼が樹の下に座って騎士道物語に読み耽っていると、とつぜん、鉄のガラガラという音で飛び上がる。近くに住む頭のおかしい零落した田舎貴族の老人が痩せ馬を乗り回し、錆びついた槍で風車をつついているのだった。夕食のとき、ミゲルはこの事件をとても滑稽で可愛いらしい身振りを交えて描いてみせたので、家中の者が大笑いした。だが、その後、部屋で一人になると少年は小説を床に放り捨てて踏みつけると、長いこと声もたてずにむせび泣くのだった。

この少年たちは誤謬のうちに生きていた。彼らは偶然に行動したり、語ったりしているつもりだったが、じつはそのごく細部にいたるまでが彼らの運命を告げるという真の目的のためにあった。作者と私は、優しい微笑みを彼らの頭越しに交わした。私はこれらの偽の凡庸な者の人生を神が構想した通りに結末から読んだ。はじめのうちは有頂天だった。彼らは私の兄弟だったし、彼らの栄光は私の栄光ともなるだろう、と思った。だが、やがてすべてがひっくり返った。私自身が本の中の彼らの傍らにいたからだ。ジャン＝ポールの少年時代は、ジャン＝ジャックやジャン＝セバスチャンの少年時代に似ており、明らかに前兆的と思われることが起こった。ただ今回は、作者は私の遠い甥っ子たちに向けて目配せを送っていた。私は、死の方から誕生の時まで自分では想像もしなかった未来の子どもたちによって見られていて、自分では理解できないメッセージを送り続けているのだ。自分の死によって通過された私は身震いした。どんな行為も、その真の意味は自分のものではなくなった。私は頁を反対に読み進み、読者の側に身を置こうとした。頭をあげて光に助けを求めた。ところが、この行為もまたメッセージになった。この突然の不安、この疑い、この目と首の動きは、二〇一三年の読者はどのように解釈することだろうか。彼らは作品と死という二つの鍵を手に入れているのだ。私は本から抜け出すことができなくなった。もうずいぶん前にこの本を読み終えていたのに、作中人物のままなのだ。私は自分を監視していた。つい一時間前は、母とおしゃべりしていた。何を告げたのだろうか。自分の言ったことをいくつか思い出し、それを口に出して言ってみたが、助けにはならなかった。文章は表面を滑り、中には入り込めなかった。自分の声が耳の中で他人の声のように響き、いたずら天使に頭のなかの考えまで盗まれてしまった。じつは、この天使は窓辺に座って紀元三十世紀の金髪の少年で、本を通して私を観察していたのだった。愛情の混じった恐怖で、この眼差しが千年後に私をピンで留めるのを感じた。彼のために、私は自分をごまかした。二重の意味をもつ言葉を作り、観客に向けて発した。母《アンヌ・マリー》は私が勉強机に向かって何か書いているのを見て、「なんて暗いんでしょう。坊やの目はつぶれてしまいますよ」と言った。好機到来とばかりに、私は無邪気に答える「暗闇のなかでだって書けるんだ」。母は笑い、お馬鹿さんと言って、光をつけた。これでうまくいった、私たちのどちらも、私が紀元三千年に向かって、私の未来の失明に関する合図をしたことを知らなかった。じっさい、晩年の私は、ベートーベンが耳が聞こえなくなった以上に、目が見えなくなるのだ。私は手探りで最後の作品を仕上げていた。残された原稿のうちにこの作品も発見されたが、人びとはがっかりして「まるで、判読できない」と言った。捨ててしまったほうがましな代物なのだが、純粋な哀れみの気持ちからオーリヤック市立図書館がそれを引き取ることにする。手稿はそのまま百年間、忘れ去られる。そしてある日、私を敬愛する若き碩学たちがその解読に乗り出す。彼らが一生をかけて復元したこの作品は、もちろん、私の傑作となるのだ。母が部屋を去って一人になると、私はもう一度、ゆっくりと自分のために繰り返す。考えることなく、特に「暗闇のなかで」と言う部分をだ。パタンという音が聞こえる。私の遠い甥っ子が、私の頭の上で本を閉じたのだ。大伯父の少年時代を夢想するその頬に涙が流れる。「たしかにそうだ。彼は闇のなかで書いたのだ」と溜息をついて言うのだ。

私は、自分に瓜二つのまだ生まれていない子どもたちの目の前を気取って歩いた。彼らが私のために流す涙のことを思って涙した。私は彼らの目を通して自分の死を見ていた。死はすでに起こっていた。それが私の真実だった、つまり、私は自分の訃報になったのだ。

以上のくだりを読んだ友人が、不安げに私を眺めて「きみは、思っていた以上に、病に冒されていたんだね」と言った。冒されていたかどうかはよくわからないが、私の狂気はあきらかに少しずつ作り上げられたものだった。私にとっての主要問題は、むしろ誠実さだったように思われる。九歳の時、私は誠実さの手前にいたし、後には向こう側にいた。

最初は、目の場合と同じで、いたって正常だった。この小さなペテン師は止めようと思えば止められた。だが、私は努力した。ペテンの場合でさえも、私はガリ勉が得意だったのだ。今にして思うと、この大道芸は精神の訓練であり、不誠実さは、かすりはしても掴めない完全な誠実さの戯画《カリカチュア》だったのだろう。私が天職を選んだわけではない。他人に押しつけられただけだ。じっさい、何もありはしなかったのだ。ある老婦人がいい加減なことを言い、シャルルが謀略を仕組んだだけだった。しかし、私が思いこむにはそれだけで十分だった。私の魂に住みついた大人たちが、私の星を指さした。星は見えなかったが、指は見えた。私の才能を信じる大人たちの言葉を私も信じた。偉大な死者たちや未来の一人の偉大な死者のことも教えられた。ナポレオン、テミストクレス、フィリップ尊厳王《オーギュスト》、(44)(45)そしてジャン＝ポール・サルトル。私は疑わなかった。疑ったら、大人を疑うことになっただろう。ただ、最後の一人には、できれば対面したかった。私は口をぽかんと開けて夢想し、身を捩って直観に満たされるのを待った。痙攣を演じることで、真のオーガズムを引き起こそうとする不感症の女と同じだ。振りをしているだとか、無理しているとか思われるかもしれないが、いずれにせよ、私は何も得ることはできなかった。私は、自分を見せてくれるはずの到達不可能な幻影を求めながら、いつもその前か後にいた。試練を繰り返した後も、私は相変わらず疑わしい存在であり、ただむやみに苛立っただけだった。私の任命書は大人たちの権威と否定しがたい善意に基づいていたが、何ものも確証も、否認もしなかった。この任命書は封印されたまま私のうちに留まってはいたが、自分のものという気はせず、それを疑うことも、解消して吸収することも一瞬たりといえどもできなかった。

どんなに深い信仰であっても完全ということはありえない。たえずそれを支え、少なくとも、崩れないようにする必要がある。私は著名になるべく定められており、ペール・ラシェーズ墓地[46]に、いやもしかしたらパンテオン廟[47]にさえ墓があったし、パリには大通りに、地方や外国では公園や広場に私の名がつけられていた[48]。それでも、楽観主義のただ中に、誰の目にも見えず、名指されもしなかったので、実質がないのではないかという疑いが頭から離れなかった。サン＝タンヌ精神病院[49]では、ベッドから「私は王子だ。大公を逮捕するように命ずる」などと叫ぶ病人がいると、看護師は近づいて「鼻をかみなさい」と耳元で言ってやる。すると病人はおとなしく鼻をかむ。「職業は」と尋ねると、大人しく「靴職人です」と答え、それからまた叫び出す。私たちはみなこの男に似ているように思う。いずれにしろ、私の場合、九歳の初めごろにはそうだった。私は王子であり、靴職人であった。

二年後には、傍目には治ったように見えた。王子は消え、靴職人は何も信じなくなった。私は書くのをやめていた。小説ノートは、ゴミ箱に捨てられたり、消えて亡くなったり、燃やされたりして、国語や綴りや算数のノートに席を譲った。もし誰かが開けっぴろげの私の頭に入り込んでみたとしたら、胸像や、奇妙な九九や比例算や、県と県庁所在地のリスト（ただし郡庁はなし）やら、ロサ・ロサ・ロサム・ロセ・ロセ・ロサといったラテン語の薔薇《ロサ》の格変化や、歴史や文学上の重要な事物や、石碑に刻まれた行儀作法に関する金言や、この悲しい庭にかかる靄や、嗜虐的《サディック》な夢想などを見ることができただろう。孤児の少女の姿は消え、騎士たちは跡形もなかった。英雄や殉教者や聖人の言葉はどこにも記されておらず、それらを繰り返す言葉もなかった。かつてのパルダイヤンは、学期ごとに申し分のない通知表を受け取った。「知性は普通、素行は優、理科系は不得意、やや想像力過多、感受性が強い。完璧に正常、ただ、若干のわざとらしさがあるが、これも減少の傾向にあり。」ところが、じつは私は完全におかしくなっていたのだ。二つの出来事によって残っていたわずかな理性すらかき消されてしまったからだ。ひとつは公的な出来事、もうひとつは私的な出来事だ。

公の出来事は、晴天の霹靂だった。一九一四年の七月までは、わずかながらも悪者が残っていたのに、八月二日になるとやおら美徳が権力を握り、支配することになった。すべてのフランス人が善人になったのだ。それまでの敵たちは祖父と縒りを戻し、出版業者たちも軍に志願し、市井の人びとは先行きを予想した。我が家に来る友人たちは、門衛や郵便配達や水道屋などの単純で大仰な言葉に耳を傾け、私たちはそれらを繰り返し、誰もが叫びをあげた。ただ、祖母だけが、あいかわらずの頑固ぶりを示した。私は大喜びした。フランスが私に喜劇を演じてくれたのだ。私はフランスのために喜劇を演じた。しかし、戦争にはすぐ飽きがきた。生活は変わりばえもせず、戦争のことは忘れられた。しかし、戦争のために私の読書の楽しみが減じたことがわかって、戦争が嫌いになった。お気に入りの本や雑誌がキオスクから消えてしまったからだ。アルヌー・ガロパン、ジョー・ヴァール(50)、ジャン・ド・ラ・イールはお馴染みの英雄《ヒーロー》を捨ててしまった。私の兄弟である少年たちは、それまでは複葉飛行機や水上飛行機で世界一周をしたり、二、三人で百人を相手に戦ったりしたものだ。だが、戦前の植民地主義的小説は戦争小説にとって代わられ、見習い水夫、アルザスの青年、孤児、連隊のマスコットなどの世界になった。

私はこの新参者たちが大嫌いだった。私がジャングルの小さな冒険者のことを神童だと思ったのは、彼らが現地人という大人たちを虐殺したりしたからだった。私自身、神童だったから、彼らのうちに自分の姿を認めたのだ。それに対して、群れとなった子どもたちは、蚊屋の外に置かれていた。個人の英雄主義は揺らいだ。野蛮人相手ならば、武器の力で優位に立てたが、ドイツ人の大砲を前にして何ができようか。同じような大砲、砲兵、軍隊が必要なだけだ。勇敢な兵士たちに混じり、彼らに可愛がられ、護られて、神童はただの子どもに転落した。私も一緒に転落した。時々、作者はお情けで、私に伝令の役を与えてくれることがあった。私はドイツ人に捕まっても胸を張って返答し、逃亡し、自陣にたどりつき、使命を全うする。私はもちろん祝福されるのだが心から熱狂的な祝福ではなく、将軍の保護者然とした目には、寡婦や孤児たちの賞賛に満ちた眼差しはなかった。私は主導権を失ってしまったのだ。私がいなくても、フランスは戦いに勝ち、戦争に勝利を収める。大人が英雄主義を再び独占し、私は死者の銃を手にとって何発か撃つこともあったが、アルヌー・ガロパンもジャン・ド・ラ・イールも私に銃剣をもつことは許さなかった。英雄の見習いだった私は、うずうずしながら志願の年齢を待っていた。いや、そうではない。待っていたのは、集団の子ども、アルザスの孤児だった。私は彼らとは別れて、本を閉じた。書くことが長くて、報いの少ない仕事であることは知っていたし、それは辛抱するつもりだった。しかし、読むことの方は、祝祭であるべきだと思っていた。私はすぐさまあらゆる栄光を望んだ。私にはどんな将来が与えられることだろうか。兵士だろうか。くだらない。兵士は一人では、子どもと同じくらい役に立たなかった。他の兵隊と一緒に襲撃を行っても、戦闘に勝利するのは連隊だった。私は集団的な勝利に参加するつもりは毛頭なかった。アルヌー・ガロパンが一人の兵隊を際だたせようとするとき、彼が見つけたやり方といえば、負傷した大尉の救出に向かわせることでしかなかった。この生彩のない解決に私は苛立った。奴隷が主人を助けるだけのことだ。のみならず、それは偶然の偉業でしかなかったのだ。戦時においては、勇気は誰でもがもっている。機会さえあれば、他の兵隊だって彼と同じようにできたことだろう。私は悔しかった。戦前の英雄主義で良かったのは、それが孤立しており、無償だったことだ。私は日常の色褪せた美徳を背後に残し、高邁な精神《ジェネロジテ》によって私だけの人間を発明したのだった。『水上飛行機世界一周』『パリっ子の冒険』『三人のボーイスカウト』といった聖なるテクストが、死と再生の道へと私を導いてくれた。ところが、それらの作者が突然私を裏切り、英雄主義を誰の手にでも届くものにしてしまった。勇気と自己犠牲が日常的な徳になってしまった。いや、さらに悪いことには、最も基本的な義務の地位にまで貶めたのだった。舞台の変化は、内容の変貌に呼応していた。エクワドルの巨大な唯一の太陽や個人主義的な光は、アルゴン丘陵[51]の集団的な靄にとって替わったのである。

　数ヶ月の休筆の後、おもしろい小説を書いて作家先生たちに模範を示してやろうと考えた私は、再び執筆活動を開始した。一九一四年十月のことで、私たちはまだアルカションにいた。母が買ってくれたノートはどれも同じで、薄紫の表紙に兜をかぶったジャンヌ・ダルクが描かれていた。時代の徴だ。オルレアンの乙女の庇護の下、私は兵士ペランの物語を始めた。彼はドイツ皇帝をさらい、縛って我が国の戦線にまで連れてくる。そして、連隊全員の前で、一対一の戦いを申し込み、皇帝を打ちのめし、喉元にナイフをつきつけ、不名誉な和平とアルザス＝ロレーヌの割譲を約した条約への署名を迫った。一週間後、私はこの物語にうんざりした。決闘の場面はステルト＝ベッケルを主人公とした剣戟小説から借りてきたものだった。良家の出身ながら追放中の主人公が、盗賊たちの屯する居酒屋で、力自慢の大男の首領から侮辱を受ける。拳の一撃で首領を殴り殺した彼は、後釜に座って無頼漢の王となるが、一味を海賊船に乗り込ませて、自分は足を洗うという筋立てだ。物語は儀式のように展開し、不動で堅固な法則に従っている。善の擁護者は無数の野次を浴びながら悪の代表である無敵の男と戦い、予想外にも勝利し、罵声をあげていた者たちは恐怖で凍りつくという構図だ。ところが、経験不足から、私はこの規則に背いて、期待とまるで反対のことを作り上げてしまった。皇帝は体格こそ立派だったものの、腕っ節はからきし弱く、抜群の運動神経の持ち主であるペランの敵ではないことが初めから明らかだった。それに、皇帝の周りは敵ばかりだった。フランス兵たちは憎悪の叫びを彼に投げかけた。逆転現象が起こるのを見て、私はあっけにとられた。悪者のはずのヴィルヘルム二世(52)は、たった一人で嘲弄や罵りに曝され、英雄のもつ王者の孤独をさらってしまったように見えた。

さらに悪いことがあった。それまでは、ルイーズが私の「苦心の駄作」と呼んでいたものを、確証するものも否認するものもなかった。アフリカは広大で遠く、人もまばらで情報も少なく、私が物語っているまさにその瞬間に、私の探検家たちがそこにはおらず、ピグミー族と銃撃戦など行っていない、ということの証明は誰にもできなかった。彼らの年代記を書いているとは思い込むほどではなかったにせよ、小説作品の真実ということを聞かされていたので、私は自分の話を通じて真実を語っているつもりになっていた。よくわからないが、未来の読者の目にはその真実が明らかだと思っていた。ところが、不幸にもこの十月に、私は虚構と現実が衝突するのにはしなくも立ち会うことになった。私の筆から生まれたドイツ皇帝は、敗北し、終戦を命じた。したがって、この秋には平和が戻ってくるのが理の当然のはずだった。しかし、新聞や大人たちは朝から晩まで、戦争が深みにはまり、長引きそうだと言っていた。私は狐にでもつままれた気分になった。私は詐欺師だったのだ。私は大人たちが信じもしない無駄話を語っていたのだ。こうして、私は想像力の正体を理解した。初めて自分の書いたものを読み返して赤面した。私が、この私が、こんな子どもっぽい幻想で喜んでいたのか。文学を放棄するつもりになった私はついには海岸にノートをもっていき、砂の中に埋めた。不快感は消え去った。私は自信を取り戻した。作家としての宿命には疑問の余地はなかったが、文芸にはその秘密があり、いつの日か私に明らかにされることだろう。当面のところは、私は自分の年齢を鑑みて、控えめにしているべきなのだ。私は書くのをやめた。

パリに戻ると、私はアルヌー・ガロパンやジャン・ド・ラ・イールと縁を切った。この日和見主義者たちのほうが自分より正しかったことが許せなかったからだ。凡庸な叙事詩にすぎない戦争に対してむくれ、苦みを味わって、現代から脱走して過去の世界に逃げ込んだ。数ヶ月前、一九一三年も押し迫ったころ、私は『ニック・カーター』[53]『バッファロー・ビル』[54]『テキサス・ジャック』[55]『シッティング・ブル』[56]などを発見したのだが、ドイツとの敵対関係が始まるや、これらの本は消えてしまった。祖父によると、ドイツ人が出版していたためだった。幸いなことに、セーヌ河沿いの古本屋にはこれまでに出ていた号がまだ売られていた。私は母と一緒に、オルセー駅とオーステルリッツ駅の間にある河岸の古本屋を片っ端から探し回った。一度に十五冊を持ち帰ったこともあった。こうして集めた小冊子は五百冊にもなろうとしていた。私はそれをきちんと積み重ね、飽きずに数えては、神秘的なタイトルを声に出して読み上げた。『気球船上の犯罪』『悪魔との契約』『ムツシミ男爵の奴隷たち』『ダザールの復活』。私は黄色く変色し斑点があり、固くて枯れ葉のような奇妙な臭いがするこれらの本が好きだった。それらは枯れ葉であり、廃墟だった。戦争がすべてを止めたからだった。長髪の男の最後の冒険が永遠に知られないままに留まることが、探偵の帝王の最後の調査の結果が永遠に知られないだろうことも分かっていた。これらの孤独なヒーローたちは私と同様に世界戦争の被害者であり、そのために私は彼らがいっそう好きになった。表紙を飾る彩色版画を見るだけで、大喜びした。騎馬姿のバッファロー・ビルは、インディアンと追いつ追われつしながら草原を駆け回った。一番好きだったのはニック・カーターの絵だ。表紙にはいつもこの偉大な探偵の殴り合いの光景が描かれていたから、単調だという意見もあるだろう。しかし、これらの喧嘩はマンハッタンの空き地で行われ、周りには茶色の囲いや乾いた血の色をした四角い安普請の建物が見えた。私はそれに夢中になった。空間に呑み込まれて血まみれになり、街を支える大草原《サバンナ》がむき出しになった清教徒の街を私は想像した。そこでは犯罪も徳もともに法の外《アウトロー》だった。殺人者も正義の味方も、ともに自由で独立した存在で、夕闇のなかでナイフで決着をつけるのだった。この街では、アフリカと同じように照りつける同じ太陽のもとで、英雄主義《ヒロイズム》が再び永遠に続く即興となったのだ。ニューヨークに対する私の熱愛《パッション》の源泉はここにある。

私は、戦争のことも自分の任務のことも忘れた。「大きくなったら、何になるの」と尋ねられると、愛想よく謙虚に「作家になります」と答えていたが、栄光の夢と精神の鍛錬は放棄してしまっていた。おそらくそのおかげで、一九一四年は少年時代の最も幸福な年になった。母と私は同じ年齢で、片時も離れることはなかった。母に「私の騎士《ナイト》」とか「私の可愛い人」と呼ばれていた。私は母にすべてを語った。すべて以上だ。うちにこもった書き言葉がおしゃべりをはじめ、私の口から飛び出したからだ。目に入ってくるものを私は描き、母の目にも私と同じくらいはっきり映る家とか木々とか人びとを描いて見せた。母と感情を共有するために、私は身を任せた。アンヌ＝マリー私はエネルギーの変換器になったのだ。世界が言葉をもつために、私を使用したのだ。まずは私の頭のなかで誰のものでもないおしゃべりが始まる。誰かが「私は歩く、座る、水を一杯飲む、お菓子を食べる」と言うと、私が声に出してこの永遠の注釈を繰り返すのだった。「ママ、歩くよ。水を飲むよ、座るよ。」自分には二つの声があると思いこんでいた。ひとつは、ほとんど自分のものではなく、思い通りにはならないもので、もうひとつの声に言うべきことを聞き取らせていた。私は自分が二重であると考えた。この軽い疾患は夏まで続いた。私は疲労し、苛立ち、最後には怖くなった。「頭の中で何かが話しているよ」と母に言ったが、幸いなことに母は気にとめなかった。

私の幸福も、母と私の結びつきも、そんなことで損なわれはしなかった。私たちには神話があり、ちょっとした言葉の癖があり、お定まりの冗談があった。一年近く、私は十回に一回は話の最後に皮肉なあきらめの様子で「でも、べつにどうってことないさ」と付け加えるのが癖のようになった。「大きな白い犬がいるよ。いや白じゃなくて、灰色だけど、でも、べつにどうってことないさ」といった具合だ。私たちは日々の暮らしで起こる些細なことを、リアルタイムで、叙事詩体で語った。自分たちのことを「彼ら」と三人称複数で言ったりした。バスを待っているときに、バスが止まらずに通り過ぎてしまうとする。すると、どちらからともなく、「彼らは天を呪いながら、地団駄を踏むのであった」などと大声で言い、一緒に笑い出した。公衆に対してはぐるになった。目配せだけで意志が通じた。お店や喫茶店で女店員が滑稽だったりすると、母は店を出たあと、「おまえのほうを見ないようにしたわ。吹き出しちゃうんじゃないかと思って」と私に言った。そう言われると、目配せだけで母を笑わすことができる子どもはそうそういないだろう、と思って自分の力を誇りに思った。内気な私たちは一緒に恐がりもした。ある日河岸で、まだもっていないバッファロー・ビルを十二冊も見つけた。母がお金を支払おうとすると、一人の男が近づいてきた。丸顔で青白く、目のところはまるで炭を置いたようで、口髭はポマードでテカテカし、カンカン帽子をかぶり、当時の伊達男を気取っていたが、食べ物みたいに見えた。男は母のことを凝視しながらも、私に向かって「きみは甘やかされているよ、ぼうや、甘やかされているんだ」と早口で繰り返した。最初、私は腹を立てただけだった。こんなふうに馴れ馴れしく話される筋合いはない。しかし、男の偏執的な目つきに気づくと、母《アンヌ＝マリー》と私は、まるで怯えきった一人の娘になったかのように、後ろに飛び退いた。調子が狂って、男は遠ざかっていた。これまで出会った幾千もの顔を忘れたが、あの豚脂《ラード》のような顔だけは今でも鮮やかに思い浮かぶ。私は肉体のことはまるで知らなかったし、この男が私たちに何をしようとしたのか想像もできなかったが、欲望はあまりにも剝きだしだったので、理解できたような気がした。ある種のしかたで、すべてが露わになったのだ。この欲望は、私が母《アンヌ＝マリー》を通じて感じたものだ。母を通じて、私は男の臭いを嗅ぎ、恐れ、嫌ったのだ。この事件が私たちの絆を深めた。私は強面《こわもて》を装って、母の手を握って通りを歩き、母を保護していると確信しきっていた。このころの思い出のためだろうか。今でも私は、あまりにも厳かに優しく、子どもに対するように母に向かって話す真面目な顔をした子どもを見たりすると嬉しくなってしまう。大人の男たちからは遠く、また彼らに対抗することで生まれた甘く閉鎖的な友情が私は好きだ。そんな幼いカップルを長いこと見つめたあと、自分が大人の男であったことを思い出し、私は顔を背けるのだ。

私的な出来事のほうは一九一五年の十月に起こった。私は十歳と三ヶ月になっており、もはやこれ以上、家に閉じこめておくことは論外だった。シャルル・シュヴァイツァーは昔の恨みを抑え、私を通学生としてアンリ四世校(57)に登録することにした。

最初の作文で、私はビリになった。若殿様であった私は、教育を個人的な絆だと思っていた。マリー＝ルイーズ嬢は愛情から私に彼女の知識を与えてくれたのだし、私は善意と彼女に対する愛によってそれを受け取ったのだった。全員へと話しかけるこの「教壇からの《エクス・カテドラ》」授業と、法の民主的な冷たさに私はとまどった。常に比較されたので、私の夢見ていた優越感は消え去ってしまった。私よりも正しく、早く答える生徒が必ずいた。自分を疑うには私は愛されすぎていた。私は心から級友たちを嘆賞し、彼らを羨むことはなかった。そのうち、私の番がまわってくることだろう。五十歳になったらだ。要するに私は苦しむことなく、道を誤ったのだった。平然とした狂気に捉えられ、私は無茶苦茶な答案を熱心に書いて提出した。祖父は早くも眉を顰めた。母は急いで、担任のオリヴィエ先生に面会を申し入れた。独身者の小さなアパートに迎え入れられると、母は歌うような声で話した。私は母の座っているソファにもたれて立ったまま、埃のたまった窓ガラス越しに陽の光を眺めながら話を聞いていた。母は私がいま与えられている宿題よりもずっとできることを一生懸命に証明しようとして、「この子は一人で文字を覚え、小説も書きました」と言った。なんとか説得しようと、私がまるまる十一ヶ月かかって生まれたことまで明かした。他の子どもたちよりも、長くオーブンの中にいたぶん、よりよく、こんがりと、カリカリに焼けているはずだというわけだ。私の長所よりは母の魅力に惹かれて、オリヴィエ先生は母の話に注意深く耳を傾けた。彼は長身で、痩せていて、つるっ禿で、目はくぼみ、肌は蝋人形のようで、長いかぎ鼻をして、鼻からは赤毛が何本か伸びていた。彼は特別授業をすることはできないと断ったが、私に「注意を払おう」と約束してくれた。私はそれ以上のことは望まなかった。授業中、彼の目を窺っていた。先生はぼくだけに話している、と私は確信していた。先生が私のことを好きだと信じていた。私は彼を好きだったし、愛想のよい言葉をかけられるだけで十分だった。私は努力せずに、まずまずの優等生になった。祖父はその学期の成績表を見て、ぶつぶつ言っていたが、学校を止めさせようという考えは捨てた。第五学年［中学一年に相当］になると先生が替わったので、優遇措置は失ったが、民主主義にはすでに慣れていた。

学校の勉強があったので書く時間はなくなり、新しい交際が始まったので書きたいという気持ちまでなくなった。私にもついに友だちができたのだ。公園の除け者だった私が、最初の日からごく自然にみんなに受け入れられたのはなんとも驚きだった。じつのところ、友人たちは、私の心を粉々にした若きパルダイヤンたちに比べると、ずっと私に似ていた。通学生で、お母さん子で、努力家の生徒たちだった。なんにせよ、私は有頂天だった。私は二重生活を送っていた。家では、大人の猿真似を続けていた。だが、子ども同士というものは子どもっぽいものを嫌うものだ。本物の大人でいたいのだ。大人のなかの大人として、私は毎日、マラカン家の三兄弟ジャン、ルネ、アンドレや、ポールとノルベールのメール兄弟、ブラン、マックス・ベルコ、グレゴワールと一緒に学校を出て、叫びながら、パンテオン広場を駆け抜けた。それは荘重な幸福の瞬間だった。家での喜劇を洗い流し、いいところを見せようなどとはまるで思わず、みんなと一緒に笑い、合い言葉や洒落を繰り返した。沈黙し、命令に従い、隣の友達の仕草を真似した私の望みはただひとつ、みんなの仲間になることだった。素っ気なく、堅固で、陽気な私は、自分を鋼鉄のように感じ、ようやく存在することの罪から解放された。ホテル「偉人館《グランゾム》」とジャン＝ジャック・ルソーの彫像のあいだでボール遊びをするとき、私は不可欠の存在だった。これこそ、適材適所（the right man in the right place）というものだ。もはやシモノさんを羨んだりはしなかった。グレゴワールにフェイントをかけながらメールがパスをしたのは、「今、ここにいる、私」でなかったとしたら、他の誰だったというのか。この私を必要な存在としたこの目にもとまらぬ直観に比べれば、栄光の夢などなんとも味気なく陰気に見えた。

不幸なことに、この直観はひらめいたときよりもさらに素早く消えてしまった。母親たちの言葉を借りれば、遊びが「過剰に興奮」し、集団が小さな一塊の群衆と化して、私はそこに呑み込まれてしまう。

それでも、両親のことを忘れたままの状態は長くは続かなかった。姿が見えなくても、両親がそばにいることは感じられ、私たちは動物世界に見られるような、一緒にいながら孤立しているような気持ちに落ち込んだ。子どもたちの社会には目標も目的も階級もなかったから、完全に融合したかと思えば、バラバラの並列状態になることもあり、かくしてこの二つの状態のあいだを揺れ動いた。私たちは一緒にいるときは真実のうちに生きていたが、自分たちが借り物であり、各人がそれぞれ強力で緊密な原始的な共同体に属していると感じざるをえなかった。この共同体が神話によって私たちをたぶらかし、誤謬を栄養として与え、私たちにその偏見を強要していた。私たちは可愛がられ、思慮深く、感受性に富み、聞き分けがよく、無秩序を警戒し、暴力と不正を嫌っていたし、世界は私たちのために作られたのであり、自分の両親が世界一だと口にはしなくても誰もが思っていた。このような暗黙の了解で結ばれると同時に切断されてもいた私たちは、誰のことも傷つけないようにと、遊んでいるときでさえ礼儀正しさを保つべく心を砕いた。嘲りや冷やかしは厳しく禁じられていた。頭に血が上ったものがいると、みんなで彼を取り囲み、落ち着かせ、謝らせた。暴れん坊は、ジャン・マラカンやノルベール・メールの口を通して、自分自身の母から叱責されたのだ。また、母親たち相互の交流もあって、彼女らは互いに手厳しく、子どもたち同士のやりとり、批判、評価などを告げ口した。私たち子どものほうは母親の言うことは隠していたのにだ。私の母は、マラカンのお母さんに会って、激怒して帰ってきた。「うちのアンドレは、プールーちゃんのこと気取り屋だって言ってますのよ」と言われたのだそうだ。私はへっちゃらだった。母親同士というのはこんな風に話し合うものだ。私はアンドレを恨まなかったし、彼もこの件について私には一言も言わなかった。要するに、私たちは世界全体に対して、金持ちも貧乏人も、兵隊も民間人も、老いも若きも、人間も動物も区別なく、敬意を払っていたのである。私たちが軽蔑していたのは、半寄宿生と寄宿生だけだった。家族からこんな風に捨てられるなんて、よほど罪深い連中にちがいなかった。もちろん、親が悪かったのかもしれなかったが、だからといって事情は変わらなかった。子どもは自分に見合った父親をもつものだからだ。夕方、四時すぎに、自由な通学生たちが帰っていくと、学校は恐ろしい悪の巣窟と化すのだった。

用心深い友情に、ある種の冷たさはつきものだ。夏休みになると、私たちは何の悔いもなく別れた。それでも、私はベルコのことが好きだった。父親のいない彼は、私の兄弟だった。ハンサムで、ひ弱で、優しかった。ジャンヌ・ダルクのように前髪を垂らした彼の長い髪を私は飽きずに眺めた。しかしとりわけ、私たちは二人ともあらゆる本を読んだことを誇りにしており、みんなから離れて雨天体育場《プレオ》の片隅で文学の話をした。つまり、何百回となく、つねに変わらぬ喜びをもって、自分たちが手にとったことがある本のタイトルを数え上げた。ある日、彼は取り憑かれたような様子で私を見ながら、作家になるつもりだと打ち明けた。彼とは後に修辞学級［高校二年に相当］で一緒になった。あいかわらずハンサムだったが結核にかかっていて、十八歳で死んだ。

大人しいベルコも含めて、私たちはみな、寒がりでまるっこい雛《ひよこ》に似たベナールが大好きだった。彼の長所に関する噂は母親たちの耳にまで達していて、母親たちは苛立ちながらも、彼のことをお手本として挙げたりしたが、そんなことがあっても私たちが彼を嫌いになることはなかった。私たちが彼をどれほど贔屓《ひいき》にしていたかはこのことだけを見てもわかるだろう。彼が半寄宿生だったので、よけい私たちは彼のことが好きだった。私たちの目には、彼は名誉通学生だったのだ。夕方、家の光のもとで、私たちはこの宣教師が寄宿生の食人鬼たちを改宗させるためにジャングルに残っているのだと考えると、怖さが減った。ただし、寄宿生たちもまた彼に敬意を払っていたことは言っておかねばならない。なぜ誰もが全員一致で彼を評価していたのかはいまではよく分からない。ベナールは優しく、愛想が良く、感受性が強かった。それだけでなく、あらゆる科目で首席だった。それに、彼のお母さんは身を粉にして彼を育てていた。私たちの母親は、この裁縫女とはつきあいがなかったが、私たちにしばしばベナールの母の話をし、母親の愛情の偉大さを教えようとした。私たちはベナールのことばかり考えた。彼はこの不幸な女性の篝火《かがりび》であり、喜びであった。私たちは親孝行の偉大さを知ったのだ。誰もが、けっきょくは、この善良な貧しい人びとにほだされた。しかし、それだけでは十分ではなかったはずだ。じつは、ベナールは半分しか生きていなかったのだ。いつでも大きな毛糸のマフラーをしていて、私たちにやさしく微笑みかけたことはあっても、話しかけることはほとんどなかった。私たちの遊びに加わるのは禁じられていたようだ。私としては、虚弱さのために彼が私たちから引き離されているだけに、より一層彼のことを崇拝していた。彼はガラスケースに入れられていた。ガラスの向こうから私たちに挨拶し、合図を送ったが、私たちは彼に近づかなかった。遠くから彼を愛《め》でていた。というのも、生きているときから、彼は象徴のように自らを消し去っていたからだ。子どもというのは順応主義者だ。彼がその完璧さを非人格的なまでに押し進めたことを私たちは感謝した。一緒に話をするときでも、その言葉の無意味さが私たちを喜ばせた。激怒したりはしゃいだりしたところは見たことがなかった。授業中に手を挙げることこそなかったが、当てられると、彼の口から〈真理〉が語りだした。ためらいも情熱もなく、ただ〈真理〉が語るようにぴたりと答えた。私たち神童の一団は、驚きで圧倒された。彼は神童でなかったのに、一番だったからだ。あのころ、私たちは多かれ少なかれ、父のいない子どもだった。大人の男たちは死んだか前線にいるかで、残っていたのは体の弱い者か、ひ弱な男だったので、男らしさがなく、自分の子どもからあえて忘れ去られようとしているかのようだった。それは母親たちの支配する時代だった。ベナールはこの母権社会の否定的な徳を私たちに反映して見せたのだった。

冬の終りに、ベナールは死んだ。子どもや兵隊は死者をほとんど気にかけないものだ。しかし、四十人ほどのクラスメートはみんな彼の棺を見送ってむせび泣いた。不安に駆られた母親たちは、ぽっかり空いた深淵を故人への賛辞の花束で覆った。その褒め方はひとかたならぬものだったから、私たちには彼の死が学年途中で授与された特別優等賞のように思われたほどだった。それに、ベナールは生きている時から影が薄かったから、ほんとうに死にもしなかった。彼は私たちの間に残り、拡散した聖なる存在となった。私たちの道徳性は跳ね上がった。私たちには死者ができ、彼のことを小声で、憂愁《メランコリック》な喜びを感じながら、話題にした。おそらく、ぼくらも彼のように早世することになるのかもしれないなどと考え、母親たちが涙を流すのを想像して自分が貴重な存在になったつもりになった。あれは夢だったのだろうか。私にはあの怖ろしい現実の記憶だけが漠然と残っている。この裁縫女は、この寡婦はすべてを失ったのだ。私はほんとうにこう考えて息が詰まるほどの恐ろしさを感じたのだろうか。私は、〈悪〉を、神の不在を、人が住むことのできない世界を、そこに見て取ったのだろうか。そうだと思う。さもなければ、どのようにして、否定され、忘却され、失われた私の少年時代のうちで、ベナールのイメージが、苦しみのイメージがくっきりと保たれることができただろうか。

数週間後、第五学級のＡＩ組は、一大事件の舞台となった。ラテン語の授業の最中、扉が開き、ベナールが門衛に付き添われて入ってきて、デュリー先生に挨拶して席についたからだ。誰もが彼の鉄製の眼鏡やマフラーや少し鉤鼻気味の鼻や寒がった雛《ひよこ》のような様子を思い出した。神様が彼を私たちに返してくれたのかと私は思った。デュリー先生も私たちの驚きを共有したように見えた。先生は授業を止めると、大きく息を吸い込んでから、「姓名と、区分と、親の職業を言いなさい」と言った。ベナールは、半寄宿生で、親は技師《エンジニアー》、名前はポール＝イヴ・ニザン、と答えた。誰よりも驚いたのは私だった。休み時間になると彼に話しかけ、彼はそれに答え、私たちは友達になった。ある細部のために、彼がベナールではなく、ベナールの悪魔的模造品であることを私に予感させた。ニザンは斜視だった。だが、気にするには遅すぎた。私はこの顔のうちに善の化身を愛し始めていた。それから結局は彼自身のことを好きになった。私は罠にはまった。美徳に対する私の性向のために悪魔を愛することになったのだ。本当のところ、ベナールの偽物は悪者ではなかった。彼は生きていた、それだけのことだ。彼はそっくりさんと全く同じ長所をもっていたが、その長所は色褪せていた。彼のうちではベナールの控えめさは韜晦に変わり、強烈で受身的な感情に襲われても、叫びはしなかったが、怒りで真っ青になり、どもった。私たちが優しさと捉えたものは瞬間的な麻痺であった。彼の口を通じて話しているのは真理ではなく、一種の冷笑的で軽やかな客観性であり、それが私たちに居心地の悪さを感じさせた。というのも、私たちはそれに慣れていなかったからである。彼はもちろん両親を深く愛していたが、それでも私たちのうちで親のことを皮肉な調子で語る唯一の存在だった。勉強はベナールほどできなかったが、本はたくさん読んでいて、作家になることを望んでいた。要するに、彼はほんとうの人間だった。ひとつの人格をベナールの顔つきのもとに見たので、私はなんとも驚いたのだった。類似が頭にこびりついていたから、美徳の外観をもったことで彼を賞賛すべきなのか、外観しかもっていないことを咎めるべきなのかが私には分からず、盲目的な信頼と非理性的な警戒心との間でたえず揺れ動いた。私たちが真の友達になったのは、ずっとあとで、長い別離の後に、再会してからだった。

二年間、こういった事件や出会いのために、私は自分のことを反芻しなくなっていたが、原因がすっかり取り除かれたわけではなかった。じっさい、深いところでは何も変わっていなかった。大人たちによって私に託された封印された委任状のことは考えなくなっていたが、それは依然として残っていた。それは私の人格を占領したのだった。九歳の時、私はどんなに興奮している時でも自分を見張っていた。十歳になって、私は自分を見失った。ブランと走り回り、ベルコやニザンと話をした。その間、ひとり取り残された私の偽の任務は肉体をもちはじめ、しまいには私の宵闇のなかに沈み込んだ。私は二度とそれに出会わなかったが、それが私を作り上げ、その牽引力をすべてに対して及ぼし、木々や壁を曲げ、私の頭の上の空を穹窿形にした。私は自分のことを王子様だと考えていた。それが私の狂気だった。性格神経症、と友人の精神分析学者に言われたことがあるが、この見立ては正しいにちがいない。一九一四年の夏から一九一六年の秋にかけて、私の任命状は私の性格となったのであり、私の狂気は頭を離れ、骨の中に流れ込んだのだ。

新しいことは何も起こらなかった。私が演じたものや予言したものはそのまま手つかずのままでいた。ただひとつの違いは、知識も言葉もなく、盲目のままで私がすべてを現実のものとしたことだった。それまで、私は自分の人生を映像《イメージ》によって描いてきた。私の誕生を引き起こすのが死であり、死のなかに私を投げ入れるのが誕生だった。この相互作用を見ないようにすると、私自身がこの相互作用となって、この二つの極限のあいだで裂けそうになるまで引き延ばされ、心臓の鼓動ごとに生まれては死んだ。永遠の未来が具体的な将来となって、些末な瞬間を叩き、最も深い注意の中心で、さらに深い放心となり、あらゆる充満の空虚、現実の軽い非現実となったのだ。私の未来の永遠が、遠くから、私の口の中のキャラメルの味を殺し、心のうちの苦しみや悦びを殺した。しかし、永遠の未来は最も無意味な瞬間を救うものでもあった。その理由というのは、最後にやってきて、私を永遠に近づけるというだけのことだった。それは私に生きることの辛抱強さを教え、私はもはや二十歳を飛び越したいとか、さらに二十年を駆け足で通り過ぎようとか思わなくなり、私の勝利の遠い日々を想像することはなくなった。待つことになったのだ。一分ごとに、私は次の瞬間を待った。どの一分もそれに続く瞬間を引き寄せていたからだ。私は緊急事態を平穏無事に生きていた。私の前方ではあらゆるものが私を吸い込み、私を引き留めるものは何もなかった。すっかり軽々とした気分になった。以前は、私の日々はどれも酷似していたので、時に同じ日が永遠に回帰しているのではないか、と自問したほどだった。私の日々はさほど変わっておらず、震えながら崩れ落ちるという悪習を保ち続けたが、私のほうは、日々のうちで変わった。いまや不動の少年時代の上を逆流してゆくのは時間ではなく、私の方だった。私はあたかも順番に放たれた矢のように、時を穿ち、まっすぐに的へと向かって飛んでいった。一九四八年にユトレヒトで、ファン・レネップ教授に投影検査をしてもらった時、私の注意を引きつけたカードがあった。そこにはギャロップする馬、歩く男、空を飛ぶ鷲、疾走するモーターボートが描かれていて、被験者はその中で最も速度を感じる絵を指し示す。私が選んだのは「モーターボート」だった。答えてから、こんなにも強く私に感じられた絵を好奇心をもって眺めてみた。選択の理由はすぐに明らかになった。十歳のころ、次の瞬間には波立つ淀んだ水の上を飛ぶように見えた。ボートは湖面から飛び立ち、自分の船首が現在をかき分け、離脱するように感じたのだった。それ以来、私は走り、いまでも走り続けている。私にとって速度とは、一定時間内の走行距離だけではなく、離脱力によっても表されるのだ。

いまから二十年以上も前の話になるが、ある晩、ジャコメッティ(58)がイタリア広場で車にはねられた。けがをし、足を折りながらも、意識を失うまでは明晰さを保っていた彼は、「ついに何かが私に起こった」というある種の喜びをまず感じたという。私はジャコメッティの急進主義をよく知っている。彼は最悪のことを待っていたのだ。彼は自分の人生を愛していて、他の人生を望むことなど思いもよらなかっただろうが、その彼の人生が偶然の馬鹿げた暴力によって突き飛ばされ、ひょっとすると砕かれてしまったのだ。「だとすると、私は彫刻をするようにはできていないのか、いや生きるためにすらできていないのか。私は何ものでもないのか」と彼は自問した。彼を興奮させたのは、原因によって脅かされた秩序が突然その仮面を剥ぎ、街の灯りの上に、人びとの上に、泥のなかに転倒した彼の体の上に、大変動が引き起こす事物を石と化すような眼差しを注いだことだった。彫刻家というものにとって、鉱物界は遠い世界ではありえない。私はすべてを受け入れようとする彼の意志を素晴らしいと思う。ハプニングを愛するならば、そこまで、地球が自分のためには作られていないのだということを露わにするこの希な閃光の瞬間まで愛さなければならない。

　十歳の時、私はハプニングが大好きだと公言していた。人生の一こま一こまが予期せぬものでなければならなかったし、塗り立てのペンキの臭いがしなければならなかった。私は不慮の出来事や不如意に対してあらかじめ同意を与えていた。いや、それらに対して良い顔をしようとしていた、と言うべきだろう。ある晩、とつぜん電気が消えたことがあった。停電だ。隣の部屋から呼ばれた私は両手を広げて進み、ドアに頭を強打して歯を折ってしまった。痛かったが、愉快でもあったので、私は笑った。ジャコメッティが足の骨折をたぶん笑ったのと同様だが、その理由はまるで正反対であった。私は自分の物語が幸福な結末を遂げることに予め決めていたから、不測の事態は囮《おとり》にすぎなかった。見かけは新しくても、私の誕生を決めた民衆の希望がすべてを規定していた。私は折れた歯のうちに合図を、後に理解することになる曖昧な告示を見て取った。別の言い方をすると、どんな状況においても目的の秩序をなんとしてでも保とうとしたのである。自分の人生を死を通して眺め、何ものもそこから出ることのない、そこに何ものも入り込むことのできない閉じた記憶のみを見ていたのだ。私がどれほど安心しきっていたか想像ができるだろうか。偶然など存在しなかった。私が関わっていたのは神意による偽の偶然だけだった。だが、新聞を読むと、外には有象無象の怪物が彷徨《さまよ》い、弱い者たちは浚われるかのように書いてあった。だが、予め運命を決められていた私は、そういったものに遭遇するおそれはなかった。ひょっとして腕や脚や両目を失うかもしれない。しかし、それもこれも計画の一部だ。それは試練でしかなく、私が本を書くための手段でしかない。私は苦しみや病気に耐えることを学んだ。それらが勝利に輝く死の始まりであり、準備された段階で、そこを昇って勝利に輝く死へと登りつめるのだと考えた。乱暴ともいえるこういった配慮が嫌いではなかったし、自分がそれにふさわしいことを喜んで見せようとした。最悪の事態を最良にいたる条件と見なした。私の欠点さえも役に立った。私は欠点を持たないも同じだった。十歳の時、私は自分に自信があった。謙虚だが狭量だった私は、自分の失敗のうちに、後の勝利の条件を見たのだ。盲目になり、脚を失い、過ちによって迷い、個々の闘いには敗れても、戦争そのものには勝つだろうと確信していた。選ばれし者が受ける試練と自分だけに責任のある失敗とを区別しなかった。私の罪は結局のところは不幸に思えたし、不幸を罪だと見なしたからだ。じっさい、麻疹《はしか》であれ鼻風邪であれ、病気に罹るとすぐにそれを自分のせいだと思った。不注意で、コートやマフラーをするのを忘れたのだ。要するに、私は世界を非難するよりは自分を非難するほうを好んだ。性格が良かったのではない。自分だけを原因としたかったのだ。この尊大さは謙虚さを妨げなかった。私の過失は善に至るための最短の道にちがいないのだから、どうしたって過ちに陥りやすいのだと思っていた。私は、自分の人生の動きのなかで、抵抗しがたい魅惑を感じるように按配した。この魅力こそが、私の意志とは無関係に、私を絶えず進歩するようにと押しやったのだ。

子どもはみんな、自分が進歩することを知っている。気づかずにいることなど大人が許さないのだ。「まだまだ進歩する必要がある、進歩の途上だ、確実で規則正しい進歩」などと耳にたこができるほど吹き込まれるからだ。大人たちはフランスの歴史を語ってきかせる。第一共和政という不安的な体制の後に、第二共和政があり、そして第三共和政になって良い体制になった。二度あることは三度ある、というわけだ。その当時のブルジョワの楽観主義は急進社会党の綱領《プログラム》に要約されていた。財産を漸進的に豊かにし、啓蒙活動を行い、小所有者を増やすことによって貧困を解消すること。ちいさな大人として、私たちも手の届くところに自分なりの楽観主義をもっていた。私たちは、自分の個人的な進歩が国全体の進歩をなぞっていることを知って満足した。とはいえ、自分の父親以上に上昇しようと望むものは希だった。たいていの者にとっては、大人の年齢に達することだけが問題であり、その後は成長や発展を止めてしまった。周りの世界が自ずから良くなり、快適になると考えたのだ。大人になるのを今か今かと待つ者もいれば、恐怖と後悔のうちで待つ者もいた。私は運命が定められるまでは、無関心のうちで成長した。貴族の白衣などに興味はなかった。祖父は私が小さいのを見て、悲しんだ。「サルトル家の体格なのよ」と祖母がからかうように言っても、祖父は聞こえないふりをした。私の前に陣取って、測るように私を眺めては「大きくなっているぞ」と言ったが、あまり確信はなさそうだった。私は彼の不安も希望も共有しなかった。雑草だって成長するのだ。悪いままでも成長することのいい証拠だ。当時の私にとっての問題はむしろ、「永遠に」善良であることだった。私の人生が加速し始めたとき、すべてが変わった。良い事を行うだけでは十分ではなく、より良く行わなければならなくなった。私に残されていた唯一の法則は「よじ登る」ことだった。自分の自惚れを養い、自惚れが並はずれているのを隠すために私は共通の経験に訴えた。少年時代の揺れ動く進歩の中で、私は自分の運命の最初の結果を見ようとしたのだ。卑小で平凡ではあるが、この真の向上によって、自分に上昇力があるという幻影をもった。みんなからもてはやされる子どもであった私は、人前では自分の階級と世代の神話を採択した。つまり、既得権を利用し、経験を蓄積し、現在が過去全体によって豊かになるという考えだ。しかし一人になると、そんなことでは満足できなかった。私にとって許容しがたかったことは、外部から存在を受け取り、惰性によって保存されるということ、自らの魂の動きがそれまでの運動の結果にすぎないということだった。未来の期待から生まれた私は、輝く全体として飛び出し、各瞬間が私の誕生の儀式の反復であった。私は心の情愛のうちに輝き、パチパチとはじけるのを見た。どうして、過去が私を豊かにすることなどがあろう。過去は私を作りはしなかった。話は逆で、私自身が自らの灰の中から復活し、常に新しく始まる創造によって記憶を虚無から引き離すのだ。生まれ変わるたびによりよくなり、魂の不活発な貯蔵をよりよく用いるのだ。それは死が毎回、より近く、その暗い光でより生き生きと私を照らすという単純な理由のためだった。「過去が我々を押し進める」とよく聞かされたが、私は、未来が私を引っ張るのだと確信していた。自分のうちに穏やかな力が働いている、つまり、元来の性向が緩慢に花開きつつあるなどと感じたら、それを嫌ったことだろう。私は自分の魂にブルジョワがもつ持続的な進歩という観念をたたき込み、それを原動力としたのだ。現在に比して過去を引きずり落とし、未来に比して現在を引きずり落とし、静かな進化論を革命的で非連続の破局主義へと転換したのだ。数年前のことだが、私の戯曲や小説の登場人物たちはみんな発作的に決断をする、たとえば『蠅』のオレストはわずか一瞬で回心してしまう、というコメントをした者がいる。当然ではないか。私は自分の登場人物を自分の似姿で作り上げたのだ。もちろん、私そのままではなく、私がありたいと思ったようにでははあるが。

私は裏切り者になった。そしていまでも裏切り続けている。自分の計画に全身全霊で打ち込み、仕事や怒りや友情にもすっかりのめりこむのだが、次の瞬間には自分を否定することになる。私はそれを知っているし、それを望んでいるし、感情の渦中にありながら、すでに未来の裏切りの喜びを予感して、自分を裏切っている。ありていに言えば、私は自分の約束を他人事であるかのように守るのである。愛情や行動が変わるのではなく、かつての感情に対して不実なのだ。建物や絵画や景色など最近に見たものがつねに一番美しく思えた時があった。友人たちにとっては貴重な共通の出来事を思い出すときに、冷笑的だったり、あるいはたんに軽視したために、顰蹙を買った。私は執着心がないことを自分に納得させようとしていたのだ。自分自身があまり好きでなかったために、私は前方へと逃走した。その結果、日増しに自分に嫌気がさし、未来へ未来へと突き進むために、今の自分がくだらない者に思えた。つまり、こういう論理だ。昨日、私の行動は間違っていた。それが昨日だったからだ。そして今日は、明日の自分が今日の自分に下す厳しい判決を予感してしまう。過去と現在を一緒にしてはならない。私は自分の過去に対して敬意ある距離をとった。青年時代、いや、つい近頃過ぎ去った壮年時代でさえも、旧体制となるのだ。新しい体制が現在において予告されるが、それが確立されることはけっしてない。明日は、すべてを無償で無に帰するのだ。幼少時代はとくに、線を引いて消した。この本を書き始めたとき、黒く塗りつぶされ見えなくなった文字を読み取るのにずいぶんと時間がかかった。私が三十歳のときに、友人たちは、「きみは親もいなければ、子どもだったこともないみたいだ」と言って、驚いた。私はそれを聞いて愚かにも褒められたつもりになった。それでも、私はある種の人びと——とくに女性たち——がもつ、慎ましく、堅固な忠実さが好きだし、敬意を抱いてもいる。彼らは自分の好みや、したいことや、昔やろうとしたことや、失われた祝祭の時などに忠実であり、私は彼らが変化のただ中においても自分自身でありつづけようとし、自分たちの記憶を救い出し、死のなかにまで最初の人形や乳歯や初恋などを持ち込もうとする意志を嘆賞する。私は、若かったころに寝たかったというだけの理由で、晩年になってから年老いた昔の女と寝た男たちを知っている。死者に怨嗟を持ちつづけたものもいれば、二十年前に犯した微罪を認めるくらいなら殴りあいのほうがましだという者もいる。私は恨まないし、すべてをいい気になって告白する。自己批判は得意なのだ。ただし、それを強要されたのだと言われないことが条件だ。一九三六年なり、一九四五年なりに私の名前をもっていた人物が責められたとする。だがそれがいまの私とどんな関係があるというのか。受けた辱めは彼の帳簿に記入する。この馬鹿者は尊敬されるすべさえ知らなかったのだ。久し振りに会った旧友が苦い思いを私に告げる。彼は十七年来、私に対して不満を抱いていたというのだ。ある状況のもとで、私が彼をぞんざいに扱ったのだという。曖昧な記憶のなかで、たしかその当時、攻撃から身を護るために、彼の自尊心の高さや、被害妄想癖を非難したことが思い出される。つまり、私なりのこの事件の記憶があるのだが、私はすぐさま彼の見解を採用する。私も同意見だと言って、自分に非難を浴びせる。私はうぬぼれ強く、自己中心的に振る舞った、冷血漢であった、と。この自己虐殺は楽しいものであり、私は自分の明晰性を堪能する。自分の罪をこんなにも見事に認めることは、そんな罪を二度と犯さないことの証明だ。私の告白は信用されるだろうか。私の誠実さ、鷹揚な告白は、原告を苛立たせるばかりだ。彼は私の思うとおりにはさせない。私が彼を利用していることを知っているからだ。彼が恨んでいるのは、この現在の、そして過去の私であって、それは彼が常に知っていた同一人物なのに、私は彼に動かなくなった抜け殻を与え、自分が生まれたばかりの子どもなのだという喜びの気持にひたっているからだ。最後には私のほうも、しつこく過去をほじくり起こすこの男に対してむかっ腹を立てることになる。いっぽう、私が悪くなかった場面を思い出してくれる人に対しては、たいしたことないさと言って話をすぐに打ち切ってしまう。人は私のことを謙虚だと思うのだが、それはまったく反対だ。私は自分が今日ではより良くなっており、明日はさらに良くなっていると考える。熟年の作家は、若い頃の作品を断定的に褒められたりするのを嫌うものだが、私の場合はとくにこの手の賞賛が気に入らない。私の最良の本はつねに現在執筆中ものだ。その次は一番最近出版された本だが、もうすでに私の中では少しずつこの本を嫌い始めている。批評家たちが今日、私の本をまずいと考えれば、私はおそらく傷つくだろう。だが、十ヶ月後には、たぶん彼らと同意見になるだろう。もちろん、条件が一つある。彼らがそれをいかに貧しく無価値だと判断するとしても、それ以前の私の作品よりは良いと評価することだ。十把一からげに駄作だと決めつけられようとも一向にかまわないが、ただ年代順だけは守っていただきたいのだ。そうすれば、明日はより良く、明後日はさらに良く、最後には傑作が生まれるというわけだ。

もちろん私だって、そんなふうに素朴に信じてはいないし、我々は同じ事を繰り返すということを知ってもいる。しかし、最近獲得したこの知識によって揺らいだにしても、昔からの確信が一掃されたわけではない。私の周りにはどんな小さなことも見逃さない気むずかしい証人たちがいて、私が同じ轍に陥るのを目撃する。彼らに指摘されると、たしかにそうだなと思う。だが、土壇場で、自分を讃えるのだ。「昨日はまだ盲目だったが、いまでは自分がもはや進歩しないことを悟った。だとすれば、これは進歩ではないか」と。時には私自身がこの証人となって原告の役を果たすこともある。たとえば、いま使えそうな文章を二年ほど前に書いたことを思い出し、それを探すが見つからない。かえって好都合だ。新しい作品のうちに旧稿を流用しようとしていたのは、怠惰のせいだったからだ。今では前よりうまく書くのだからと考えて、書き直すことにする。仕上げた後、失くしたはずの原稿が偶然出てくる。すると、なんという驚きだろうか。句読点までほとんどそっくりそのまま、私は同じ考えを同じ言葉で表していたのだ。少しためらった後、結局私は見つかった原稿をゴミ箱に捨て、新しい方を使うことにする。なぜかは分からないが、新しい方がよいのだ。ひとことで言えば、私はうまく片をつけるのだ。幻想から醒め、老いによって弱っているにもかかわらず、若き登山家の陶酔を再び感じるために自分をごまかすのだ。

十歳のころはまだ自分の癖や反復を知らなかったから、疑いに襲われることもなかった。駆けたり、ぺちゃくちゃ喋ったり、通りで起こることに魅了されたりしながら、私はたえず脱皮し、古い皮が次から次へと落ちる音を聞いたものだ。スフロ通りを帰ってくるとき、一歩ごとに、ショーウィンドーのきらめきの中に、自分の人生の動きとその法則、そして全てに対して不実であるという素晴らしい委任状を感じたものだ。私はどこに行くときでも、自分をまるごとそっくり持ち運んだ。祖母がディナーセットの欠けたものを買いそろえに行ったことがあって、私も瀬戸物屋に一緒についていった。祖母は蓋に赤いリンゴ形の手持ちがついたスープ鉢や、花柄の皿を指さして言った。だいたいこんな感じだけれど、ちょっとちがうのよ。うちで使っているお皿には花だけじゃなくて、枝のところに茶色の虫も描いてありますの。女主人も張り切ってまくしたてる。「お望みはわかりますわ。たしかに、そのような柄のものがございました。ただ三年ほど前に生産が終わりました。こちらは最近のモデルで、とってもお得ですし、昆虫がついていようがいまいが、花柄に違いはございませんでしょ。そんな細かい虫のことなど、それこそ、無視してもかまいませんことですよ」などと言う。しかし、祖母の意見は少々ちがって、頑固に尋ねる。「在庫がないかどうか、確かめてくださいな」「もちろん、在庫を見ることはできますけれど、ちょっと時間がかかりますし、あいにく従業員が辞めてしまって、私ひとりですから」などと言い訳を始める。しまいには私は店の片隅で何も触らずじっとしているように言い含められ、忘れられてしまう。周りにある壊れ物や、埃をかぶった煌めきや、パスカルのデスマスクやファリエール大統領の顔をあしらった溲瓶などに恐れをなす。しかし、見かけとはちがって、私は脇役ではない。このように、ある種の作家たちは、「端役」を前景に押しだし、主人公の方はさっと横顔だけで紹介したりする。読者はまちがうことはない。というのも、小説の結末の出来映えを知りたい読者は最終章をめくって、暖炉にもたれかかっていた青白い青年に三五〇頁分が隠されていることを知っているからだ。三五〇頁の愛と冒険。私の場合は少なくとも五〇〇頁はあった。私はハッピーエンドを迎える長い物語の主人公《ヒーロー》のつもりだった。この物語を自分に向かって語るのはもう止めていた。そんなことをして何の役に立つというのだ。私は自分を小説の登場人物だと感じていた、ただそれだけのことだ。時間によって、とまどう二人の老婦人や花柄の瀬戸物や食器屋全体は後ろへと引っ張られてゆき、黒いスカートはかすみ、声は小さくなった。祖母が哀れに思われた。第二部では、もう彼女の姿は見当たるまい。私のほうは、最初であり、中間であり、結末であり、それらすべてが、すでに年をとってしまった、すでに死んでしまった、小さな男の子のうちに集約していた。その子は、ここでは、暗闇のなかで、彼の背丈よりもたかく積まれたお皿に囲まれており、外部では、とても遠くに、栄光の死をもたらす大いなる太陽のもとにいた。私は、彼の生涯の軌跡の最初に位置する小物体で、到達点にぶつかった後、放物線を描いて戻る。まとめられ、収縮され、一方の手で墓にさわり、もう一方の手で揺りかごに触れながら、私は自分を闇の中に消え去る短く輝かしい稲妻のように感じていた。

それでも、倦怠はつきまとった。我慢できなくなると、時には控えめに、時にはげんなりしながら、私はあの宿命的な誘惑に譲歩した。辛抱が足りなかったオルフェウス[59]がエウリュディケを失ったように、辛抱が足りずに私はしばしば自分を失った。退屈のために迷いが生じ、狂気の方へと戻るのだった。本当は、狂気を無視したり隠したりして、外界の事物に注意をするべきだったのに。そんなとき、私は即座に自分を実現しようとして、ふだん考えていないときには私とともにある全体性を一挙に捉えようとした。大失敗だった。進歩、楽観主義、楽しい裏切り、密かな目的、そういったことすべて、つまりピカール夫人の予言に私が付け加えたものすべてが崩壊してしまうのだった。予言は変わらなかったが、それで何ができただろう。あらゆる瞬間を救おうとしたので、この内容空虚な託宣は、どの瞬間も特別なものとすることができなかった。将来は一挙に干からびて、ただの殻になってしまう。私は存在することの困難さに再び出会い、それがけっして私から立ち去らなかったことに気づかされるのだった。

いつのことだかよくわからない記憶がある。私は、リュクサンブール公園のベンチに腰掛けている。私が走り回って汗だくになったのを見た母が、少し休むように言ったからだ。少なくとも、それが事の順序だった。だが、退屈しきった私は、因果関係を逆にしてやろうと尊大にも考える。私が走り回ったのは、私を呼びもどす機会を母に与えるためで、それには汗だくになる必要があった。すべてはこのベンチにたどりつくため、すべてはそこにたどりつかねばならなかった。その役割はいったい何だろう。私にはわからないが、最初はそれを気にしない。心に浮かぶ印象のひとつとして失われはしないだろう。目的があるのだ。私はその目的をいつか知るだろうし、私の甥たちも知ることになるだろう。私は地面まで届かない短い脚をぶらぶらさせながら、荷物をもった男や、背中の曲がった女が通るのを見る。それは役に立つだろう。私は興奮しながら、「いまここに座っていることは、とても重要なことなんだ」と自分に繰り返して言う。退屈は倍加する。私は我慢ができなくなって、つい自分の内面を覗き込む。

センセーショナルな啓示を願っているのではなく、この瞬間の意味を見抜きたい、その重要性を感じ、ミュッセやユゴーのもっていた生の暗い予感を少し感じたいだけなのだ。もちろん、私に見えるのは霧だけだ。自分が必然的な存在であることを抽象的に請願することと、自分の存在をただちに直観することとは、ぶつかり合うことも混じり合うこともなく、隣り合ったまま残っている。私はもはや逃走することばかり考える。私を運び去るかすかな速度を再び見いだしたいと思うばかりだ。だが、それはうまくいかない。魔法は解けてしまった。私は脚がむずむずし、身を捩る。そのとき折良く、天が私に新たな使命を与える。再び駈け始めるのだ。私はベンチから飛び降りると、全速力で駆けてゆく。小道の端まで行って振り返る。何も動いていない。何も起こっていない。私は失望を自分に隠すために、言葉に出して言ってみる。「一九四五年ごろ、オーリヤックの街の貸間で、この疾走は計り知れない結果をもたらすことになるはずだ」と。自分の願いが満たされたと自分に言い聞かせた私は、機嫌を直す。聖霊が手助けしてくれるように、私はいかにも信頼しているというふりをする。与えられたチャンスにふさわしいように振る舞います、と夢中になって誓うのだ。すべては表層で、神経の上での演技であることは、分かっていた。すでに母は、「はい、毛糸のセーターを着て、マフラーをして、コートをはおりなさい」、と私の世話に余念がない。私はなされるがままに、小包のようになる。さらにスフロ通り、門衛のトリゴンさんの口髭、水圧式エレベーターの咳き込むような音に耐えねばならない。そしてついに、この災い多き小さな未来の作家は書斎に戻り、椅子から椅子へと動き、いくつかの本をめくっては投げ出す。私は窓辺に寄り、カーテンの影に蠅を見つけ、モスリン生地で罠を作って蠅を捕まえ、一ひねりでつぶす殺人的な人差し指を近づける。この瞬間はいわばプログラム外で、通常の時間からはずれ、別立てで、比較外で、不動であり、その晩はもちろんのこと、後になっても、そこからは何も生まれない。

オーリヤックはこの混濁した永遠の瞬間を知ることはけっしてなかろう。人類は眠っている。著名な作家—聖人、虫一匹殺すことのないこの男—は、ちょうど外出中なのだ。よどんだ一瞬のうちで未来もなく、子どもがたったひとりで、殺人の強い感情を味わおうとしているのだ。人類の運命であることを拒まれたのだから、蝿の運命になってやろう、と私は思う。あわてずに、襲いかかる巨人の姿を拝む時間をたっぷりと蝿に与えてやる。指と指が近づき、蝿がはじける。しまった。なんてこった、蝿を殺してはならなかった。あらゆる被造物のなかで、そいつは私をおそれる唯一の存在だったのに。私はもはや何者にとっても意味をもたなくなってしまった。虫殺しだ。私は犠牲者の立場に立って、今度は自分が虫になる。私は蝿だ、いつも蝿だったのだ。今度こそは、底に触れたのだ。今やテーブルの上の『コルコラン大尉の冒険』(60)をとって、絨毯の上に寝そべり、もう何度も読んだ本を偶然に開くだけでいい。とても疲れているし、もの悲しいから、もう神経過敏はおさまり、読み始めたとたんに自分のことは忘れてしまう。コルコランは人気のない書斎で狩りの最中だ。カービン銃を小脇に抱え、雌虎を足下に従えている。ジャングルの茂みが彼らのまわりに素早くできあがる。私が遠方に木々を植えると、猿が枝から枝へと伝わる。突然、雌虎のルイゾンが吠え始める。コルコランは動かない。敵だ。この手に汗握る瞬間を、私の栄光は選び、入り込むことにする。人類はとつぜん目覚め、私に助けを求め、聖霊は衝撃的な言葉を私の耳に囁く。「もしおまえが私をすでに見つけていたのでなかったならば、おまえは私を探しはしないだろう。」だが、このお世辞はうまくいかない。勇敢なコルコラン以外には聞いているものがいないからだ。あたかもこの宣言のみを待っていたかのように、〈著名な作家〉が舞台に戻ってくる。私の未来の遠い親戚がその金髪を傾け、私の人生の物語を読む。彼の目に涙が浮かび、未来が立ち上がると、無限の愛が私を包み、光が私の心に満ちる。私は動かない。祝祭には目もくれない。大人しく読書を続けていると、光はついには消えてしまう。私が感じるのはひとつのリズム、抵抗しがたい衝動だけだ。私は始動し始める。始動し、前進し、モーターが唸る。私は自分の魂の速度を感じるのだ。

これが私の人生の初めだった。私は逃げ、外部の力が私の逃亡を形作り、私を作り上げた。教養という時代遅れの考えの下に宗教が透けて見えて、雛形となった。子どもっぽい雛形だったが、それだけが子どもにとって身近なものだった。私は聖史、福音書、公教要理を教わったが、信じることは教わらなかった。その結果、無秩序となり、それが私の個人的な秩序となった。地殻変動が起こり、地形が大きく変化した。カトリック信仰から引き抜かれた聖なるものは「文芸」のうちに沈殿し、ペンをもった男が現れた。それは、私がなることのできなかったキリスト教徒の代用だった。唯一の関心事は救済であり、地上に滞在する唯一の目的は、試練に見事に耐えて、死後の幸福に値することだけだった。死はたんなる通過儀礼になってしまい、地上での不滅が永遠の生の代替物として与えられた。人類によって永遠の存在となるのだと信じるために、人類には終りがないことを頭に叩き込まれた。人類の中に我が身を消し去ること、それは誕生することであり、無限の存在になることだ。大変動が起こって地球が破壊されることがあるし、ひょっとして五万年後にはそんなことが起こるなどと言われでもしたら、私は驚いてしまっただろう。幻影が覚めた今でもなお、私は太陽の冷却を考えると怖くなってしまう。同時代を生きている人びとが、埋葬の翌日に私のことを忘れてしまうのは一向にかまわない。彼らが生きているかぎり、私は彼らにまとわりつき、触れられなくても、名づけられなくても、彼らのうちにいることだろう。それは、私のうちに何十億という死者たちがいるのと同じだ。私は彼らのことは知らないが、彼らを完全な消滅から守っている。しかし、人類が消えた日には、死者たちはほんとうに殺されてしまう。

神話はひじょうに単純であり、私は難なくそれを消化した。プロテスタントであると同時にカトリックでもあるという宗教上の二重の帰属のために、その後も聖人や聖母や神が、そういった名前で呼ばれる限りは信じられなかったが、大きな集団的な力は私のなかに入り込んでいた。それは私の心の奥底にしっかりと根をはやし、狙っていた。つまり、他人たちがもっていた信仰である。通常の対象物に別の名前を与え、表面的に変えさえすればだった。私を欺くその扮装のもとでも、信仰はそれを認め、襲いかかり、爪を立ててつかんだ。私が「文学」に身を捧げようと考えていた時、じつは私は聖職に入っていたのだ。私の内部で最も謙虚な信徒であるという確信が、私が救霊予定者であるということの誇り高き確実さとなった。私が救霊予定者であってもなんの不思議があろうか。キリスト教徒はみな選ばれし者なのだから。私は、伸びすぎた雑草のように、カトリック性の土壌の上に生え、根っこは養分をそこから吸い上げ、それで樹液を作っていたのだ。三十年間にわたって被ることになる私の明晰な盲目性はそこに由来する。一九一七年のある朝、ラ・ロシェル[61]で、私は学校に一緒に行く級友たちを待っていた。彼らがなかなか来なかったので、私は暇つぶしに空想にふけり、全能の神様のことを考えようとした。わずか一瞬のうちに神さまは蒼穹からころげ落ち、なんの説明も与えずに消えてしまった。神なんて存在しないのか、と私はお行儀よく驚きながら、この件はこれでけりがついたと思った。ある意味ではそれでけりがついたのだ。それ以来、私は二度と神を生き返らせようとは考えなかったからだ。しかし、もうひとつの「大文字の他者」は残っていた。「見えざる者」、「聖霊」、私の委任状を保証し、私の人生を無名で聖なる力によって支配する者は残っていた。この存在を厄介払いするのにはたいへん苦労した。

というのも、それは私の頭の後頭部のなかに、私が不当入手して、自分を理解し、位置づけ、正当化するために用いていた観念のうちに入り込んでいたからだ。書くということは長いあいだ、人生を偶然の手から救い出してほしいと、死に対して、仮面をかぶった宗教に対して、頼むことであった。私は教会に属する者だった。活動家として、私は作品という行いによって自分を救おうとした。神秘家として、私は言葉の引き起こす苛立たしいざわめきによって存在の沈黙のベールを剝ごうとした。そして特に、事物と言葉とを混同していた。それが信じるということだ。私は勘違いをしていたのだ。この勘違いが続くかぎり、私はうまく切り抜けたつもりになっていた。三十歳のとき『嘔吐』で、素晴らしい一撃をやってのけた。そのなかで―私はいま誠実に言っているのだ―自分の同類たちの正当化されない不快な実存について書くことで、自分の実存を救った。私はロカンタン[62]だったのであり、私は彼のうちに自己満足なしに、自分の人生の大筋を示したのだった。同時に私は私だった。つまり、選民で、地獄の年代記編者で、自らの原形質溶液の上を見つめるガラスと鉄でできた顕微鏡であった。その後、私は快活に「人間とは不可能な存在だ」と主張した。私自身も不可能な存在だったが、この不可能性を表明するという唯一の委任状によって、私は他人たちと異なっており、この事実によって私の不可能性はたちまち変換され、私の最も内的な可能性になり、私の使命の目標となり、私の栄光のトランポリンとなった。こんな明白な事実の虜になっていたのに、私には事実が見えていなかった。私は世界をこんなふうに見ていたのだ。骨の髄までごまかされ、だまされ、私は我々の不幸な条件について楽しげに書いていた。独断的であった私はすべてを疑っていたが、自分が懐疑の選民であることだけは疑っていなかった。私は片手で破壊したものをもう片手で復興していたのであり、不安を、自分の安全の保証だと思っていたのだ。私は幸福だった。

私は変わった。私を包み、事物をいびつに見せていた透明性が、どんな酸によって腐食されたか。いつどのようにして私が暴力を習得したか。自分の醜さ—これは長いこと私の否定的要素で、神童を覆い隠す石灰だった—をどんなふうに発見することになったか。どんな理由によって、私が徹底的に自分に抗して考えるようになり、時には思想の正しさをそれが気に入らない度合いによって計測するほどになったか。そういったことについては、いつか語る機会があるだろう。未来からものを見るという幻影は粉々になった。殉教、救済、不滅、それらはみな荒廃し、建物は廃墟となり、私は聖霊を地下の穴蔵でつかまえ、外に追い出した。無神論は長期的で残酷な企てだ。私は無神論を極限まで押し進めたと思っている。私には物事がはっきりと見えるし、迷いから覚め、真の使命も知っている。模範市民賞を受けるにふさわしいことは確実だ。私はほぼ十年前から、覚醒した男であり、長く続いた苦々しくも甘い狂気は治癒した。しかしまだ完全には回復してはおらず、かつての過誤を笑わずには思い出せず、自分の人生をどうしたらよいかわからない男なのだ。私は、あの七歳のときの切符をもたない旅客に再び戻ったのだ。車掌がやってきて、私を見る、以前と比べると表情は穏やかだ。その場を立ち去り、私を煩わせずに旅行させることだけを望んでいるのだ。なんでもいい、有効な口実を私が与えさえすれば、彼は満足するだろう。ところが残念なことに、私はどんな口実も見つけることができない。探すつもりもない。私たちはディジョンまで気詰まりなまま向かい合っているだろう。そして、ディジョンには誰も待っていないことを私はよく承知しているのだ。

迷いから醒めたとはいっても、完全に足を洗ったわけではない。私は相変わらず書き続けている。他に何ができようか。

描カザリシハ、一日タリトテナシ(63)

それが私の習慣であり、また仕事なのだ。長いこと私はペンを剣だと思ってきた。いまでは文学の無力を知っている。だからどうしたというのだ。私はいまも本を書いているし、これからも書き続けるだろう。それに本だって何かの役に立つだろう。教養によっては何も、そして誰も救われないし、正当化されることもない。そうだとしても、それは人間の所業のひとつだ。人間はそこに自らを投影し、投企し、そこに自らの姿を認める。この批判的な鏡だけが彼に自分の姿を与える。それに、この廃墟のような古い建物である私のペテンは、私の性格でもあるのだ。人は神経症からは解放されることはあっても、自己から治癒することはない。少年時のこれらすべての特徴は磨耗し、消去され、屈辱を受け、片隅に追いやられ、無視されながらも、五十男のうちに残っている。たいていの時は、それらは日陰にひらべったくなって機会を窺っている。注意を怠ったとたんに、それらは頭をあげ、光の中へと違う形をとって現れてくる。「自らの時代のためにのみ書く」と主張するとき私は誠実だが、自分の現在の名声に苛立ってもいる。まだ生きているのだから、これは栄光ではない。そうはいっても、それだけで昔の夢を否定するには十分だ。つまり、私は相変わらず密かにこういった夢を養っているということなのだろうか。ちょっとちがう。思うに、私はこれらの夢を焼き直したのだ。私は無名のうちに死ぬというチャンスを失ってしまったから、正当に評価されずに生きることに自尊心をくすぐられたりするのだ。グリセルダはいまだ死んでおらず、パルダイヤンはいまも私のうちに住みついている。そしてストロゴフがいる。私は彼らのみに属しているのであり、彼らは神のみに属している。そして私は神を信じていないのだ。どうしたらよいかお分かりだろうか。私としては、わからないのだが、自分が「負けるが勝ち」の賭を行っており、すべてが百倍になって戻ってくるために、かつての希望を一生懸命になって踏みにじっているのではないかと思うこともある。そうだとすれば、私もまたフィロクテテス(64)と同じだと言えるだろう。足を負傷し、立派ではあったが、悪臭を芬々と放つこの英雄は、自らの弓を無条件で与えた。しかし、彼がひそかに報酬を期待していることはまちがいない。

まあ、それはそれでよしとしよう。さしずめ祖母《マミー》なら言うことだろう。

「軽やかに滑れ、死すべき者よ。踏みしめることなかれ」と。

自分の狂気に関しては、そのお陰で小さな頃から「エリート」意識の誘惑を免れることができて良かったと思っている。私は自分が「才能」の幸福な保持者であると信じたことはない。私の唯一の関心事は自己救済だった。つまり、徒手空拳で、仕事と信仰によって自らを救うことだった。私の純粋な選択によって、私が他人よりも上に立ったわけでない。装備も道具もなく、私は全身全霊で仕事に励み、自分の全体を救おうとした。私がこの不可能な救済をお払い箱にしてしまったら、いったい何が残るだろう。ただの人間だ。あらゆる人間からできており、みんなと同じ価値があり、誰もが彼と同じ価値がある人間。

(1) ミヌー・ドゥルエ（一九四七—）フランスの作家。七歳で詩集『木、私のともだち』を発表して、世間の注目を集めた天才少女。

(2) コクトー（一八八九—一九六三）フランスの詩人・小説家。第一次大戦後のモダニズムから出発し、実験的で才気あふれた作品で知られる。バレエ・演劇・映画でも活躍。小説『山師トマ』『恐るべき子供たち』、詩『ポエジー』、戯曲『恐るべき親たち』、映画『美女と野獣』『オルフェ』。

(3) ブスナール（一八四七—一九一〇）フランスの児童文学作家。『パリっ子の世界一周旅行』など。

（4） フランスではかつて小学校は木曜日も休みだったが、これはもともとは、その日が宗教教育にあてられていたため。現在は水曜日が休み。

（5） ゲッツ・フォン・ベルリヒンゲン（一四八〇―一五六二）「鉄の手」の異名をもつドイツの騎士。戦乱に参加し、スイス、トルコ、フランスなどと闘う。その生涯はゲーテにインスピレーションを与え、『ゲッツ・フォン・ベルリヒンゲン』が書かれた。サルトル自身も彼を主人公に戯曲『悪魔と神』を執筆している。

（6）「木立をわたる風」エドモン・ジャルー（一八七八―一九四九）の作品。

（7） リモージュ　フランス中央山塊の北西部リムーザン地方の中心都市。リモージュ焼きの街として世界的に有名。

（8） アシェット社　一八二六年にルイ・アシェットが創設した老舗の出版社。駅で売られる鉄道文庫、児童文学書などによって発展した。

（9） ヴェルレーヌ（一八四四―九六）フランスの詩人。不安と憂いを抒情的にうたう。フランス象徴派の始祖。詩集『言葉なき恋歌』『叡智』など。

（10） 高等師範学校　エコール・ノルマル・シュペリエール。フランスのエリート養成校のひとつ。サルトル自身も、この学校の出身。

（11） 教授資格試験　アグレガション。十九世紀初め以来続く大学教授資格試験の制度。

（12） ホラチウス（前六八―前八）古代ローマの詩人、その「詩論」はボアローの翻訳を通じて、フランス古典劇に大きな影響を与えた。

（13） オーリヤック　フランス中南部、カンタル県の県庁所在地。九世紀に聖ジローによって僧院が建てられて発展。

（14） スタンダール（一七八三―一八四二）フランスの小説家。小説『赤と黒』『パルムの僧院』などで知られる。ロマン主義とリアリズムにまたがる近代小説の先駆者。若きサルトルは同時にスピノザかつスタンダールであることを夢見たという。

(15) ルナン（一八二三—九二）フランスの作家、宗教学者、言語学者。実証主義的理想主義と大胆な仮説や流麗な文体で知られる。『イエス伝』など。

(16) シャルル・スワンはプルーストの小説『失われた時を求めて』の登場人物。元高級娼婦のオデットと身分にあわない結婚をする。

(17) ロングアイランド　アメリカ合衆国北東部、ハドソン川河口付近の島。西端はニューヨーク市、それ以外はコネティカット州に属す。

(18) ラセペード通り　パリ五区ムフタール地区にある小さな裏通り。

(19) 『パルダイヤンとフォスタ』ミシェル・ゼヴァコの小説、『レ・ミゼラブル』ヴィクトル・ユゴーの小説、『世紀の伝説』ヴィクトル・ユゴーの叙事詩。

(20) ジャン・ヴァルジャンはユゴーの『レ・ミゼラブル』の主人公。エヴィラドニュスは『世紀の伝説』の登場人物。

(21) シルヴィオ・ペリコ（一七八九—一八五四）イタリアの作家。炭焼党に加担して死刑を宣告されたが、後に許され、出獄後『獄中記』を出版。

(22) アンドレ・シェニエ（一七六二—九四）フランスの詩人。ギリシャ古典の賛美者で、その牧歌は高貴で優雅。高踏派の先駆者。フランス革命に参加し、処刑された。詩集『牧歌』『悲歌』。

(23) エティエンヌ・ドレ（一五〇九—四六）フランスのユマニスト、出版業者。ラブレー、クレマン・マロの作品を出版。異端に問われ、焚刑に処せられる。

(24) バイロン（一七八八—一八二四）イギリスの詩人。ロマン派を代表し、社会の偽善に対する反抗精神を基盤に近代的自我意識を強烈に表現した。英国を去りヨーロッパ各地を遍歴したのち、ギリシャ独立戦争に参加、戦病死した。代表作『チャイルド＝ハロルドの遍歴』『マンフレッド』『ドン＝ジュアン』など。

(25) ガンジー島　ブルターニュ半島の北方イギリス海峡に浮かぶ英領の島。ユゴーは一八五五年から七一年までこの地に亡命した。
(26) ドレフュス事件は十九世紀末から二十世紀初めにかけて、フランスの世論を二分した裁判事件。一八九四年軍法廷がユダヤ人将校ドレフュス（一八五九―一九三五）にスパイ容疑で終身刑を科したことをめぐり、作家ゾラらの人権擁護派・共和派と軍部・右翼が対立、第三共和政は危機に瀕した。ドレフュスは一九〇六年に無罪となった。
(27) ゾラ（一八四〇―一九〇二）フランスの小説家。自然主義の確立に指導的役割を果たす。第二帝政下の社会を多面的にとらえた『ルーゴン＝マッカール叢書』二〇巻を完成。人間の本能を冷徹に観察し、描いた。晩年、ドレフュス事件ではユダヤ人将校の無罪を主張。小説『テレーズ＝ラカン』『居酒屋』『ナナ』など。
(28) 『エクセルシオル』紙　写真入り日刊紙、一九一〇年に創刊。
(29) ルイ・レピーヌ（一八四六―一九三三）パリ警視総監。パリ市警に自転車隊を創設。一九〇二年より、レピーヌ・コンクールと称する発明展を開催。
(30) ジュール・パム　一九一三年の大統領選挙の際の、急進社会党の候補者。ポワンカレに敗れる。
(31) ポワンカレ（一八六〇―一九三四）フランスの政治家。数学者・物理学者のアンリ・ポワンカレの従兄弟。外相、首相などを歴任したのち、共和国大統領（一九一三―二〇）。
(32) ファリエール（一八四一―一九三一）フランスの政治家。大臣を歴任したのち革新派に支持され大統領（一九〇六―一九一三）。ポワンカレに敗れ、退陣。
(33) ゴンクール　エドモン（一八二二―九六）、ジュール（一八三〇―七〇）の兄弟作家で、共同で制作した。一九〇三年、兄弟の意志によりゴンクール賞が創設された。
(34) ゴーティエ（一八一一―七二）フランスの詩人。
(35) カタリ派　十二～十三世紀頃、北イタリアや南フランスに広がったキリスト教異端の一派。善神悪神の二元論の立場に立ち、この世は悪神に属するとみて現世を否定、禁欲的苦行を実践した。

(36) パルジファル　ワーグナーの楽劇の主人公で、贖罪と救霊を体現する騎士。

(37) シャントクレール　ロスタンの同名の戯曲（一九一〇）、また、ラ・フォンテーヌの『寓話』や『狐物語』に登場する勇敢な雄鶏の名前。

(38) ヴィオレッタ　『パルダイヤン』のヒロイン。

(39) バルザール　パリの五区、ソルボンヌのすぐ近くに現存するカフェ・レストラン。ソルボンヌの教授などがよく用いた。

(40) グリブイユは、危険を避けようとして、却って自ら危険に飛び込むタイプの間抜けな人間のこと。

(41) ニザン（一九〇五—四〇）フランスの作家。サルトルとは、高校、高等師範学校を通じて一緒だった。サルトルはニザンの死に際して追悼文を書いている。

(42) ロベスピエール（一七五八—九四）フランスの政治家。フランス革命に際しジャコバン党を指導、国王処刑・ジロンド党追放を推進し、恐怖政治を断行。民主的諸改革を行ったが、テルミドール反動により処刑される。

(43) ヨハン・セバスチャン・バッハ（ドイツの作曲家）は、フランス語ではジャン＝セバスチャン・バックと呼ばれる。モリエール（一六二二—七三）の本名はジャン＝バチスト・ポクラン。フランス古典喜劇の大成者。代表作に『人間嫌い』『女房学校』『スカパンの悪だくみ』など。イタリアのルネサンス期の画家ラファエロ（一四八三—一五二〇）の本名はラファエロ・サンチオ。ミゲル・セルバンテスはスペインの作家、『ドン・キホーテ』の作者。

(44) テミストクレス（前五二八頃—前四六二頃）アテナイの政治家、将軍。ペルシャ軍をサラミスの海戦で破り、勇名を馳せた。

(45) フィリップ尊厳王（一一六五—一二二三）（二世）フランス国王（在位、一一八〇—一二二三）。イングランド王と争い領土を拡大、王権を伸長して支配強化を行いカペー朝の勢威を確立。

(46) ペール・ラシェーズ墓地　パリにあるオスカー・ワイルドなど多数の有名人が眠る墓地。バルザックの小説『ペール・ゴリオ』の最後でラスティニャックがパリを睥睨し、大都会に対する挑戦を宣言する場所でもある。

(47) パンテオン廟　パリ第五区にある偉人をまつる霊廟。新ギリシャ様式の建物で、ヴォルテール、ユゴー、ゾラなど国家的な偉人が祀られている。サルトルが少年時代を過ごしたル・ゴフ通りとは目と鼻の先にあり、その姿をサルトルはつねに見たことであろう。

(48) 自分の名前の通り　実際にサン＝ジェルマン教会脇の小広場は現在サルトル・ボーヴォワール広場と名づけられている。

(49) サン＝タンヌ精神病院　パリにある精神病院。サルトルは若い頃そこを訪れ、実験のために友人のラガーシュ医師にメスカリン注射をしてもらい、幻覚に苦しんだ経験をもつ。また、ラカンがセミナーを開いていたことでも知られる。

(50) ジョー・ヴァール（一八六五―一九四九）『アンデスの鷲』の作者。

(51) アルゴン丘陵　シャンパーニュ地方とロレーヌ地方の境界をなす丘陵地帯、第一次大戦中、激戦地となった。

(52) ヴィルヘルム二世（一八五九―一九四一）ドイツ皇帝（在位、一八八八―一九一八）。ヴィルヘルム一世の孫。海軍拡張・三B政策・三国干渉・モロッコ事件などで国際緊張を激化させ、第一次大戦を招いた。ドイツ革命で退位しオランダに亡命。

(53) 『ニック・カーター』同名の著者による週刊の探偵小説シリーズ。

(54) 『バッファロー・ビル』ネッド・ブントライン（一八二一―八六）の連作小説。実在の人物ウィリアム・フレデリック・コディ（一八四六―一九一七）をモデルとしたバッファロー・ビルが主人公。

(55)『テキサス・ジャック』アメリカ西部を舞台にした週刊の読み切り小説シリーズ。
(56)『シッティング・ブル』同名の北米インディアン、ラコタ族の酋長を主人公とした週刊の連作小説。
(57)アンリ四世校　ルイ大王校と並ぶ、パリの名門校。
(58)ジャコメッティ（一九〇一―六六）スイスの彫刻家・画家。ただし、画家本人の証言によれば、この事件はイタリア広場ではなく、ピラミッドで起こったという。この件で、サルトルとジャコメッティは絶交することになってしまう。
(59)オルフェウス　ギリシャ神話の伝説的詩人。オルフェウス教の開祖とされる。亡き妻エウリュディケを連れ戻しに冥界に下ったが、地上にたどり着くまで後ろを振り向くなという禁を破ったため、妻を永遠に失った。
(60)『コルコラン大尉の冒険』児童文学作家アルフレッド・アソラン（一八二七―九六）の挿し絵つき小説、アシェット社の薔薇色文庫の一冊として一八六七年に出版された。科学者で船乗りのコルコランは、ヒンドゥーの聖典を求めてインドに旅立ち、たくさんの冒険に出会う。
(61)ラ・ロシェル　フランス西部の海港都市、県庁所在地。一九一七年、母の再婚に伴い、サルトルは義父ジョゼフ・マンシーの赴任地であるラ・ロシェルの学校に転校。いじめを受けるなど「人生最悪の時期」を一九二〇年までその地で過ごす。
(62)ロカンタン　サルトルの小説『嘔吐』（一九三八）の主人公。
(63)ローマの碩学プリニウス（二三―七九）の『博物誌』の一節で、芸術家の精神を示す。ただし、もともとは作家に関してではなく、画家について述べたもの。
(64)フィロクテテス　ギリシャ神話の英雄。ヘラクレスの弓矢をもつ弓の名手。トロイア遠征に向かう途中毒蛇に足をかまれ、その傷が悪臭を放ったためレームノス島に一人置き去りにされた。その後、オデュセウスの奸計により、いったんはヘラクレスの弓を手放すが、結局はギリシャ軍によって連れ戻され、トロイア王子パリスを射殺した。ソフォクレスやジィドが題材として作品を書いている。

『言葉』フィクションとしての自伝――訳者解説

解説を付すのにもっとも相応しくない文学ジャンル、それが自伝かもしれない。著者自身が自らの生を解説しているのに、さらに説明を試みるのは、屋上屋を重ねる愚であり、僭越の誹りを免れぬ振る舞いだ。とはいえ、サルトルの『言葉』は一筋縄ではいかないテクストだから、蛇足を承知のうえで、簡潔に本書の成り立ちと特徴を述べることにしよう。

伝記的事実ないしは生身の作家を作品理解から排除しようとする傾向が支配的な時期もあった。プルーストが『サント＝ブーヴに抗して』で伝記的な批評を批判して以来、ロラン・バルトによる「作者の死」まで、現在文学において評伝ははなはだ肩身が狭かった。思想においても、ハイデガーがアリストテレスを語るに際して、「彼は生まれ、考え、死んだ」と述べ、哲学者の生が思想と無縁であることを強調した。そして、歴史学においても、アナール派以降、偉人伝は片隅に追いやられた。しかし、いま個人的記憶と集団的記憶の結節点として、伝記への関心はふたたび高まりつつある。じっさい、広義の文芸において伝記的な問題構成は重要な位置を占めてきたし、ソクラテス＝プラトン以来、多くの哲学者にとって、「生を刻む」という問題系はけっして思想にとって付随的なものではなかった。このことは、アウグスティヌス『告白』、モンテーニュ『エセー』、デカルト『方法序説』、ルソー『告白』『孤独な夢想者の散歩』『ルソー、ジャン＝ジャックを裁く』、ニーチェ『この人を見よ』といった一連の思想家（さらには、最後期のデリダ）を思い起こしてみれば明らかだ。文学に目を向けてみれば、フランス文学には錚々たる自伝文学の系譜があり、シャトーブリアン『墓の彼方の回想』、スタンダール『アンリ・ブリュラールの生涯』、ルナン『幼年時代と青年時代の思い出』、アンドレ・ジィド『一粒の麦もし死なずば』、ミシェル・レリス『成熟の年齢』、シモーヌ・ド・ボーヴォワールの自伝四部作（『娘時代』『女ざかり』『或る戦後』『決算のとき』）、さらにはペレックの『Wあるいは子供の頃の思い出』にいたるまで、重要な作品が連綿と書き続けられている。

このような伝記的系譜のなかで、サルトルの特徴はどこにあるのかといえば、それは彼が、自伝のみならず評伝という形で他の作家や芸術家の生にも並々ならぬ関心を示した点にまずはある。一九四七年のボードレール論に始まり、五〇年代のジュネ論を経て、六四年に単行本として上梓された『言葉』、七〇年代に刊行されたフローベール論に至るまで、さらには、未完に終わったマラルメ論やティントレット論なども含めれば、評伝はサルトルの全仕事のうちで重要な一脈をなしており、創作（小説、戯曲）、哲学とならぶ三本柱の一つ、あるいは、創作と哲学・批評を結ぶ架け橋と言える。そして、人間をその状況において理解するという自らの評伝における問題構成を自分自身に適用したのが、自伝『言葉』の最も大きな特徴であることはまちがいない。

〈自伝〉というジャンルの独自性を積極的に文学批評の対象としたフィリップ・ルジュンヌの『自伝契約』によれば、〈自伝〉autobiographie は〈回想録〉mémoires とは異なる。功成り名を遂げた人物が来し方を振り返って、現在の境地までの過程を多少の自己満足をまじえて語る回想録に対して、自伝とは「実在の人物が、自分自身の存在について書く散文の回顧的物語で、自分の個人的生涯、特に自分の人格の歴史」が強調される。ルジュンヌによれば、自伝の特徴は次の四点に集約される。(1)言語形式としては、(a)物語であり(エッセイではない)、(b)散文であり(韻文ではない)、(2)主題としては、個人的な生涯、特に人格の歴史や発展に力点が置かれ(歴史・政治中心ではない)、(3)作者の立場としては、作者(実在の人物)と語り手が同一であり(一人称で書かれ、話者=作者)、(4)語りとしては、(a)語り手と主人公もまた同一であり、(b)物語は回顧的な視点からなされる。

このように自伝を定義した上で、「現代作家のなかで、ミシェル・レリスとジャン=ポール・サルトルだけが、新しい物語構造を作り出すことのできる立場にあった」として、ルジュンヌは『言葉』を高く評価するが、それはサルトルが「伝記的物語が自明でないことを理解したのみならず、自伝的物語の革新が、人間学と人間に関する記述や説明モデルの全面的な革新を前提としていることを理解した」からだ。しかしながら、このような『言葉』の革新性は、出版された当時の一般読者の目にはっきりとは見えなかった。伝統的な手法で描かれた(と見える)老作家のポートレートを人びとは純粋に楽しんだようだ。だが、いま新たに読む者にとって、このテクストはまったく別の相貌を示すことだろう。

『言葉』は一九六四年に単行本として出版されたが、その構想は一九五〇年頃に遡る。一九五三年ごろのインタビューで、「私の物語を通して、自分の時代の物語を書き留めてみたい」とサルトルはすでに述べている。その時点では、政治の季節にふさわしい『自己批判』というタイトルで構想されており、批判的スタンスがその基本的トーンだった。その後、五〇年代中ごろに集中的に書き進められたが、そのときのタイトルは『土地なしのジャン』*Jean sans terre*。これはフランス語では、イギリス国王「ジョン失地王」を指す表現でもあるが、自らの根無し草的背景を意識したものだった。執筆はかなり進んだものの、『弁証法的理性批判』などを完成させるためにいったん放棄された。六〇年代に入って大幅に手直しされて上梓されたのが『言葉』だ。本書に時系列の混乱が見られるのはこのためだ。語り手が「いま」と言うとき、それは五〇年代半ばのこともあれば、六十三年のこともある。

本書は自伝とはいっても、発表当時六十歳近かったサルトルの半生すら描いておらず、わずかに一九〇五年から一九一七年まで、つまりサルトル少年が十二歳になったときまでを扱っているにすぎない点でも特異な作品である。前半の「読む」で描かれている出来事は一九〇九年から一四年ごろに起きたこと、後半「書く」の部分は一九一二年から一七年のことだが、必ずしも年代順には書かれていない。記述は母方の祖父母の系譜から始まり、父方の祖父母へと続いてゆくが、通常の伝記であれば、重要な要素となるはずの両親の出会いの場面や、自らの誕生については、なんともあっけなくわずか数行で語られる。ウエイトはむしろ、生後まもなく父を亡くした少年が、母の実家シュヴァイツァー家に引き取られてからの生活に置かれる。大学教授資格者であり、十九世紀の巨人ヴィクトル・ユゴーの崇拝者であり、家父長的相貌の持ち主である祖父カルルによって、サルトル少年は文学の祭司たるべく教育薫陶を受ける。プールーという愛称で呼ばれるサルトル少年が、兄弟も遊び友達もなく、大人たちに囲まれて成長する過程で、いかにして文学に目覚めてゆくか、いや、いかに文学という幻想に捕らわれてゆくかが語られる。

『方法の問題』のなかでサルトルは、ひとりの人間を理解するときの三つの方法論的契機として、幼少期の重要性、その時代の道具性の可能性、個人の投企を挙げているが、本書でもまさにそのような三つのヴェクトルから少年プールーが描写される。その意味で、それまで他の作家たちに当てたのと同じ鋭い分析の刃が自分自身に対して容赦なく向けられている。初稿においては自分や家族についての視点はいま以上に辛辣だった。

「一人の人間はけっして個人ではない。それは「独自＝普遍」と呼ばれるほうがふさわしい。というのは、彼の時代によって全体化され、それ故普遍化されていながら、彼は時代のうち自らを独自性として再現することによって時代を再全体化するからである。人間の歴史の独自な普遍性によって普遍であり、彼の投企の普遍化する独自性によって独自であるから、それはこの二点から同時に考察されることを要求する」とサルトルは『家の馬鹿息子』の序文に記したが、『言葉』を通して、サルトルはある時代を生きた作家がどのように形成されたのかを描こうと試みている。とはいうものの、『言葉』という作品の独自性は、じつはその試みが統一的な人間像を浮かびあがらせるのではなく、かえって統一像の崩壊の過程を描いている点にあるように思われる。たしかに、他のサルトル作品と同様、『言葉』にも多くの二項対立が登場し、一見したところ弁証法的に見える。しかし、それらはしばしば綜合なき二項対立であり、したがって、もしあるとすれば、そこにあるのは綜合なき弁証法だ。様々な対立を弁証法的に止揚して、孤児ジャンが作家ジュネになるかが描かれていた『聖ジュネ』は、その圧倒的な証明力で読者を魅了したが、『言葉』では弁証法的な構成がしだいに崩れ、作品が自己崩壊へと、あるいは廃墟へと向かっているように思われる。

もちろん、本書のうちにもサルトルの十八番《おはこ》である二項対立の構造は顕在している。アルザス出身で背が高く健康な母方の家系、片やペリゴール出身で背が低く病弱な父方の家系。母方はさらに、アルザス出身でプロテスタントの祖父とブルゴーニュ地方出身でカトリックの祖母という対立項に分岐する。祖父と祖母は、全編を通じて、完全に対照的な存在として描かれる。祖父カルルは、情熱的で興奮しやすい性格で粗野な精神主義者で、つねに芝居がかっている。一方の祖母は、活発で茶目っ気もあるが、冷たい性格で、生真面目で不器用に物事を考える。祖父がお堅い本しか読まないのに対して、祖母は貸本屋にせっせと通い、きわどい通俗小説に読みふける。さらには少年サルトル自身の読書経験も二分される。古典的作家を中心とする「正統派」読書と、冒険小説や推理小説という「低級な」読書。現実を生きることの渇望と想像界への耽溺。高みに留まろうとする性向と深みに沈んでいきたいという欲望、等々。数え上げれば切りのないほど全編にわたって散りばめられている対立項のはざまでサルトル少年が生まれ育ったのは確かだとしても、これらの相反発する要素が止揚されて作家サルトルが生まれたのだ、とは思えない。これを読んで、サルトルという人物の一生が解明したようなカタルシスは感じられないのだ。それどころか、分裂はそのままどころか、助長され、悪化していくようにも見える。それは、サルトル自身が「二重生活」と呼ぶこのありかたが「その後も止むことなく」続くのだとされているからだ。『言葉』では綜合化への熱意よりも、分裂増殖をそのまま放置するような態度（しかし、それは必ずしも投げやりな態度ではない）、分裂性を積極的とまでは言わないとしても、少なくとも否定的には捉えないスタンスの方が勝っており、そのために、「私」は分裂したままである。このような次第になったのは、関係性なきところに関係性を見出そうとする綜合の試みこそが、物語化の誘惑と深く関連しているからではあるまいか。

『言葉』に見られる「私」の分裂はいくつかの異なる位相から成り立っている。まずは、『嘔吐』以来、つねにサルトル作品につきまとう〈生きること〉と〈語ること〉との乖離がある。『嘔吐』の主人公ロカンタンはロルボン侯爵なる人物の伝記を書こうとしていたが、最後には「生を記す」ということが虚構という迂回路を経ねば到達できないことに思い至り、伝記を捨てて小説に向かった。『言葉』では、語られた生こそは唯一の真実の生であるという幻想からの目覚めが描かれているのだが、それもまた語られた物語であり、それはメビウスの輪のようにねじれて永遠に回帰する。つまり、これは人生を物語として語ることが不可能であることを語った物語なのである。

通常の場合、自我の統一性は語り手の一貫性によって担保されているのだが、『言葉』では位相の異なる複数の私が語っているという印象が強い。このような自我のほころびは、フランス語で読むかぎりは、〈私〉を指す唯一の自称詞である je という支持体によってあまり目立たない。しかし、ひとたびこのテクストを日本語に訳そうとすると、子どもが「私」というのは無理があり、「ぼく」とか「おれ」としたほうがしっくりするところが少なくない。それは、少年サルトルがそのまま語りはじめている場合である。そして、このような語りの複数性は、全編を通じて見られるのみならず、はなはだしい場合には、一センテンスのなかにまで現れる。ここには、自らの幼年時代を回想するのは誰なのか、という問題がある。語り手が「いま」と言うとき、それは五十歳を越えた作家のはずなのだが、その語りのうちに少年が文字通り甦ってきて、作家を押しのけて語りはじめてしまう。

さらに別の要素がある。『言葉』において人格の統一が崩壊していくとすれば、それはなによりも、サルトルが全編を通して回顧的な視点を批判するためである。多くの自伝や回想が、自らが辿ってきた道程を振り返り、その回顧的な視点によって、現在の人格になんらかの統一性を与えようとするのに真っ向から反対し、サルトルはそのような回顧的な視線を批判する。『言葉』で徹底的な批判の対象となっているのは、偉大な業績という目的＝終末からすべてを回顧する視線であり、人の生を物語化しようとする誘惑だ。たとえば、プールーが子ども向けの偉人伝を読んで、それに自己同化しつつも、その物語構造を揶揄するくだりに、それは端的に示される。誰かであることではなく、あらゆる存在になろうとすること。プールーは自分自身ではなく、あらゆるものになろうとする。彼は小説や映画のヒーローと同化する。自分など存在しない。私は誰でもない、何ものでもない。私は同時にあらゆるものなのだ。

『言葉』にも他の多くの自伝と同様、必ずしも事実そのままではない多くの記述が見られることは現在ではよく知られている。いずれにしろ、本書から拾い出した事実の列挙によって、作家の幼年時代を再構成しようと試みるのが暴挙であることはいうまでもない。かつては、この少年時代の物語によってサルトルという人物を解釈することが可能になったと考えた評者が多くいて、なぜサルトルは自由を重視するのか、サルトルの鷹揚さはどこに由来するのか、サルトルの無神論の淵源はどの辺にあるのか等々が、『言葉』を援用しながら分析された。たしかに、生後一年足らずで父を亡くしたこともあって、自分には超自我が存在しなかった、などと言われると、そうかなと納得しそうになる。また、祖父という家父長の庇護のもとに母子というよりは、姉弟であるかのように暮らした事実に、作者自身が近親相姦的な匂いをほのめかす解説などもあり、解説者の絶好の餌食となった。サルトルの作品に頻出する親密な姉弟、『自由への道』のイヴィッチとボリス、『蠅』のエレクトルとオレスト、『アルトナの幽閉者』のフランツとレニなどと、作者の伝記的事実を関係づけたくなる気持ちは分からないでもない。しかし、このような親子関係があったからサルトルはこんな作品を書いたのだ、などという還元主義的説明を行ったりするのは、サルトルの仕掛けた罠にまんまとはまってしまうことだろう。話がうますぎる。プールー少年の行動のほとんどがこのような分析で巧妙に解釈されてしまうというのは、逆に、サルトルがそのような道筋をわざと残したからに他ならない。私たちは『言葉』をサルトル解釈の手段や物証としてはなるまい。『言葉』は、明確な意図に基づいたひとつの虚構なのだ。

サルトル自身、あるインタビューで次のように解説している。「『言葉』は『嘔吐』や『自由への道』以上に真実なわけではないと思う。しかし、語られていることが真実ではないということではない。

『言葉』というのも一種の小説だ。私が勝手に考えている小説。それでもやはり小説といえる小説なのだ。」ところで、自伝がしばしば一つの決算として書かれるものだとすれば、『言葉』はいったい何を清算するために書かれたのだろうか。一言でいえば、それは〈文学〉との訣別である。文学を信じていた彼がいつどのようにこの幻想から覚めて、現実へと向かうようになったかについては、続編〈政治的遺言〉で述べられる予定であったが、例によってサルトルはこの続編も書き上げることはなかった。だが、『シチュアシオン』に収録された「サルトル、サルトルを語る」や「七〇歳の自画像」をはじめ多くのインタビューでサルトルはその後の生活を語っているし、アレクサンドル・アストリュック監督、映画「サルトル」もあるから、書かれなかった物語はそれほど惜しくもない。それに、青年期以降に関しては、ボーヴォワールの自伝『女ざかり』『或る戦後』『決算のとき』のなかに膨大な証言がある。すでに述べたように、サルトルの意図は個人的な自伝ではなく、ひとつの時代を描くことだった。これは何よりも一九〇五年ごろに生まれ、第一次大戦が始まった一九一四年に多感な少年時代を送ったある世代の作家のポートレートという意味あいをもつ。『家の馬鹿息子』と同様、この自伝は人文科学と社会科学の研究を華麗な文体に巧みに折り込んだ、実話物語《ドキュ・フィクション》だと言えよう。

そうは言っても、『言葉』という作品を読む楽しみは、サルトルという作家・思想家の舞台裏を知ることでも、ある時代の精神風景を理解することでもないだろう。サルトルがどんな人物だったのかということをまるで知らなくても、ひとつの幼少時代の情景としてこの本は十分におもしろい。というのも、この作品は、読者が、自らの幼年時代の忘れ去っていた記憶を再発見するための素晴らしい補助装置となるからだ。ぼく自身が何度読み返しても引き込まれるのは、文字を覚え始めたばかりの少年に出現する書物の世界である。これはおそらくは回想などではなく、ひとつのフィクションだろう。しかし、だからこそ逆説的に、読書がもつ魔力の原光景がそこに見事に描かれているように思われる。サルトル少年にとって、本というのは銅鐸や錫杖にも似てほとんど祭具としてまずは現れる。文芸の祭司である祖父だけが、それを手に取ることのできるオブジェだ。その一方で、いつもは内気で明瞭な話し方ができない母が本を手に取るとまるで人がかわったかのように、しっかりとした口調で話すことができるようになる魔法の小箱だ。あるいはまた、本の物質性についての記述が興味深い。まずそれは何かを封じ込めた小箱のように現れる。皮で装幀された古書は不気味な生き物のようで、それを開くと、そこに現れるのは単語という黒い虫である。フランス語の ligne とは、線であり、行でもあるが、言葉とは、なによりもまず、これらの黒い塊なのだ。本書の影の主人公はしたがって、これら黒と白の物質性の支持体である書物であるが、その本たちが活躍する特権的な舞台が、本たち（Biblia）の住処 bibliothèque である。つまり、図書館であり、書斎だ。訳文では、祖父の家では書斎、公共施設に関しては図書館と訳し分けなければならなかったが、原文ではそれは同じ言葉である。『嘔吐』においてもそうであったように、『言葉』でも、この知の宝庫は物語の特権的な場として現れる。このインターネットの時代になんとも古めかしくも見えるかもしれないが、『言葉』とは、あらゆる書物の賛歌なのだ。もちろん、それは手放しでの書物礼賛ではない。いや、それどころか、しばしば辛辣な視線が注がれるのだが、それでも、読むという行為のなかにある無限の魅力と喜びが存分に語られる。いや、語られるというのは正確ではない。読者はそれをプールー少年とともに追体験するのだ。『文学とは何か』でサルトルは読むことがすなわち書くことに他ならないという事実を、つまり作品は作者と読者の共同作業から成り立つことを見事に示したが、このようなくだりを読むとき、私はまだ文字を知らず、言葉もはっきりとあやつれなかったころの眼差しを不意に取り戻すような錯覚を覚えるのだ。たとえば、少年自身が見よう見まねで本を読み始める場面などがそうだ。そして、読むという行為につねにつきまとう判読不可能性、理解不能性という問題が語られるときがそうだ。言語のもつ不透明性、どうしてもすっと頭に入ってこない文字の抵抗力、けっして完全にはわかることのできない何かにぶつかること。しかし、だからこそ読むことの魅惑がある、と五十を越えたサルトルが少年の瞳に戻りながら語るとき、そこには時代を超えて共感を誘う何かがある。

『言葉』というタイトルは、ハムレットの台詞「言葉、言葉、言葉」に由来するという。ただの言葉にすぎないというわけだ。「作家とは、現実の代わりに想像的なものを選択した人間だ」とサルトルは述べる。つまり、言葉という非現実的なものに拘泥し、現実へと淘汰できない文学の無能ぶりをここで清算しようとした、というのがサルトル自身の説明だ。だが、言葉はまた子どもにとっての未知の世界そのものでもあり、この言葉の幻想からの脱出を可能にするのもまた言葉なのではあるまいか。いずれにしろ、文学への訣別は大時代的な身振りで、壮麗に行われる。文学への訣別をなぜ、かくも文学的なスタイルで書く必要があったのか。あるインタビューで、サルトルは「『言葉』における文体の意味は、この作品が文学との訣別だということです。自分自身に対して異議申し立てする作品は、可能な限りよく書かれていなければなりません」と説明している。たしかに、サルトルという作家にはまったく異なる二つの文体がある。哲学と文学のスタイルはまったくの別物だ。後期の作品でいえば、『弁証法的理性批判』と『言葉』は驚くべき対照をなす。薬物の助けを借りて猛烈なスピードで執筆された哲学書のほうは、疾走する思考のギャロップであり、誤植だらけで、句読点の打ち方などもかなりいい加減、注意深く校正することはおろか、きちんと再読したかどうかすら怪しい代物だ。それに対して自伝『言葉』の方は、これはもう華麗という形容がぴったりな見事に計算しつくされた文体で書かれており、構想されてからおよそ十年かけて完成されるまで、幾度も推敲されている。その理由をサルトル自身は、哲学的文章の一義性と文学の多義性という形で説明しているが、じっさい『言葉』は、複数のイメージが封じ込められた多義的で重層的な文章に満ちている。さらにまた有名無名の作家たちからの引用や、文化的な参照項が重層的に連なっており、通り一遍の読みでは掴みきれない仕掛けがいたる所に隠されている。たとえば本書の巻末近くには、プリニウスの『博物誌』の一節がラテン語のまま出典も告げられずさりげなく嵌め込まれている。Nulla dies sine linea（描カザリシ日ハ、一日タリトテナシ）。『言葉』を読むことの難しさの一斑はこのような事態に由来するのだろう。だが、だからこそ、このテクストはサルトルという個人を越えて興味深いものでもあるのだ。

ひとはなぜ伝記を読むのだろうか。まさか偉人の生涯を読んでそこに人生の荒波を乗り越えるノウハウを学ぶという功利的な目的からではないだろう。そうではなくて、他者の生涯を辿るという行為を通じて、他者になろうとする、自分とは別のものになろうとするのではあるまいか。評伝を読むとは、他者の人生を再び生きるという快楽なのだ。『言葉』は、サルトルという人物について何かを教えてくれる以上に、読者である私たちのことを教えてくれるのだ。この作品が国も時代も異なる多くの読者を惹きつけてやまないのは、そのためだろう。一言で言えば、『言葉』とは読書という他者変身願望の醍醐味そのものをなぞった作品なのである。

訳者あとがき

このたび、『言葉』の新訳を出す運びになったのには、いくつかの理由がある。白井浩司・永井旦訳の初刷が刊行されたのは、原著が出てまもない一九六七年のこと。その後版を重ね、何度か訳者自身によって改訂もほどこされた。しかし、歳月がたち、今の読者には時代を感じさせるくだりも少なくない。この機に訳を一新し、若い人に読んでもらいたいという人文書院からお話をいただいたのはすでに五年近く前のことになる。当時まだお元気であった白井浩司さんも、氏よりも二まわり以上若い世代の研究者である私が新訳者となることをご快諾くださった。じっさい、この本を取り巻く状況は以前とは大きく変化した。前回の邦訳が出たころ、サルトルは飛ぶ鳥も落とすほどの存在で、たとえ読んだことはなくても、その名を知らぬものはないほど有名だった。ノーベル文学賞を拒否したばかりのサルトルは、作家としてというよりは、むしろオピニオン・リーダーとして知られていた。世界中で日々起こる出来事に一家言もち、不正や弾圧に反対するあらゆるアピールに署名する知識人、それがサルトルのイメージだった。いまではサルトルは良くも悪くも過去の人となっている。しかし、じつは『言葉』という希有なテクストの魅力をほんとうの意味で味わうためには、このような距離が必要だったのではないか、とぼくは思っている。その理由は解説にも記したとおりだ。その一方で、多くの草稿が発見され、『言葉』に関する研究も飛躍的に進歩した。フランス国立科学研究センター（CNRS）の現代文学草稿研究所（ITEM）のサルトル部会ではそれらの異同が詳細に検討され、ミシェル・コンタ編『なぜ、そしてどのようにサルトルは「言葉」を書いたのか』として公刊されたし、フランス国立図書館で、決定稿以前のいくつかの草稿を閲覧することもできるようになった。今回は、こうして発表された多くの研究成果を参照して新たな訳を試みた。何よりも読みやすさを目指したつもりだが、ひじょうに難解なテクストであるため、十分にこなれていない部分もあるだろうし、思わぬ誤訳もあることだろう。忌憚のないご指摘とご教示を賜ることができれば、訳者としてこれにまさる喜びはない。

解説でも述べたように、『言葉』では一つの文章に重層的な意味が封じ込められていて、その多様なイメージを日本語に移し替えるのに苦労し、翻訳に着手してから予想以上に長い時間がかかってしまった。また、今年はサルトルの生誕百年にあたり、フランスや日本で多くのシンポジウムに参加したり、組織するのにも思わぬ時間を取られた。さらには、ここで私事にわたることをお許しいただければ、私生活でも妻の出産に立ち会い、その後は子育てに追われるという、これまでとは異なるリズムで仕事をせざるをえず、人文書院の谷誠二さんには何度も仕切り直ししていただき、たいへんご迷惑をおかけした。お詫びと感謝の言葉を記したい。初校のゲラを分娩準備室で校正したのも、いまとなってはよい思い出だが、子どもが生まれたおかげで、『言葉』に対する見解も微妙に変化した気がする。本書のなかでは、父親に関する言及は母親に比べると極端に少ないが、逆にそのことから不在の父に対するサルトルの思いが感じられるような気がする。

底本にしたのは一九六四年の初版だが、随時 Folio 版の文庫本も参照した。これは誤植があるのが少々残念だが、付録としてたいへん便利な人名と書名の索引がついている。英語、ドイツ語、イタリア語訳などの訳本も多数あるが、今回はほとんど参照しなかった。既訳に関しては、初校のゲラのときに少しつきあわせた程度に留めた。訳注は、若い読者のことを考慮して、常識的なことも含めてやや大目につけることにした。解説の記述には、これまでぼく自身が各所に発表してきたサルトルに関する論考と重なる点があることをお断りしておく。

二〇〇四年九月から二〇〇五年二月までの半年間、グルノーブル大学の客員研究員としてフランスに滞在し、その間に、気鋭のサルトル研究者である畏友ジル・フィリップに多くの質問ができたのは幸いだった。かつてこの本を授業でとりあげた際に、一緒に読んでくれた東京外国語大学、白百合女子大学の学生たちにも感謝したい。また、同世代のサルトル研究者、黒川学さんには、今回も訳稿をていねいに読んでいただき、貴重な指摘と助言をいただいた。今回の翻訳が少しでも読みやすいものになっているとしたら、それはひとえに右に記した方々のお陰である。この場を借りてお礼を申し上げます。

わがままついでに、この訳本を、サルトル生誕一〇〇年に生まれた息子、怜央に捧げたい。

二〇〇五年十月二十七日

澤田　直

訳者略歴

澤田　直（さわだ・なお）

1959年生まれ。パリ第1大学哲学科博士課程修了（哲学博士）。専攻はフランス文学・思想。現在、立教大学文学部教授。著書に『〈呼びかけ〉の経験――サルトルのモラル論』（人文書院）、『新・サルトル講義』（平凡社新書）、『ジャン＝リュック・ナンシー　分有のエチュード』（白水社）、『サルトルのプリズム　二十世紀フランス文学・思想論』（法政大学出版局）、『フェルナンド・ペソア伝　異名者たちの迷路』（集英社、読売文学賞）など。訳書にサルトル『真理と実存』（人文書院）、『自由への道』（共訳、岩波文庫）、フィリップ・フォレスト『さりながら』（白水社、日仏翻訳文学賞）、フェルナンド・ペソア『新版　不穏の書、断章』（平凡社）など。

© Jimbun Shoin, 2006 Printed in Japan.
ISBN978-4-409-03073-8 C3010

言《こと》葉《ば》

二〇〇六年二月　六日　初版第一刷印刷
二〇二四年八月一〇日　初版第二刷印刷

著者　J‐P・サルトル
訳者　澤田　直
発行者　渡辺博史
発行所　人文書院
〒六一二‐八四四七
京都市伏見区竹田西内畑町九
電話〇七五（六〇三）一三四四
振替〇一〇〇〇‐八‐一一〇三

印刷　モリモト印刷株式会社
装丁　倉本　修
乱丁・落丁本は送料小社負担にてお取替いたします。

https://www.jimbunshoin.co.jp/

JCOPY 〈(社)出版者著作権管理機構委託出版物〉
本書の無断複写は著作権法上での例外を除き禁じられています．複写される場合は，そのつど事前に，(社)出版者著作権管理機構（電話 03-3513-6969，FAX 03-3513-6979，e-mail: info@jcopy.or.jp）の許諾を得てください．

〈呼びかけ〉の経験　澤田　直

サルトルのモラル論——膨大な遺稿を丹念に読みとき、アンガジュマンからジェネロジテまで、サルトル思想の核心、不在のモラル論を再構築する。

¥2860

嘔　吐　新訳　サルトル

白井浩司訳　存在の不条理に「吐き気」を感じる青年ロカンタンの日常を、内的独白と細かな心理描写で見事に展開させた今世紀十大小説の一つ。

¥2090

実存主義とは何か　サルトル

伊吹武彦／海老坂武／石崎晴己訳　実存主義への非難に応えたサルトルの講演と討論からなる入門書。初期論文五篇と新たな解説を付した増補版。

¥2090

家の馬鹿息子（1～5）　サルトル

鈴木道彦・海老坂武監訳　人間について何を知ることができるのか。二十世紀思想の記念碑的作品、日本語訳ついに完結。

1 ¥13200
2 ¥ 9900
3 ¥16500
4 ¥16500
5 ¥22000

植民地の問題　サルトル

鈴木道彦他訳　海老坂武解説　単一文化神話が否定され、文化相対主義が叫ばれる今日、サルトルの発言は今なお重い。植民地問題を集めた論九篇。

¥3190

哲学・言語論集　サルトル

鈴木道彦／海老坂武訳　「フッサールの現象学の根本的理念」他、四〇年から六〇年代にかけての「状況」との対決と対峙を示す論集。

¥3520

真理と実存　サルトル

澤田直訳・解説　『倫理学ノート』（未刊）に続く倫理観の深化。小論ながら『存在と無』から『弁証法的理性批判』への思想の奇跡を示す最良の鍵。

¥2400

表示価格（税込）は2024年9月現在